유빙의
숲

유빙의 숲

이은선
소설

문학동네

차례

유리
주의

버스가 올라왔다. 완만한 둔덕에서조차 굉음을 내뿜던 버스는 호텔 정문 앞에 한 번에 서지 못하고 조금 더 앞으로 나아갔다 후진으로 돌아왔다. 턱시도를 차려입은 도어맨이 허리를 굽히며 손님 맞을 채비를 마쳤다. 건물 고층의 유리를 닦던 사람들이 도르래 줄에 매달린 채 달달 끌려 올라갔다. 여기저기 널브러진 새들을 미처 치우지 못한 상태였다. 관광객들이 버스에서 내리기 직전에 어디선가 나타난 청소부들이 대가리가 터지고 몸통이 부서진 새들을 맨손으로 집어갔다. 호수의 수면이 쉴새없이 일렁댔다. 차가 딱히 급정거한 느낌도 없었는데 통로 중간에 있던 쓰레기를 담은 박스가 앞문 쪽으로 쭉 밀려왔다. 뒤이어 생선 장수 병덕이 누가 듣기에도 과한 비명을 지르며 그 박스를 덮쳤다. 병덕이 쓰러진 양옆으로 빈 소주병들이 굴러다녔다. 가이드가 서둘러 병덕을 일으키려 했지만 여자 혼자 힘으로는 역부족이었다. 병덕의 아내인 정자는 엎어져 있는 남편을 힘써 외면하며 창밖의 호수만 응시했다. 수면에서 반사된 호수의 빛이 정자의 두 눈에서 더욱 날을 세운 채 물가로 되쏘아졌다.

운전사가 차문을 여니 '복福' 자가 거꾸로 새겨진 붉은 카펫이 보였다. 가이드와 도어맨의 부축을 받아서 제일 먼저 내려온 병덕이 몇 걸음 걷다 말고 허리를 감싸며 오만상을 찌푸렸다. 불룩한 배를 카디건으로 애써 가린 유희와 그녀의 연하 남편 민준이 뒤를 이어 하차했다. 수년 동안의 복합적인 시술로 나이를 쉽게 가늠하기 어려워진 여고 동창 삼인방이 다정하게 껌을 씹으며 내렸다. 덩치가 큰 지영과 키는 작지만 다부진 몸매의 정훈이 어깨에 힘을 잔뜩 주고 주변을 두리번거렸다. 개량 한복을 입고 온 도사와 마리가 구경은 좀 나중에 하라는 투로 정훈의 어깨를 두드렸다. 마리는 버스에서 내려올 때까지도 도사와의 팔짱을 풀지 않은 채였다. 정자가 그것을 노려보며 맨 마지막으로 차에서 내려왔다. 버스가 떠나고 이십대 초반의 여자 가이드가 일행을 호텔 로비로 들여보냈다. 제일 앞에 있던 도사 커플이 문 쪽으로 거침없이 걸어가다 동시에 외마디 소리를 내지르며 얼굴을 문질렀다. 건물의 겉면 전체를 통유리로 감싼 호텔이었다. 이곳의 유리문은 직업 정신이 투철한 청소부가 닦고 닦고 또 닦아놓아 흡사 특별한 사람에게만 보이는 오로라 같았다. 도어맨이 병덕의 팔을 붙잡고 걸어왔다. 가이드가 호텔 안으로 들어선 사람들을 뒤로한 채 전화기를 귀에 대고 유리문 밖으로 뛰어나갔다. 청소부가 문 옆에 붙어 있는 '琉璃注意' 경고문을 걸레로 한번 더 닦았다. 바로 밑에 쓰인 여러 나라의 말 중에서 일행의 눈에 단연 돋보이는 글자는 물론 '유리 주의'라는 한글이었다.

이곳은 고즈넉하고 아름다운 호수를 품고 있는 까닭에 휴양지로 이름이 높았다. 수려한 풍광과 통유리로 장식된 호텔, 제주도에 가는 것보다 더 저렴한 경비 등이 복합되어 꼭 가볼 만한 여행지로 손꼽혔다. 호텔은 바다를 등진 산중턱에 있었다. 신비한 괴생명체가 산다는 호수가 정면으로 바라다보이는 스위트룸은 웃돈을 주고 예약을 해야 할 정도로 인기몰이중이었다. 차를 돌릴 만한 공간이 여의치 않은 까닭에 버스가 후진으로 다가왔다. '王子'가 새겨져 있고, 이곳의 말로 '왕쯔'라고 읽는 호텔 현판이 검은 매연을 한껏 뒤집어썼다. 버스 문이 열리자마자 가이드가 차 안으로 뛰어올라갔다. 한참이 지나서야 그녀가 초록색 여권을 손에 쥐고 내려왔다. 또 전화가 걸려올지 몰라 선불리 출발하지 못하는 운전사와 다르게 가이드가 일행의 체크인 수속을 밟았다. 카드키와 한국어로 적힌 객실 이용 안내문을 받아든 사람들이 각자의 짐을 끌고 엘리베이터 앞으로 몰려갔다. 호텔 직원에게 한국 돈으로 천원짜리 두 장을 내밀며 캐리어를 옮겨달라고 부탁하는 것은 도사와 마리 커플이었다. 직원이 캐리어를 끌고 가는 동안에도 그들은 찰싹 붙어 떨어질 줄을 몰랐다. 로비의 상황을 예의 주시하던 도어맨이 운전사에게 이제 내려가도 좋다는 수신호를 보냈다. 담배를 빼문 운전사가 한 손에는 반쯤 남은 페트병 소주를 들고 연신 자동차 열쇠를 돌렸지만 시동이 걸리지 않았다. 성질 급한 청소부가 차 뒤꽁무니를 한 대 차려는 순간에 기적적으로 엔진이 켜졌다. 미처 치우지 못한 죽은 새를 버스 바퀴가 사정없이 뭉개고 내려갔다. 그것을 모아 쓰레받기에 담으며 청소부가 욕을 했다. 호텔 건물 맨 꼭대기에서 다시 도르래 돌아가는 소리가 났다.

왕쯔 호텔에서의 첫날이자 이박 삼일 여행의 마지막 저녁이었다. 식사시간이 되어 일층의 식당에 모두 모이는 것도 버스에서 하차할 때만큼이나 요란들 했다. 여고 동창 삼인방끼리 결계를 치며 먼저 자리를 잡았고, 나머지 한 테이블에 다른 사람들이 '화기애매하게' 둘러앉았다. 가이드가 미리 주문한 음식이 나왔다. 팔뚝만한 생선찜과 볶음짜장면, 계란과 가지와 게살이 가득 들어간 국, 돼지비계 청경채볶음, 고추잡채와 수십 가지의 딤섬이 테이블에 이층 삼층으로 쌓였다. 칼 장인의 기본적인 기예가 덧씌워진 투박한 파인애플 거북이와 붉은 태양을 이빨 사이에 끼우고 곧 천장으로 승천할 것만 같은 당근 이무기도 접시들 맨 위에 올라가 있었다. 사람들은 늘 먹던 탕수육 비슷한 고기튀김에만 몇 젓가락씩 손을 댔을 뿐 각자 가져온 반찬과 찐 밥만 먹었다. 유희가 딤섬 접시를 아예 독차지했다. 군용 깔깔이를 입고 심드렁하게 앉아 있던 민준은 임신한 신부 쪽으로 눈도 주지 않고 연신 맥주만 마셔댔다. 정자는 가게에서 팔다 남은 것을 가져온 티를 내지 않으려고 지느러미와 꼬리를 잘라온 노가리에 볶은고추장을 찍어 먹었다. 병덕은 이걸 여기까지 가져왔냐며 타박하고 슬그머니 손을 뻗다가 정자에게 손잔등을 얻어맞았다. 그는 하는 수 없이 주머니에 넣어두었던 광천 조미김 한 봉지를 꺼냈다. 맛이 뼛속 깊이 박힌 소주 안주였다. 김 봉지를 뜯은 것은 병덕이지만, 정자가 먼저 김을 몇 장 집어갔다. 아끼던 김이 눈앞에서 사라지는 것을 본 병덕이 그래서 어쩔 수 없이 마신다는 듯한 포즈로 소주를 입안 가득 머금었다. 그들 옆으로 빈 소주병이 낮에 본 어느 큰 왕릉에서 출토된 기마병처럼 도열했다.

도사와 마리는 사실 어제 처음 만난 사이였다. 인천공항 D카운터 여행사 간판 밑에 가장 먼저 도사가 왔고 뒤이어 마리가 도착했다. 두 사람은 이 넓은 공항에서 오로지 당신밖에 보이지 않는다는 듯한 시선을 주고받았다. 긴말도 필요하지 않았다. 자석에 이끌린 쇳가루처럼 빠르고, 나사가 조여지는 것보다 더 완강하게 들러붙었다. 아시아 최고의 허브 공항이라는 인천공항의 돔형 지붕이 오로지 두 사람을 위한 하늘의 축복처럼 느껴졌다. 속궁합도 맞춤한 듯이 좋았다. 영민한 도사는 제 눈이 틀리지 않았다는 사실에 도취되어 마리에게 온 힘을 쏟았다. 마리는 힘 좋고 돈 잘 쓰는 이 남자가 마냥 좋았다. 지금의 이 '느낌'이 앞으로도 내내 지속되어주기를, 도사의 품에서 헤어나올 수 없게 되기만을 바랐다. 먼길을 돌아 이제 겨우 만나게 된 천상의 배필인지 어찌 알겠는가. 마리는 콧소리를 내며 갖가지 음식들을 도사의 입에 쉴 틈 없이 넣어주었다. 도사는 아까부터 병덕에게 소주 한잔 청하고 싶었지만 체면상 그러지 못했다. 그는 매너 있는 손동작으로 돼지비계를 집어 마리에게 권했다. 이윽고 주머니에서 중국 돈으로 오백 위안을 꺼내 가이드에게 내밀며 좋은 고량주 한 병을 부탁했다. 뒤돌아서는 가이드에게 거스름돈은 필요 없다고 큰 소리로 덧붙였다. 여고 동창들도 고량주를 주문하며 꼭 영수증을 챙겨달라는 부탁도 잊지 않았다. 가이드가 새쭉한 표정으로 술을 가지러 갔다. 민준도 칭따오 맥주를 주문했다. 가이드의 발걸음이 바빠졌다. 이 일행은 어제부터 각자 가져온 반찬과 술을 먹느라 여기서 파는 술이나 음식은 사 먹을 생각이 없어 보였다. 가이드가 뭐라도 조금 더 권할라치면 입맛에 맞지 않는다거나 상한 냄새가 난다며 시비를 걸어왔다. 라텍스나 진주를 파는 쇼핑센터에서는 바가지 씌우지 말라고 강짜도 부렸다. 그러면서도 쇼핑센터에서 제공하는 차는 리필까지 해서 마셨다. 그래도 오늘이 여행의 마지막 밤이라는 것을 상기했는지 너나없이 술들을 찾아댔다. 덕분에 마음이 조금 누은 가이드는 호텔에서 최고 좋은 고량주는 오백 위안이 넘는다는 것을 알고 있었지만 적당한 선에서 간체자로 쓰여 아무도 알아보지 못하는 술 두 병을 가지고 왔다. 그제야 일당이 빠진 가이드가 한결 밝은 얼굴로 이런저런 심부름을 도맡아 했다.

정훈은 반찬과 밥을 지영 앞으로 끌어다주며 요목조목 살뜰하게 챙겼다. 지영은 정훈이 하는 대로 내버려두고 저는 손 하나 까딱하지 않았다. 그러다 제일 먼저 일어나 방으로 올라갔다. 부부인 듯도 하고 부부가 아닌 것도 같은 모습에 여고 동창들이 눈짓으로 쑥덕거렸다. 얼큰하게 취한 와중에도 민준과 유희는 데면데면했다. 그만 좀 먹어. 민준이 타박하자 딤섬을 추가해 먹던 유희가 울상을 지었다. 후식으로 당근 이무기 대가리를 집어먹던 정자가 애 가지면 다 이러는 법이라면서 제가 가져온 반찬 몇 가지를 유희 쪽으로 밀어주었다. 유희가 정자의 반찬을 먹으려다 남편 눈치를 봤다. 민준이 따라준 맥주에 소주를 섞어 마시던 병덕이 주머니에 있던 한국 돈 몇천원을 가이드에게 찔러주며 노래를 시켰다. 가이드가 어찌할 바를 몰라 어색하게 웃었다. 정자가 병덕의 등짝을 힘껏 내리쳤다.

두 테이블 모두 합해 칭따오 맥주 열다섯 병과 한국 소주 열병, 고량주 두 병으로 저녁 겸 술추렴이 끝났다. 식사를 하는 시간은 십여 분 남짓했으나 술은 밤새라도 마실 기세였다. 일행은 식당 문 닫을 시간이 훨씬 지나서야 남은 술들을 챙겨 각자의 방으로 올라갔다. 병덕이 휘청거리자 정자가 남편의 허리춤을 잡아끌었다. 유희가 민준과 팔짱을 끼려다 거칠게 외면당하는 모습이 또 하필 여고 동창 삼인방의 눈에 걸렸다. 식당의 직원들은 돈 많은 한국 사람들이 팁을 테이블에 올려두고 가지 않은 것에 분개했다. 내일 조식은 오늘 남긴 것들을 꺼내다 주겠다는 말들을 주고받았으나 그 말을 알아듣는 한국 사람들은 없었다.

스위트룸의 여고 동창 삼인방 수연, 연숙, 민희는 판판하게 펴둔 항공사 담요 주변으로 고요히 모여들었다. 그 옆에는 식당에서 가져온 고량주와 집에서 싸온 멸치볶음과 오이장아찌가 봉지째 놓였다. 한동안 아무도 선불리 말을 꺼내지 않았다.

흔들었잖아? 흔들 거나 있어? 쟤 쌍피에, 넌 박 쓰고…… 참, 너 아까 피 한 장만 주던데? 조용히 해, 들을라. 쟤는 머리가 나빠서 기억도 못해. 기다려봐, 쟤 다 쌌다. 얼른 좀 와. 고꾼이 너무 자주 자리를 비운다? 변비야. 얼라? 야, 야, 낙장불입이지. 이년은 늘 이런 식이야. 안 내려놔? 수연이 넌 피박에 민희는 겨우 박면하고. 아, 고도리 깨졌네! 자, 얼마냐. 광박이니까 너는 이제 이백오십 불, 민희 너는 백이십 불 내놔. 아, 하도 따니까 이제 계산도 귀찮다야. 내일 장뇌삼이나 몇 뿌리 사가게 꼭 딸라로 내놔. 한국 돈 말고. 뭐? 아까 주긴 뭘 줘. 지난번 여름에 명동 호텔서 고할 때, 너 이십만원 나한테 안 갚은 것도 있다? 기억이 왜 안 나! 그래, 한국서 진 빚은 한국 가서 받는다 쳐도 오늘 건 계산 확실히 해라. 세상 깨끗하고 쿨한 척은 혼자 다 하고 살면서 뒤로는 꼭 이런 식이지. 니년은 늘 그래왔어. 맞아, 너 희진이랑도 이래서 깨졌지? ……야, 걔 얘긴 왜 꺼내냐.

이국의 고판에서 뜬금없이 희진이 튀어나오자 모두의 안색이 바뀌었다. 나도 모르게 뱉은 이름을 어쩔 거냐는 식으로 수연이 옆에 놓인 고량주 잔을 집어들었다. 모두의 뇌리에 희진과 정혜, 그리고 희진과 동반 자살을 한 정혜의 남편 준석의 모습이 다가왔다. 죽은 연놈들은 그렇다 쳐도, 행방불명된 정혜는 어쩌고 사는지 도통 알 수가 없었다. 한때 정혜는 교수가 될 사람의 부인이랍시고 목에 힘을 주어 친구들에게 욕을 먹었다. 만년 시간강사도 교수냐며 연숙이 비아냥거렸지만 정혜는 눈치채지 못했다. 친구와 남편의 외도도 전혀 알지 못하다가 황망히 그 둘을 떠나보냈다. 정혜가 남편의 학력에 뒤지지 않으려고 막 대학원에 진학했을 무렵이었다. 뒤돌아서 따져보니 남편이 정혜의 대학원 진학에 대찬성하며 박사 학위를 딸 때까지의 돈을 한꺼번에 쥐여준 것도 의심이 간다던 정혜였다. 정혜의 남편 장례식장에 대학원 동문 몇몇이 찾아왔던 것 같기도 했지만 삼인방은 굳이 아는 척하지는 않았다. 모두에게 쏟아진 더러운 거짓말 같던 시간이 지나고 어느덧 환갑을 맞이한 세 사람이었다. 야, 쓸데없는 얘기는 그만두고 돈이나 내놔. 설마 돈 안 주려고 걔들 얘기 꺼낸 건 아니지? 정혜는 하다 만 공부는 어쩌고 대체 어디로 가버렸나.

독수리 오 자매의 고등학교 졸업식 날 계획된 환갑 여행이었다. 둘이 사라지고 난 뒤에 줄줄이 과부가 된 세 사람의 처지도 우정을 돈독히 하는 데 힘을 보탰다. 셋은 우여곡절 끝에 두 사람을 마음에 묻고 여행을 떠나는 것으로 의견을 모았다. 그러나 둘의 기억이 여행 내내 따라다녔다. 산해진미를 먹어도, 신기한 바위를 배경으로 사진을 찍을 때에도 마음에 그어진 빈자리는 채워지지 않았다. 애써 입 밖으로 꺼내지 않았지만 즐거웠다가 쓸쓸해지고 괘씸했다가도 측은한 생각이 들었다. 그 마음을 어쩌지 못하고 급기야 두 사람이 들러붙었다. 중간에 낀 민희만 이리저리 머리채가 잡히고 티셔츠의 목이 늘어나는 수모를 겪었다. 싸움은 쉽게 진정되지 않았고 옛이야기들까지 들춰지느라 밤이 길었다. 둘 사이에 끼여 있던 민희는 오래전에 자살한 희진이 여기에 있다면 싸움의 판도가 달라졌을 것이라 생각했다. 돈 계산 하나만큼은 칼같이 해줬으니까. 어제 누구를 만나 어떻게 자봤단 얘기는 사실 무척 재미있었으니까. 겉으로 모든 일에 쿨한 척하며 속으로는 온갖 질투심에 몸을 불태우던 희진이 혹시 이 비행기를 같이 타고 온 것은 아닐까. 와서 고판이 깨지는 것을 보면서 고소해하지 않을까. 그렇게 갔으니 좋은 데서 쉬지는 못할 텐데, 올 수나 있을까. 민희는 여러모로 마음이 복잡했지만 당장 눈앞에서 브래지어 끈까지 잡아당기며 늘어난 거머리처럼 들러붙은 친구들을 떼어놓느라 더 많은 생각을 할 수가 없었다. 근데 너 아직도 뽕이냐는 연숙의 힐난에 수연이 제 가슴을 부여잡고 허리를 굽혔다. 환갑이 되어도 절대 포기할 수 없는 한 가지였다. 죽은 남편이 매우 안타깝게 여기던 점이었다. 이년아, 너처럼 처진 것보다 낫지 뭘 그래? 이건 가슴이냐? 아랫배야? 잠깐 숨을 고르던 연숙이 수연을 향해 일갈했다. 뽕 브라는 가라, 껍데기는 가라!

급기야 항공사 담요가 허공에 떴다. 고스톱 패와 달러들이 비처럼 쏟아지는 것이 흡사 영화의 한 장면 같았다. 그때 민희의 코끝에 비릿한 향내가 스쳤다. 오스스 소름이 돋은 민희가 눈을 크게 뜨고 방안을 둘러보았다. 싸움꾼들은 항공사 담요 안에서도 머리채를 휘어잡았다. 뽕 브라가 벗겨진 수연의 납작한 가슴이 담요 안의 어둠 속으로 사라졌다. 연숙의 허리가 접혀 안 그래도 처진 가슴과 툭 튀어나온 뱃살이 한껏 친한 척을 했다. 커튼으로 가려놓지 않은 통유리가 방안의 모습을 고스란히 되비추었다. 유리창에 설핏 사람의 형상 하나가 나타났다. 담요에서 날아온 고스톱 패 한 장이 허공에 머무는 시간이 유독 길었다.

통유리가 뿜어낸 반사광이 호수의 물결과 만나 이루는 빛의 파도가 비경이었다. 빛과 빛이 만나는 지점에 언뜻 나타났다 사라지는 호수의 괴물도 매우 훌륭한 이야깃거리였다. 소문은 꼬리를 물고 이어져 괴물이 바다로 가지 못한 이무기가 되거나, 백 년 묵은 거북이의 현현으로도 강림했다. 터무니없는 소리들이 호수를 배경으로 나름대로 신빙성을 얻었다. '괴물의 진실'을 설파하는 가이드들은 제각각의 경험과 상상을 덧붙여 말을 마음껏 허공에 쏘아올렸다. 오성급 호텔의 통유리창에 비친 풍경을 보면 도무지 믿지 않을 수 없는 말들이었다. 오늘도 역시 안개가 짙게 드리웠다. 호수의 괴물이 안개 덮인 수면 위로 제 머리를 살짝살짝 들어올렸다. 방으로 들어가자마자 암막 커튼을 쳤던 지영과 정훈은 괴물을 보지 못했다. 옥상에서 도르래 줄을 타고 내려온 청소부들이 커튼 뒤의 유리창을 닦았다. 빗금 같던 새똥 흐른 자국이 말끔하게 지워졌다. 바람이 불어왔다. 청소부들이 타고 있는 나무의자가 유리창을 두드렸다. 바람 탄 물결 사이로 괴물이 유유히 헤엄을 쳤다.

얼씨구, 이 인간 좀 봐? 여태 못 들어올 거믄 숫제 내년에 들어오지 그려? 정자 위에 올라가 있던 병덕이 삼십 분도 넘게 용을 썼지만 몸이 뜻대로 되지 않아 온갖 신음만 내뿜었다. 그렇게 급하믄 차라리 어제 들오든가. 병덕은 아랑곳하지 않고 몸을 일으키려 했지만 역부족이었다. 오늘도 안 될 모양이었다. 이렇게 된 지 벌써 오 년 가까이 되었다. 특별히 두드러진 병이 있는 것도 아니어서 내심 억울하기까지 했다. 정자가 온갖 약들을 다 구해다 줬지만 병덕에게는 무용지물이었다. 늘 하던 곳을 벗어나 새로운 장소에서 시도하면 조금 달라지지 않을까 싶었다. 병덕은 큰맘 먹고 가장 저렴한 패키지여행 상품을 예약했다. 정자 몰래 모아둔 비상금 통장은 결혼 삼십 주년을 기념하기 위한 남편의 선물로 둔갑되었다. 옆 가게 사장들에게 자랑도 한껏 해두었다. 여기저기서 삼십 주년 기념 턱을 내라는 통에 술도 여러 번 샀다. 떠나기 전날까지 술을 마시고 들어왔다가 여행 가방을 싸던 정자에게 정강이를 걷어차였다. 여행의 첫날인 어젯밤에도 거사에 실패했다. 참을 만큼 참았다는 듯이 정자가 장에서 튀어나온 듯한 소리를 질렀다. 야 이놈의 인간아, 술 좀 작작 처먹으랬지. 어허, 남편헌티 못하는 소리가 없어! 우리가 남이여? 남이지 그럼. 당신이 내 아들이야? 아들이면 때리기라도 해서 가르치겄다. 어허, 이걸 어매가 워뜨케 가르친댜? 인간아, 그런 뜻이 아니고, 평소에 몸 관리 좀 하지. 허구한 날 술타령만 하니 이게 되냐? 될 것도 안 되겄다. 어허, 우덜이 이만큼 사는 게 누구 때문인디 자꾸 이것만 갖고 그려…… 안 되는 걸 어쩌라고. 안 되면, 되게 해야지. 특전사 정신 몰라? 안 되면 되게 하라! 왜 이려…… 나, 방위잖여.

부부지간에 응당 오가야 할 운우지정적인, 오르가슴 충만한 대화는 없고 말을 가장한 일방적인 힐난만 가득했다. 아무리 떨어져 누워도 넓기만 한 침대에서 병덕은 차라리 젖먹이 시절로 돌아가고 싶었다. 엄마 배 위에서 트림을 하고 잠들던 때도 이보다는 좋을 것 같았다. 이럴 줄 알았다면, 처음 만나던 날…… 에잇, 말을 말아야지. 그는 정자가 한마디만 더 하면 창밖으로 뛰쳐나갈 마음으로 자세를 고쳐 앉았다. 하지만 병덕은 내내 뚫어져라 쳐다보던 창유리가 너무 깨끗해서, 밤이 너무 어두운 까닭에, 맨정신으로 십층에서 뛰어내리기에는 아무래도 어려운 날이어서 유리창이 아닌 문을 열고 제 발로 걸어나왔다. 두 손 가득 한국에서 가져온 소주를 들고 파자마 주머니에 광천 조미김 몇 봉지를 챙긴 다음이었다. 문을 열고 나오다 누군가와 부딪칠 뻔했다. 그가 누구인지 확인할 만큼 병덕의 눈과 마음이 한가하지 않았다. 누가 뒤따라오거나 말거나 오로지 술 생각만 간절했다. 병덕은 무조건 아래로 추락해버리고 싶은 마음에 엘리베이터를 타고 지하로 갔다가 캄캄한 분위기에 압도되어 슬그머니 일층 버튼을 눌렀다.

로비의 소파로 걸어가는 동안에 더 참지 못하고 소주병을 땄다. 여행 내내 정자의 손 대신 이 소주병을 잡고 다녔다. 술의 힘으로라도 아내를 만져보고 싶었지만 뜻대로 되지 않았다. 아내의 등만 보고 누워 있는 것보다야 일층 로비의 소파가 훨씬 편했다. 조도가 낮은 조명등 아래에 모여 있던 호텔 직원들이 술을 들고 휘적휘적 걸어오는 병덕을 피해 본인들이 지켜야 할 자리로 돌아갔다. 방에서나 로비에서나 병덕은 없는 사람처럼 취급받는, 참으로 일관성 있는 밤이었다.

오늘은 아무도 호텔 밖으로 나가 짙어진 안개의 안부를 확인하지 않았다. 호수의 괴물은 물속에서 몸을 뒤치다가 일어났다가 누웠다가 헤엄쳤다가 지느러미로 돌을 굴렸다가 곧 심심해졌다. 처음 이곳에 왔을 적에 괴물은 한동안 통유리 안을 구경하는 재미에 빠져 자주 호텔 쪽으로 갔다. 한번은 물에 빠진 아이를 등으로 받아서 밀어올려준 적도 있었다. 다음날 호수로 찾아온 공안을 통해 괴물의 선의가 사람에 대한 공격으로 받아들여졌다는 것을 알았다. 깊게 상처받은 괴물은 그뒤로 절대 호수에 온 사람들 가까이 다가가지 않았다. 제 일에만 집중하는 것이 호수의 날들을 무탈하게 견딜 수 있는 유일한 방법이라는 사실을 터득했다. 관광객 사이에서는 깊은 밤마다 온몸이 물에 젖은 괴물이 호수를 이탈하여 산 곳곳을 드나든다는 말도 돌아다녔다. 처음에는 그것을 증명하기 위해 슬쩍슬쩍 물 바깥으로 나가주었다. 그 역시도 오래지 않아 흥미를 잃었다. 호수의 생활이 모두 심드렁한 것만은 아니었다. 청소부들이 시시때때로 도르래를 타고 오르내리며 괴물에게 안부를 물어온 덕분이었다. 유리문 속으로 들어갈 수는 없어도 유리창만큼은 자신의 손을 거쳐야 말끔해진다는 자부심을 지닌 사람들이었다. 물속에서 괴물이 몸을 뒤척이는 소리가 들리면 뒤돌아서 손을 흔들어주었다. 호수의 물이 더 힘차게 찰방거렸다. 청소부들이 밤낮없이 유리창에 걸레질을 하는 덕분에 괴물은 외롭지 않았다.

청소부들은 유리창의 일부나 다름없었다. 안쪽의 시선이 늘 청소부 등뒤를 향했기 때문이다. 종종 자신이 '마음을 가진 사람'임을 잊고 유리의 일에 열중해야만 이겨낼 수 있는 눈빛들은 분명히 존재했다. 그것은 정말로 몸이 투명해지고 있다는 착각을 불러일으켰다. 그들은 유리 안쪽의 일에 눈을 감고, 바깥의 얼룩을 지우는 일만이 세상의 전부라고 여겼다. 간혹 유리창에 비친 제 모습을 바라보다가 투숙객의 항의를 받기도 했지만 도르래 줄을 타고 올라가버리면 그만이었다. 날이 갈수록 허공에서 유리와 호수 쪽으로 손짓하는 각자의 기술이 다양해졌다.

오늘밤에도 시비가 벌어졌다. 투숙객 한 사람이 두 손 가득 술병을 들고 자꾸 창 쪽으로 말을 걸어왔던 것이다. 몸이 아파 열이 나는지 술에 취한 건지 모를 정도로 낯빛이 붉었다. 우연찮게 유리 밖의 사람을 본 병덕은 말을 걸고 싶어서 창문을 두드렸다. 유리는 물론 꿈쩍도 하지 않았고 창밖의 청소부는 여전히 제 일에만 열중했다. 이제는 저들마저 자신을 무시하는가 싶어 화가 난 병덕이 소주병을 창에 던졌다. 제 앞으로 다시 튕겨 온 병을 되차려다 뒤로 발라당 넘어질 뻔한 병덕을 민준이 싸안았다. 민준이 병덕을 부축하기 직전에 도르래가 돌아갔다. 일층의 유리를 닦던 청소부들이 서서히 하늘로 올라갔다. 민준은 이제 아무도 없는 창에다 대고 무엇인가에 홀린 듯 화를 내는 병덕을 말리느라 진땀을 뺐다. 여러모로 무시당한 듯한 노여움에 허리가 꺾인 육십대와 갓 제대한 이십대 중반은 애당초 힘겨루기 상대가 아니었다. 병덕을 말리러 달려왔던 호텔 직원들은 너무도 순식간에 제압된 그의 모습에 허탈해하며 돌아갔다. 이것이 일층 로비 소파에 두 사람이 나란히 앉게 된 이유였다.

병덕이 걱정되어서라기보다 민준도 갈 곳이 필요했다고 말하는 게 옳겠다. 딱 삼일 전에 전역한 예비 아빠인 민준은 네 살 연상의 신부가 너무 낯설었다. 몇 마디 물어봤을 뿐인데 도통 울음을 그치지 않는 신부에게 밖에서 바람 좀 쐬고 오겠다는 말을 남기고 방문을 열었다. 그와 동시에 앞방 문도 열렸다. 급히 뛰쳐나온 것과는 다르게 갈 길을 몰라했던 갈지자 발걸음도 그렇고, 자꾸 유리창에다 대고 시비를 거는 것도 정상으로 느껴지지 않았다. 민준은 전역을 한 몸이었지만 아직도 군인 정신이 충만한 상태였다. 전방 초소에서 철통같은 경계근무를 서고 대민활동에도 누구보다 앞장섰던 마음 넓은 예비역 병장. 누군가 어려움에 빠진 모습을 그냥 두고 보지 않았다는 자부심이 가득했지만 정작 곤란함에 처해 있는 것은 바로 민준 자신이었다. 그는 소파에 앉아 두 병째 소주를 따는 병덕의 손목을 망연히 바라보았다. 병덕이 제 입으로 가져가려던 소주병을 민준에게 내밀었다. 각자 술병을 하나씩 들게 된 두 사람은 말없이 호텔 밖을 내다보았다. 민준은 안개 자욱한 밤의 풍경이 자신의 미래처럼 느껴져 소주와 눈물을 한꺼번에 삼켰다.

내 아이가 맞아? 억지춘향 격이었던 결혼식이 끝나고 신혼여행을 와서도 하루가 더 지난 오늘밤에야 취기를 빌려 물어본 말이었다. 이러지 않아야 했던 것일까. 유희는 억울하다는 몸짓으로 한 시간도 더 넘게 울었다. 참다못한 민준이 창밖의 안개에 제 몸을 파묻어버리고 싶은 마음을 간신히 억누르며 방문 손잡이를 그러쥐었다. 방을 나오기 직전에 미니바에 비치된 미니어처 양주들을 집어왔다. 애당초 사단장의 고명딸과는 같은 의자 혹은 같은 잔, 같은 이불, 아니 더 정확하게 말해서 같이 몸을 섞는 게 아니었다. 그게 다 이 웬수 같은 놈의 술 때문이었다. 술김에 딱 한 번 잔 것 같은데, 제대로 해보지도 못한 느낌이었는데, 전역일 즈음 배가 불러온 유희가 사단장의 지프차를 타고 민준 앞에 나타났다.

말년 휴가를 나와 집에 있던 민준은 마당에 무릎을 꿇고 있다가 아버지에게 개줄로 맞았다. 줄이 풀린 채 자유롭게 마당을 활보하던 웰시 코기가 다가와 민준의 허벅지를 갉았다. 어머니는 유희의 배를 보고 한숨만 쉬었다. 그럼 간단하게라도 식부터 올리자고 민준의 아버지가 제안을 해왔다. 예비 장인어른은 '제대로 된 신혼여행도 다녀와야 한다'며 한술 더 떴다. 서슬이 퍼런 사단장의 기세에 사병 출신인 아버지는 큰소리를 치지 못했다. 전역식과 동시에 결혼식이 진행되었다. 군 장병들의 우레와 같은 축하 속에 배부른 신부의 웨딩드레스가 처연히 바람에 휘날렸다. 민준은 혼주에게 인사를 할 적에 대성통곡을 해버리는 바람에 장병들의 야유와 처가댁 여러 어른들의 빈축 섞인 덕담을 들었다.

병덕이 세 병째 소주를, 민준이 주머니에서 미니어처 양주를 꺼냈을 즈음에 도사가 나타났다. 지나가다 들렀다고 누가 묻지도 않은 말을 덧붙이며 친근히 다가왔다. 일평생 사람의 기색을 살피는 일을 업으로 삼아온 도사가 민준에게 소주 한 병을 내밀었다. 민준이 반색하며 병을 받들었다. 눈에 익은 영롱한 초록빛에 이끌린 병덕이 도사 옆으로 비칠비칠 다가갔다. 너른 품의 도사는 민준과 병덕의 말을 모두 받아주었다. 손님, 너무 씨끄럽습니다. 조용히 해씹시오. 호텔 직원이 찾아와 한국말로 주의를 주었다. 도사가 만원짜리 한 장을 그에게 건넸다. 도르래 줄에 매달려 있던 사람들이 다시 민첩하게 일층까지 내려와 제 할 일을 마친 시간이었다. 빈 도르래 줄이 하늘로 솟구쳐올라갔다. 미처 끌어올리지 못한 나무의자 하나가 허공에 떠서 유리창을 두드렸다. 오랫동안 허공에 매달려 있던 청소부들이 기지개를 켜며 호수 쪽으로 걸어갔다.

이 밤에 즐거운 시간을 보내는 커플은 지영과 정훈뿐이었다. 지영은 살결이 매우 뽀얗고 차졌다. 정훈은 키는 작지만 매우 다부진 몸매의 소유자였다. 정훈의 탄력 있는 피부 위에 연두부 같은 지영의 살이 포개졌다. 둘은 오직 상대방의 몸을 핥는 데에만 열중했다. 여러 번 붙었다 떨어지고, 한쪽이 잠들만 하면 다른 한쪽이 흔들어 깨우는 일이 몇 번이나 반복되었다. 창밖에서 위태롭게 흔들리던 빈 나무의자가 유리창을 노크해도 개의치 않았다. 지영의 두 다리가 정훈의 허리를 먹잇감 거머쥔 쌍두사처럼 휘감았다. 매우 로맨틱하고 일견 성공적인 밤이었다.

고스톱하다 싸우던 여고 동창 삼인방은 팩을 붙이고 누워 있었다. 담요를 뒤엎으며 싸우던 사람들 같지 않게 다정한 모습이었다. 몇십 년째 반복하는 여고 시절 총각 선생님 이야기부터 첫사랑, 첫 경험, 첫 출산 때 시댁이 어떻게 서운하게 했는가에 대하여 마치 처음 이야기해보는 사람들처럼 광분했다. 서방도 없는 처지에 친구들끼리나 서로 받쳐주고 사는 거지, 누가 있어 우리를 위로하겠냐는 자조 섞인 말에도 크게 웃었다. 팩 하면서 웃으면 주름 생긴다고 타박하는 목소리는 수연인가, 연숙인가. 민희는 조금 전에 얼핏 스쳐온 누군가의 느낌을 찾아 가만히 방안을 두리번거렸다. 민희는 희진이 누구하고 사귀든, 여기저기 이간질하며 살거나 말거나 그냥 내버려둘 걸 그랬다는 생각을 하던 참이었다. 물론 또 언쟁이 붙을까봐 입 밖으로 내뱉지는 않았다. 다시 한번 이야기를 꺼내야 한다면 살아 있는 정혜에 관한 것이어야 했지만 너무 꽁꽁 숨어버려 도무지 찾을 길이 없었다. 졸지에 친구와 남편을 잃고 황망해하던 얼굴을 떠올리면 눈앞이 먹먹하게 흐려졌다. 배신감과 슬픔에 압도된 장례식장에서 정혜를 본 것이 마지막이었다. 그나마 연숙은 희진의 장례를 치르느라 정혜 쪽으로는 가지도 못했다. 가슴 아프지만 더 찾지 않는 것도 하나의 방법이라는 사실을 모르지 않는 육십일 세들.

유희가 벌써 두 시간째 이불을 뒤집어쓰고 우는 척을 하는데도 민준은 돌아오지 않았다. 유희는 남편이 자신을 버리고 도망가버린 것은 아닌가 덜컥 겁이 났다. 더 솔직히 말하면 민준이 어디까지 알고 있는가에 대한 두려움이었다. 수류탄 핀을 뽑은 아버지의 기세에 눌려 결혼을 하기는 했지만 그가 진짜 아이의 아비인지 확신할 수 없었다. 아이가 생길 즈음에 잔 사람은 두 명이었으니 확률은 오십 대 오십이었다. 아비가 맞으면 계속 살고 아니면 산후 우울증을 핑계로 이혼을 요구할 계획까지 세웠다. 뱃속의 아이가 어미의 마음을 읽은 까닭일까. 태동이 느껴지지 않았다. 드레스 차려입고 아버지와 함께 버진 로드를 걸어갈 적만 해도 제 어미의 배를 퉁퉁 건드리던 녀석이었다.

자신이 첫 여자라 고백을 해오던 김민준 병장이었다. 군에서 사단장의 딸과 이렇게 될 줄은 몰랐다며 매우 겁을 냈다. 모르면 알면 되지 않느냐고 몇 번이나 다그치고 나서야 쭈뼛대며 다가오던, 어쩌면 이 아이의 아버지. 그는 여기까지 오는 동안 단 한 번도 되묻지 않았다. 유희는 민준이 대체 어디까지 알고 있는 것인지 궁금해서 더 우는 척을 할 수가 없었다. 마음이 급해진 유희가 객실 실내화를 신고 카드키를 빼는 것도 잊은 채 로비로 내려왔다. 그리고 거기서 들었다. 민준이 울음 섞인 목소리로 누군가에게 내 아이가 아닌 것 같다며 토로하는 소리를. 로비의 소파에 앉아 있는 실루엣은 분명히 민준이었고, 목소리도 민준이고, 확 풍겨오는 땀내도 민준이 맞았다. 하지만 민준을 위로하는 저 어둠 속의 목소리는 누구인가. 유희는 소파 뒤에서 몸을 부들부들 떨다가 호텔 뒷문으로 빠져나왔다. 안개 탓에 시야가 제대로 확보되지 않은 상태에서 낮에 본 호수 쪽으로 무턱대고 올라갔다. 이렇게 하면 나중에 민준이 자신을 찾으러 나왔을 때 결백을 주장하고, 모욕당한 신부의 마음을 표현하기에 안성맞춤이라는 계산까지 끝냈다. 유희는 한 손으로 배를 보호한 채 안개를 헤치며 걸었다. 뱃속의 아이를 안심시키기 위해서 "아빠는 저 사람이다, 저 사람이다, 저 사람이다"라고 세 번이나 외쳤다. 그제야 아이가 뭉클뭉클 움직였다.

군복을 찢어 미니스커트를 해 입어도 누가 뭐라고 할 수 없는 사단장의 고명딸이었다. 어렸을 때부터 아버지를 따라 전국의 부대를 돌아다녔다. 유희는 늘 군용 지프를 타고 등하교를 했다. 첫 경험은 지프차 운전병이었고, 두번째는 관사의 공관병, 세번째는 취사병, 네번째는 누구였더라. 다섯번째는 피엑스에서 냉동만두를 비벼오던 정병장이었다. 기억나지 않는 사람도 많았다. 남자들의 질문은 일정한 패턴이 있었다. 처음인지 아닌지의 여부, 오늘 어땠냐는 식의 확인, 민준처럼 저렇게 아이의 아비가 누구인지 어찌 아느냐는 식의 발뺌. 어린놈들일수록 경험의 횟수를 궁금해했고, 사회생활 좀 하다 온 치들은 테크닉과 힘에 대한 질문을 주로 던졌다. 그나마 최근에 잔 두 사람에게 아이에 관한 질문을 던져 각기 다른 답을 들어봤을 따름이었다. 아비가 누구든지 간에 이 아이만큼은 지켜주고 싶었다. 이런저런 생각들을 하며 걷던 유희가 누군가와 부딪쳤다. 양쪽에서 한국말로 된 욕설과 비명이 한꺼번에 들렸다.

욕을 한 쪽은 뱃속의 아이에게 좋은 말로 아비를 세뇌시키던 유희였고, 비명을 지른 쪽은 마리였다. 마리는 몸이 다 닳을 때까지 당신을 사랑하겠노라는 태도로 도사와 한바탕 질펀하게 논 다음에 기절하듯 잠들었다. 술이 모자란 도사가 밖으로 나가고 머지않아 마리가 눈을 떴다. 그뒤의 일은 기억나지 않았다. 어쩌다 정신을 차려보니 도사의 귀중품을 양손에 들고 산속을 헤매고 있었다. 이미 절도 전과 3범인 처지였다. 아연실색해진 그녀는 여기까지 와서 이러면 안 된다고 도리질을 치며 호텔로 돌아가던 길이었다. 밤 깊은 이국의 호수에서 익숙한 한국말을 들으니 겁이 나서 누가 먼저랄 것도 없이 "누구세요"만 연발했다. 마리는 일단 통성명이라도 해야 할 것 같아 왕쯔 호텔에 묵는다고 먼저 밝혔다. 나두요, 소리가 덥석 다가왔다.

둘은 잠시 헤어졌다 만난 의자매처럼 서로 팔짱을 끼고 눈앞을 더듬어 안개에 파묻힌 호텔 쪽으로 걸어갔다. 언니는 왜 여기 혼자 계세요. 그냥요. 그쪽은 왜 나와 있어요? 몰라요, 흑. 드디어 기다리던 질문을 들은 유희가 흐느꼈다. 마리는 제가 처한 상황은 순간적으로 까맣게 잊은 채 유희를 달래는 일에 몰두하다가 새신랑이 아이를 의심한다는 말을 듣자마자 이성을 잃었다. 마리가 배를 감싸고 우는 유희를 이끌고 호텔 쪽으로 성큼성큼 걸어갔다. 무책임한 놈들은 몸의 털을 다 태워버려야 한다는 말을 의기양양하게 내뱉다가 우뚝 멈췄다. 도무지 무어라 설명할 수 없는 것의 형상이 안개 속에서 튀어나왔다. 말 그대로 '짐승'이었다. 괴상한 몸통 밑으로 사람 다리 수십 개가 있었다. 몸통에서 물이 줄줄 흘렀다. 다리들이 물에 흠뻑 젖어 마치 오줌을 싸면서 걷는 것 같았다. 눈앞의 거대하고도 뚱뚱한 지네 같은 짐승의 형상에 놀란 마리와 유희는 서로의 팔을 부여잡고 덜덜 떨었다. 조용히 호텔의 정문을 지나치려던 짐승이 재빠르게 호수 쪽으로 달려갔다. 어둠에 파묻히며 사람 신음 소리를 내던 짐승이 몸 쪽으로 다가든 안개를 거칠게 튕겨냈다.

산으로 올라가 승천하려는 진짜 이무기를 만난 것인지, 여러 발 달린 지네 혹은 어떤 사람들을 만난 것인지 헷갈렸다. 겁에 질린 두 사람은 일단 그것에 대해서는 입을 닫았다. 얼른 화제를 돌려 떨리는 목소리로 민준이 같은 놈은 혼쭐을 내야 한다고 소리치는 마리를 방패 삼아 유희가 호텔 안으로 들어갔다. 이럴 때가 아닌 것을 알면서도 유희는 혹시 정훈이 로비에 나와 있지는 않을까 하는 기대를 품었다. 유희는 옷 속에 가려져 있지만 꽤 단단해 보이는 잔근육의 매력을 온몸으로 알고 있었다. 벗겨보지 않아도 투시가 가능할 정도였다. 유희는 여행 내내 몸은 민준의 곁에 있어도 눈은 정훈을 바라봤다. 그를 매만지고 싶은 마음을 애써 억누르며 불룩 솟아오른 제 배만 쓰다듬었다. 이제부터 아이 엄마로, 민준의 처로 행동하려면 그간의 일을 잊고 더 많은 부분을 참으며 살 수밖에 없다는 사실도 잘 알았다. 그래도 딱 한 번만……

프런트의 직원들은 안개가 강한 날인지라 밖으로 나가는 투숙객들에게만 주의를 주고 로비에서 술추렴중인 한국인들은 그냥 내버려두었다. 그 덕에 로비는 이미 취한 채로 의형제의 연까지 맺은 남자들 목소리로 왁자했다. 여기가 호텔 로비인지 술집인지 구분이 가지 않았다. 다행히 관광객이 많지 않은 비수기였다. 민준은 곧 태어날 아이와 제 상황에 대한 푸념을, 병덕은 오래전부터 앓아오던 전립선 비대증에 대한 고민을 털어놨다. 도사는 마치 이 둘의 스승이라도 되는 것처럼 "그렇지, 암만 그렇고말고"를 연신 남발했다.

호텔 정문 쪽에서 유희와 마리가 나타나자 민준과 도사가 차례대로 소파에서 일어났다. 유희의 자애로운 언니이자 씩씩한 위로자이던 마리는 순식간에 연약해졌다. 마리가 도사의 품으로 쓰러지듯 안기며 조금 전에 겪은 일들을 두서없이 늘어놓았다. 수백 개의 발이 달린 엄청난 괴물을 만나서 유희가 넘어졌고, 안개가 내려와 애 아빠가 누구인지 물어봤다는 내용이었다. 도사는 너무 놀란 탓에 혀가 반토막 난 그녀의 마음 역시 모두 이해한다는 듯이 고개를 끄덕거렸다. 마리가 도사의 손을 엘리베이터 쪽으로 이끌었다. 유희가 온몸을 오들오들 떨었다. 민준은 그 모습이 안쓰러워 아내의 어깨를 감쌌다. 그는 인생의 고비 때마다 늘 자신의 발목을 잡았던 우유부단한 매력을 마음껏 뽐내며 사내다운 척

유희의 몸을 부축했다. 남편의 손에 이끌리던 유희는 로비에 다른 남자들은 다 나와 있는데 왜 정훈만 빠져 있는지 궁금했다. 온갖 소란을 다 떨던 커플들이 엘리베이터 안으로 들어가고, 병덕만 로비에 버려진 패잔병처럼 홀로 앉아 술을 마셨다. 마누라는 자나? 괜히 한번 여기저기를 둘러보며 두 눈을 크게 떴다가 소주 한 모금 마시고 까무룩.

마리가 도사에게 매우 선정적인 포즈로 매달렸다. 손에 든 도사의 물건을 들키지 않으려는 필사적인 노력이었다. 볼을 맞대다가 혀를 길게 내밀어 도사의 입술을 들추었다. 어허, 공공장소에서, 이봐요! 말은 그렇게 했지만 도사는 굳이 마리를 말리지 않았다. 불뚝 솟아오른 도사의 아랫도리가 유희의 눈에도 들어왔다. 마리는 엘리베이터가 한 층 한 층 올라갈수록 더 과감해졌다. 민준이 헛기침을 하자 유희가 배를 감싸며 민준 쪽으로 한 발 다가갔다. 민준이 얼결에 뒤로 물러섰다. 남편의 변덕에 유희가 몹시 서운해지려던 찰나 마리의 가슴에 얼굴을 묻고 있던 도사가 눈을 까뒤집고 옆으로 쓰러졌다. 유희와 마리가 비명을 지르기도 전에 민준이 민첩하게 도사의 몸을 떠받쳤다. 때마침 엘리베이터가 멈췄다. 민준이 도사의 무게를 이기지 못하고 열린 문 쪽으로 넘어졌다.

십층에서 엘리베이터를 기다리던 사람들은 문이 토해낸 이들의 모습이 괴상해서 한동안 가만히 있었다. 놀란 마리가 울면서 119를 외쳤고, 유희는 앰뷸런스를 영어로 뭐라고 하는지 생각이 나지 않아 발을 동동 구르다가 구급차 좀 불러달라고 한국말로 울부짖었다. 민준이 벌떡 일어나서 도사의 입을 벌리고 혀를 잡아 뺐다. 엘리베이터를 기다리던 사람들이 호텔 로비와 병원으로 전화를 하느라 한바탕 소란이 일었다. 도사의 몸이 복도와 엘리베이터에 반반씩 걸쳐 있던 까닭에 문이 닫혔다가 또 열렸다. 마리는 여전히 도사의 물건을 손에 쥔 채 바들바들 떨었다. 유희는 배가 딴딴하게 뭉쳐가는 것을 느끼며 주저앉았다. 민준은 한 손으로는 계속 혀를 잡은 채 다른 한 손으로 도사의 심장 마사지를 했다.

밖의 소란에 무심코 방문을 열었던 정훈이 앞뒤 잴 것도 없이 엘리베이터 앞으로 뛰어왔다. 정훈은 민준에게서 다급히 심폐 소생술을 이어받았다. 유희는 절도 있는 정훈의 손동작에 한번 더 반했다. 그러면서 저 정의로운 손은 혹시 의사가 아닐까 하고 넘겨짚었다. 가운을 챙겨 입을 새도 없이 뛰어나온 정훈의 벗은 어깨가 유희의 눈에 콕 박혔다. 역삼각형의 몸매가 유독 돋보이는 정훈은 의사가 아닌 큰 수영장의 수석 코치였다. 심폐 소생술은 수영선수이던 중학생 때부터 익혀온 것이었다. 함께 온 지영은 수영장의 상급반 회원이었다. 방 침대에 알몸으로 누워 있던 유부녀 지영은 정훈이 왜 돌아오지 않는지 무척 궁금했지만 나가볼 수가 없었다. 정훈과 민준의 노력 덕분에 도사의 의식이 돌아왔다. 엘리베이터 앞에 모여 있던 사람들이 안도의 숨을 내쉬었다. 마음이 놓인 민준은 왜 나에게만 이런 일들이 벌어지는가에 대해 의구심을 품었다. 그러다 곧 아내와 아이를 의심한 벌이라는 결론을 내렸다. 민준이 모인 사람들을 헤치고 유희 옆으로 다가갔다.

이 팀의 여자 가이드가 머리띠를 빼지도 못하고 놀란 얼굴로 나타났다. 사람들은 한껏 올린 앞머리와 지운 눈썹 때문에 그녀가 누구인지 금방 알아차리지 못했다. 도사가 힘겹게 눈을 떴다. 구급차는 쉬이 오지 않았다. 마리는 도사가 잘못된다면 이 관계를 남들에게 어떻게 밝힐 것인가 재빨리 생각해두었다. 가이드가 어딘가에 수차례 전화를 건 끝에 일행에게 앰뷸런스의 도착 소식을 전해주었다. 구급 요원들이 엘리베이터를 타고 올라왔다. 도사는 이제 괜찮다고 말하다 여러 사람에게 번쩍 들려갔다. 호텔 정문 앞에 뒷문을 활짝 열어둔 승합차 한 대가 대기하고 있었다. 앰뷸런스임을 알리는 초록색 경광등이 차 위에서 깜빡거렸다. 도사와 마리, 가이드가 동승을 했다. 곧이어 차가 안개를 헤치며 산밑으로 향했다. 유희와 민준이 얼이 빠진 모습으로 방에 들어갔다. 정훈이 제일 늦게까지 남아 마리가 흘린 물건들과 도사의 신발을 챙겼다.

다시 한바탕 밀애를 끝낸 지영과 정훈이 깊이 잠들고, 마스크팩을 붙인 여고 동창 삼인방이 스위트룸의 방 하나씩을 차지했다. 유희가 다시 구슬피 울었다. 민준은 그녀를 위로하느라 뜬눈으로 밤을 새웠다. 병덕은 아예 일층 로비의 소파와 한몸이라도 된 것처럼 푹 파묻혔다. 막 앰뷸런스를 떠나보낸 호텔 직원들도 병덕까지 챙겨 올려보내자니 좀 귀찮다는 생각이 들었던지 모포를 하나 가져다 덮어주었다. 얼마 지나지 않아 병덕이 모포를 걷어차고 일어나 지금까지 먹은 것들을 모두 내뿜었다. 속이 시원해진 병덕이 토사물 위로 다이빙하듯 몸을 던졌다.

해가 뜨기 직전에 도사와 마리, 가이드가 돌아왔다. 청소부가 제가 토한 것들 위에서 편안하게 잠들어 있는 병덕을 깨웠다. 본인이 왜 로비 바닥에서 자고 있는지 영문을 모르는 병덕에게 가이드가 다가갔다. 그녀는 병덕과 눈이 마주치자 중증 간질 환자에게 술을 주면 어떡하냐고 비명에 가까운 힐난을 쏟아냈다. 뒤따라온 마리의 얼굴이 샐쭉해지고, 어찌할 바를 모르던 도사가 엘리베이터 앞으로 걸어갔다. 엉망진창이 된 병덕을 드디어 발견한 정자가 조금 전의 사람들보다 더 크게 화를 냈다. 자신을 향해 쏟아지는 소리들에 정신을 차린 병덕이 주위를 두리번거렸다. 이들이 왜 화를 내는지 모르지만 여하튼 자신이 혼나고 있다는 것은 알았다. 병덕은 아예 귀가 안 들리는 사람처럼 말없이 일어나 제 방으로 올라갔다. 청소부가 민첩하게 병덕의 흔적을 지웠다.

팩의 효과로 어제보다 더 얼굴이 번들거리는 여고 동창 삼인방과 정자, 그리고 정훈 커플이 아침식사를 마치고 나왔다. 날이 밝고 나서야 잠든 민준 덕에 유희는 밥을 먹지 못했다. 여전히 상거지 꼴인 병덕과 허겁지겁 짐을 챙겨온 마리와 도사까지 한자리에 모였다. 모두의 요청으로 마지막 남은 쇼핑센터 스케줄이 취소되었다. 그러자 가이드는 공항까지 배웅 나가는 것을 거절했다. 이 일은 여행객들이 쇼핑센터에서 구매한 물건값의 오 프로를 수당으로 받는 구조였다. 공항에서 배웅을 하면 남은 돈을 몽땅 주거나 비공식적인 팁을 찔러주는 사람도 많았다. 밤새 그 고생을 시키더니 이제는 쇼핑도 안 하겠다는 사람들을 가이드가 질린 눈빛으로 쳐다봤다.

모쪼록 즐거운 여행이 되셨기를 바랍니다. 내내 건강하세요. 안녕히 얼른 가세요.

가이드가 서둘러 버스를 출발시켰다. 호텔의 도어맨이 문을 막 닫으려는 찰나 청소부가 소파 사이에서 지갑과 휴대폰을 집어올렸다. 다시 가이드가 운전사에게 전화를 걸었다. 많은 것들을 체념한 목소리였다. 버스가 요란한 소리를 내며 후진으로 다가오다 호텔 정문을 쾅 박았다. 문 위에 매달린 왕쯔 호텔 현판이 툭 떨어졌다. 차 안에서 아무도 나오지 않았다. 도어맨과 가이드가 입을 떡 벌리고 버스와 현판을 번갈아가며 쳐다보았다. 청소부가 달려와 빗자루로 버스의 뒤꽁무니를 거세게 내리쳤다.

관광객들이 떠나자 다시 도르래 줄을 탄 사람들이 허공에 떴다. 호수 안으로 들어가 있던 괴물이 기지개를 켰다. 새떼가 날아와 유리창에 부딪쳤다. 날개가 부러진 새를 청소부가 쓰레기통에 처박았다. 호텔의 정문에 뒤늦게 실금이 생기기 시작했다. 조용히 문을 가른 금이 '유리 주의琉璃注意'라고 쓰인 여러 나라의 말들을 뒤덮었다. 커다란 문이 세심하게 갈라졌다. 금은 호텔 현판이 있던 쪽으로도 다가갔다. 새를 줍던 청소부와 도어맨이 뒤늦게 유리를 붙잡아보았지만 소용없었다. 새로운 투숙객들을 실은 버스가 올라왔다. 유리에 금이 가는 것보다 버스가 호텔로 올라오는 속도가 더 빨랐다. 허공의 청소부들이 건물 위로 솟구쳤다. 호수를 유영하던 괴물이 긴 숨을 내뿜었다.

금이 유리 호수 쪽으로 맹렬하게 번져갔다.

유빙의
숲

검게 언 도로를 달리던 순찰차의 바퀴가 헛돌기 시작했다. 습관적으로 브레이크를 밟으려는 오른발을 간신히 멈춘 박형사의 손에 땀이 차올랐다. 블랙 아이스였다. 블랙은 커피고 아이스는 겨울인데 조형사는 똥을 싸지. 박형사는 입에서 나오는 대로 지껄이며 눈으로 길 곳곳을 훑었다. 과민성 대장염 때문에 숲으로 들어간 동료를 기다리는 중이었다. 이쯤에서 조형사를 내려줬던 것 같은데 이상하게 오늘따라 길이 헷갈렸다. 고갯마루를 넘어왔으니 오른쪽 같기도, 길을 돌아 들어가기 직전의 왼쪽에 차를 세웠던가 싶기도 했다. 뭐 일 다 보면 나오겠지. 라디오나 좀 들어볼까 해서 전원을 켰더니 때마침 뉴스 시간대였다. 화재나 교통사고들이 지나가고 선체 수습을 재개한다는 소식이 전파를 탔다. 직업의식과도 연관

된 것이겠지만, 박형사는 형사가 된 뒤부터는 아무리 단신이어도 허투루 듣는 뉴스가 없었다. 무엇보다 오늘 같은 날은 특히 더했다. 마침 그 뉴스가 나왔다. 형사들이 십시일반으로 마음을 모아 친부의 폭행으로 사망한 아이의 장례를 치러준 소식이었다.

조서에 쓰인 문장만 대하다 직접 가서 아이의 시신을 보니 참혹하기 이를 데 없었다. 십육 개월밖에 자라지 않은 몸이 멍과 시반으로 뒤범벅이었고, 뭉개진 갈비뼈 대신에 부풀어오른 내장으로 겨우 배의 형태를 유지하는 모습이었다. 두개골도 벌어졌다는 부검의의 말은 조형사가 듣고 왔다. 박형사가 아이의 관을 구하기 위해 장례물품소에 가 있던 시간이었다. 신생아용은 너무 작았고, 어린이용 관은 좀 컸다. 결국 코팅이 잘된 단단한 상자에 아이를 눕혀야 했다. 박형사는 화장이 진행되는 동안 주먹을 불끈 쥐고 서 있는 조형사를 데리고 밖으로 나왔다. 자판기 커피를 나눠 마시며 그래도 잘한 일이라고, 우리의 마음을 아이도 알고 가지 않았겠느냐는 말을 한 것이 지금으로부터 세 시간 전이었다. 화장을 모두 마치고 차에 탔을 적에는 이상하게도 어깨가 뻐근해서 자동차의 핸들을 돌리기가 어려웠다. 잘 데려다줄 테니 걱정하지 말거라 아가야. 박형사가 속으로 생각한 말을 입으로 내뱉자 유골함을 들고 조수석에 앉았던 조형사의 눈에 눈물이 고였다.

아이의 장례식을 치러주자는 제안을 한 것은 사건 담당인 조형사였고, 경찰서 내 인트라넷에 이야기를 띄워 곧바로 장례비를 모은 사람은 박형사였다. 오늘 날짜로 박형사와 조형사 두 사람이 연가 신청을 했지만 경찰서장은 그것을 반려하고 형사기동대 차량의 사용을 허락해주었다. 물론 지역 방송사의 기자에게 이 일을 제보하는 것도 빼놓지 않았다. 화장장 직원에게 유골을 분쇄하지 말아달라는 부탁은 박형사가 했다. 아비에게 맞아 죽은 아이를 분골기에 넣고 빻기까지 할 수 없다는 뜻이었다. 그때까지도 아이의 엄마와 연락이 닿지 않았다. 하는 수 없이 형사들이 납골당 봉인까지 해야 했을 적에 조형사가 숲으로 가자는 말을 꺼냈다. 왜 거기야? 큰 나무 돼서 누구한테도 맞지 말라고요. ……오래, 살라고요. 박형사의 눈에 비바람에 꺾이는 잔가지들이 지나갔지만 조형사의 마음에는 단단하기 이를 데 없다는 물푸레나무 군락이 스쳤다. 그곳에서 천오백 년 넘게 살았다는 비자나무여도 상관없었다. 아무려나, 장례를 치른 날이 아닌가. 기자들과 인터뷰를 하고 있는 서장에게 전화상으로 보고를 마쳤다. 카메라가 찍고 있으니 전화 저쪽에서 뭐라 하든지 간에 무조건 오케이였다. 두 사람은 곧장 숲으로 갔다. 매장 허가를 받지 못한 것이 계속 찜찜했지만 이 아이에게 여기서 더 탈이 나겠나 싶어서 한쪽 마음을 질끈 감았다. 조형사는 똥이 급하다고 말하면서도 유골함을 안고 차에서 내렸다. 숲 어귀에 주차를 하려는데 서로부터 무전이 걸려왔다. 박형사가 모는 순찰차가 신고지에서 가장 가까운 차량이었으므로 지체 없이 방향을 틀었다. 숲 쪽으로 가고 있는 조형사에게 마구 소리를 쳐서 잠시 다녀오겠다고 양해를 구했다. 알았다고 돌아선 걸음이 아무리 봐도 똥 누러 들어가는 사람은 아닌 것 같았지만 그도 그냥 그러려니 했다. 선체 수습을 재개한다는 라디오 뉴스를 함께 듣지 않은 것만으로도 다행이었다.

다행히 박형사가 마을 근처의 숲에서 방황하고 있는 사람을 발견했다. 숲 쪽으로 헤드라이트를 비춘 후에 차의 경적을 울려 주변의 이목을 끌었다. 마을 쪽에서 가족들이 달려나왔다. 박형사는 선 채로 오줌을 싸고 있던 노인과 아들 내외를 모두 순찰차에 태워 집으로 데려다주었다. 아무 말도 하지 않는 노인 대신에 아들이 고맙다며 연신 고개를 숙였다. 그가 끝내 악수를 청해오지 않는 것도 이해는 했다. 자꾸 자신의 시선을 피하던 노인의 며느리가 서둘러 시아버지를 이끌고 집안으로 들어갔다. 그 사람들 사는 모습과 생김새를 조형사에게 얼른 말하고 싶어서 입이 근질거렸다. 곧바로 되짚어 나왔어도 늦은 것 같은 조바심도 일었다. 그 상태로 마을을 벗어나 조형사가 있는 숲으로 가는 길로 들어섰을 때였다. 나무를 들이받은 채 비상 깜빡이를 켜고 있는 택배 차량이 눈에 들어왔다. 순찰차를 보고 두 손을 번쩍 치켜드는 것을 발견하고 속력을 높이다가 하마터면 미끄러질 뻔했다. 사고 차의 헤드라이트 불빛이 약한 것으로 보아서는 배터리도 다 된 모양이었다. 박형사의 신경이 그쪽으로만 몰린 까닭에 라디오가 혼선을 일으키는 것도 인지하지 못했다. 두 손을 치켜든 채 순찰차가 다가

오기만을 기다리는 택배 기사의 어깨에 올라가 있던 흙빛 기포들이 분주히 허공으로 떠올랐다. 숲 밖으로 나와 있던 비자 줄기들이 그 기포들을 받아안았다.

상어가 등지느러미를 잃은 지 삼백 년이 지났다. 느긋하고 고요하게 북극해를 떠돈 지도 꼭 그만큼이었다. 시력은 지느러미보다 천천히 사라졌다. 한쪽 눈은 새끼였을 때 들러붙은 기생충이 눈알을 파먹었고, 나머지 눈의 시력은 천천히 나빠져 큰 물체의 희붐한 형태 정도만 알아볼 정도였다. 그렇지만 크게 불편함을 느끼지는 못했다. 맹위를 떨치는 바다의 포식자가 아닌 덕분이었다. 다행히 후각이 발달해서 먹이는 곧잘 찾았다. 바다 생물들이 굶주린 눈빛으로 상어 가까이 다가왔다가 상어의 몸에서 뿜어져나오는 생소한 자기장에 놀라서 멀리 도망가기 일쑤였다. 상어는 그것들과 마주치지 않으려고 심해로, 바다 표면과 빙산 밑으로 자주 거처를 옮겨다녔다. 심해는 어차피 어두웠고 바다에는 이래저래 떠밀려오는 죽은 물고기나 동물들이 많았다. 죽어 있는 것들이 풍기는 냄새를 따라가면 그 밑에 오종종하게 들러붙은 채로 살점을 뜯는 물고기들까지 같이 삼킬 수 있었다. 그렇게 한 번씩 배를 채우고 바다 밑으로 내려가 오랫동안 수면으로 올라오지 않았다. 해저에 바위처럼 가라앉은 상어의 몸은 화석화된 지 오래였고, 길이는 삼 미터에 육박했다. 하지만 너무 느리게 흘러다닌 까닭에 상어가 정말로 죽었거나 바위인 줄 알고 몸을 툭툭 쳐대는 바다사자들도 간혹 있었다.

백 년에 한 번쯤 살아 있다는 신호를 제 몸을 흐르는 전류에 섞어 물속으로 내보냈다. 머리 어디쯤에서 눈물처럼 흐른 자기장이 바다를 흐르고 흘러 비자 숲으로 들어간다는 것을 알고 난 다음이었다. 상어의 말을 알아들을 수 있는 동종의 어류들은 거의 다 죽거나 어디론가 뿔뿔이 흩어졌다. 비자 숲에서 회신의 마음을 담은 전류를 되쏘아 보낼 때마다 상어의 눈 속에 박혀 있는 비자 씨앗이 왕왕 울어댔다. 눈의 떨림이 잠잠해질 무렵이면 상어는 수면으로 올라가서 아가미와 입을 벌리고 큰 숨을 내쉬었다. 꼬박 반나절이 넘게 걸리는 항해였다.

새끼였을 적에는 어미와 함께 비자 숲 근처의 얕은 바다에서 살았다. 물고기떼를 쫓아 조금 더 깊은 바다로 헤엄쳐왔을 때였다. 범고래 세 마리가 어미를 에워쌌다. 범고래들에게 쫓긴 지 반나절 만에 어미가 질식해버렸다. 새끼는 그보다 오래 버티다가 수면과 물속을 오가며 안절부절못했던 기억과 어미가 고래들에게 뜯기기 시작하던 찰나만이 명징하게 뇌리에 남았다. 새끼는 자신을 향해 다가오는 범고래를 피하려다 그만 지느러미를 잃었다. 새끼로서는 죽을힘을 다해 도망쳤다지만 범고래들이 따라오지 않았다고 보는 게 더 맞았다. 어미가 빨갛게 헤쳐지는 쪽을 피해 왔는데 때마침 수면도 붉어지는 시간이었다. 그것을 본 새끼가 그만 정신을 놓아버렸다. 해류를 따라 맥없이 흘러가는 새끼를 물속으로 끌어내린 것이 바로 비자 뿌리들이었다. 숲을 벗어나 바다 쪽으로도 힘껏 뻗쳐 있던 것들이었다. 평소라면 잠시도 바닷물을 견디지 못했을 뿌리의 물관들이 생명을 품자 기이할 정도로 단단해졌다. 바닷물이 뿌리의 물관을 타고 숲의 우물 쪽으로 몰려왔다 다시 바다 쪽으로 돌아나가기를 수차례 반복했다. 그 때문에 새끼가 있는 곳의 바닷물이 조금 희석되었지만 워낙에 넓고 짠 바다였던 터라 염도에는 변화가 없었다. 붉은 지옥을 헤엄치던 새끼가 곤히 잠들고서야 대부분의 뿌리들은 삼투를 더 견디지 못하고 말라비틀어졌다. 꼬박 이틀이 지나 새끼가 눈을 떴을 적에 비어 있던 새끼의 눈동자 속으로 비자 씨앗이 들어가 박혔다. 온몸 가득히 퍼져나가는 비릿한 냄새를 맡으며 새끼가 조금씩 기운을 되찾았다. 어미가 보고 싶을 때마다 한 번씩 머리를 뒤흔들어 눈 속의 씨앗이 구르는 소리를 들었다. 바다와 뿌리들의 요동 속에서 새끼는 비자나무의 전류를 몸에 익혔다. 달리 갈 곳이 없던 새끼는 그뒤로도 한동안 괴사한 뿌리들 틈에 머물렀다. 계절이 바뀌고 숲이 다시 우물의 물을 모으기 시작할 무렵에야 새끼가 그곳을 떠났다. 어미가 없는 고향을 등지고, 헤엄쳐갈 수 있다고 생각해본 적 없는 곳도 건너갔다. 돌아보지 않기 위해서 꼬리지느러미에 자꾸 힘을 주었다. 언제나 은은히 흘러와 등뒤를 떠받쳐주는 전류를 어미처럼 든든히 여겼다. 눈 속에서 씨앗이 흔들릴 때마다 또다시 얼마간을 헤엄쳐가며 새끼는 어른이 되었다.

아주 멀리서 가까스로 도착한 전류들이 제 몸에 잦아들곤 할 때, 눈 덮인 풍경 속으로 해가 넘어갈 적에, 어미와 새끼가 다정히 물속을 흐르는 것을 볼 때마다 상어의 마음이 뜨거워졌다. 쉬지 않고 내리는 눈에 마음을 대면 사르르 녹아버릴 것 같은 열기였다. 그때마다 머리를 흔들어 습관처럼 씨앗의 안부를 확인했다. 이 뜨거움을 무엇이라고 말해야 할지 몰라서 교미하려 달려드는 수컷들을 모두 받아냈다. 제 살을 찢고 새끼가 나오면 등과 머리를 물어 죽였다. 그럴 적마다 아주 큰 세기의 전류가 상어의 몸에서 뿜어져나왔다. 그것은 북극해의 찬물로도 쉽게 누여지지가 않았다. 머지않아 다시 새끼를 뱄을 때는 수면으로 올라가 한참 동안 유빙에 배를 부딪쳤다. 그러다 노을을 만나 물밑으로 내려왔다. 붉은 것들은 바다 어디에나 있었지만 물에 뜬 노을만큼은 여전히 끔찍했다.

언제부터 기포들이 찾아왔는지 숲도 정확히 기억하지 못했다. 그저 뿌리와 돌들이 얽힌 자리에 물을 모아두고, 때로는 바다 쪽으로 뻗어간 뿌리들에게도 그 물을 보내어 보듬어주는 일을 변함없이 해낼 따름이었다. 제가 죽은 것을 모르고 갈 길도 알지 못하는 기포들을 잠시라도 편히 놓아두기 위해서 비자림의 이파리가 빽빽해졌다. 생명의 생사를 관장할 수는 없었지만 죽어서 찾아온 기포들을 포근히 감싼 뒤에 차분하게 하늘의 길을 알려주는 일을 반복했다. 기포가 남기고 간 사람의 지문들이 이파리마다 남아 잎맥으로 뻗어나갔다. 간혹 사람들이 한꺼번에 수장되거나 숲이 불에 탄 적도 있었지만 시간이, 사람과 하늘이 끝내 숲을 숲이고 바다를 바다이게끔 만들었다. 오롯하다는 인간의 말이 거기서 자라났다.

바다에 닿은 뿌리들이 고사하자 숲의 비자 군락 한쪽이 죽어버린 것이 백오십 년쯤 전이었다. 햇빛이 잘 들지 않는 북쪽이었다. 땅의 염도 때문에 더이상 새싹도 자라지 않았다. 그런 곳에 인기척이 깃들었다. 꽃잎을 따먹던 노루가 처음 듣는 사람의 소리에 화들짝 놀라 수국 군락을 짓밟고 달아났다. 그 이후로도 여러 명의 사람들이 숲의 북쪽으로 왔다. 그중에서 4월의 섬에서 일어난 환란을 피해 온 자도 있었다. 이 사람들 대다수가 병을 앓고 있거나 보균중이었다. 환부가 모두 다르게 나타나는 것이 특징인, 치료가 되지 않는 병이었다. 숲은 어디서부터 줄기를 뻗고 이파리를 내어주어야 할지 몰라 막막한 마음으로 잎을 틔워댔다. 그중에서도 어떤 마음과 기억을 앓는 사람들이 있었다. 다양한 환자들의 병이 날로 깊어져만 갔다. 그리하여 북쪽에 마을이 생긴 지 오십 년 만에 일흔두 명에서 열두 명만이 살아남게 되었다. 그렇게 사람들이 죽고 난 숲에는 매우 다양한 말들이 맴돌았다. 배고파, 괜찮아, 미안해, 사랑해, 아파, 뷔-비이익, 졸려, 견뎌, 죽었대, 살려줘, 건져올려. 각기 다른 색의 말들이 남아 기운을 뿜어낼 때마다 나무줄기들이 툭툭 부러지거나 멀쩡한 열매들이 썩었다. 죽은 사람들의 말이 숲에 고스란히 남아서 초록을 앗아갔다. 그 말들이 기포를 타고 날아와 환부에 닿을 때마다 환자들의 손마디가, 발가락이 툭툭 떨어졌다.

그곳에 사람이 있을 거라고는 예상하지 못했다. 해가 있는 동안이나 다른 인기척이 느껴질 때면 숲에 오지도 않았거니와 여기까지 이 늦은 시간에 누가 와 있을 것이라고는 짐작도 못해본 유진이었다. 누군가가 자신의 얼굴 때문에 놀라는 모습을 보는 일이 싫었다. 대체로 집에만 박혀 있는 편이었지만 오늘은 그럴 수가 없어서 먹먹한 마음으로 들어온 숲이었다. 이번에는 네번째 손가락 두번째 마디였다. 이어폰을 귀에 꽂아 숲의 소리가 몸속을 파고드는 것을 차단했다. 천년 나무 둥치는 이미 몇 번이나 손가락을 묻어두고 돌아선 곳이었다. 잘 썩고나 있을까. 아픈 사람들의 손가락을 모아 무덤을 만든다면 지금까지는 단연코 유진네 식구들 것이 가장 많을 터였다. 손마디를 묻는 일을 서둘러 마무리한 다음에 우물의 물로 손바닥을 씻고 돌아갈 참이었다.

누가 와 있는 줄 까맣게 모르고 조형사는 속엣것을 게워내느라 정신이 없었다. 그러다 위경련이 멈추지 않아 한동안 상체를 일으키지 못했다. 그의 왼쪽 어깨에 얹혔던 기포가 곧 쏟아질 것처럼 흔들거렸다. 조카가 죽은 뒤로 누군가 죽는다, 죽었다는 소리를 들으면 소화가 멈추었다. 그렇게 된 지 이 년쯤 됐다. 숲 어귀까지 박형사와 같이 왔지만 여기에 아이를 묻어주는 일은 혼자 하고 싶었다. 과민성 대장염을 핑계로 댔지만 박형사는 이미 알고 있는 눈치였다. 유골함을 감싼 흰 보자기가 하늘에서 작은 달을 떠다 나무둥치께에 함부로 부려놓은 것처럼 보였다.

조형사가 해경이 되지 않은 것은 어머니의 뜻이었다. 그리고 결과적으로 어머니가 옳았다. 조카를 제 손으로 구해야 했을 수도, 상부의 명령에 따라 선체에 진입하지 못하고 그저 가만히, 가만히 그 큰 배가 가라앉는 것을 바라봐야 했을 수도 있었다. 그랬더라면 입때껏, 그리고 앞으로도 제정신이 아닌 채로 살다가 스스로 죽어버렸을지도 모를 일이었다. 조카가 그 배에 타고 있다는 사실은 서에서 텔레비전 뉴스를 보다 알았다. 속보를 전하는 아나운서의 떨리는 목소리가 다 끝나기도 전에 어머니, 형수, 형과 조카에게 순서대로, 아니 다 같거나 비슷한 시간에 연락을 받았다. 네가 경찰이니까 얼른 손 좀 써봐, 도련님이 가주세요, 구해줘, 살려줘, 삼촌. 맨 마지막의 살려달라는 말은 조카에게서 전송된 문자 메시지였다. 나중에 들은 이야기이지만 제 엄마와 아빠에게는 사랑한다는 말을 보내두었다고 했다. 후에 말 못할까봐서 보내놓는다면서. 그 문자 메시지가 담긴 휴대폰을 아직 쓰고 있는 형수를 볼 때마다 속이 미어졌다. 서에 알리기도 전에 사고지로 달려가서 조카의 가족 대표로 그들이 일 처리 하는 것을 두 눈 부릅뜨고 지켜보았다. 그 시간이 이토록 오래 지속될 줄 몰랐다. 그런데 자신이었더라면 그 자리에서 조카와 그 친구들, 또 그곳의 모든 사람들을 하나라도 구할 수 있었을까. 명령을 거부할 수 있었을까. 조카가 생각날 때마다 내가 해경이 되었더라면, 하고 가정하는 버릇이 생겼다. 하도 많은 생각을 하다보니 생각만으로도 사람이 망가졌다. 제일 처음 상한 것이 위장이었다. 조형사 자신이 바다에 빠진 듯한 착각으로 일 처리를 하다 업무가 마비된 적도 여러 번이었다. 조형사가 이를 앙다무는 소리가 숲에 퍼졌다. 불안한 눈빛의 유진이 나무 뒤쪽에서 서성대고 있었지만 조형사는 알아차리지 못했다. 그가 조금씩 몸을 움직이는 소리와 그녀가 움직이는 소리가 맞물렸다. 그와 동시에 몇 발자국 떨어진 곳에서 그 둘을 쳐다보던 또다른 것의 안광이 어둠을 뚫고 튀어나왔다.

노루였다. 수국 꽃을 긴 혀로 쓸어 먹으며 숲에서 여름과 가을을 보내고, 눈 속에서도 피어나는 동백과 귤나무 이파리와 열매를 따먹으며 겨울과 봄을 견디는 천년 나무의 지킴이였다. 아무리 허기가 져도 비자 이파리는 따먹지 않는 영민한 녀석이기도 했다. 제가 사시사철 지키고 있는 나무와 비자 우물 주변을 어른대는 사람의 그림자를 향해, 그 앞에 놓인 흰 보자기 따위는 아랑곳없이 돌진해갔다. 이 상황들이 불과 몇 초 만에 이루어진 것이어서 유진이 더 무엇을 재고 말고 할 겨를이 없었다. 이봐, 조심, 노루와 같은 단어를 비명과 같이 내지르며 유진도 나무 쪽으로 다가들었다. 함부로 나무의 곁을 허락하지 않던, 누구에게나 경계를 쉽게 거두지 않는 노루의 습성을 유진은 잘 알았다. 낙엽이 뒤덮인 우물에 무엇이라도 접근할라치면 앞발 번쩍 들어 몸을 키우던 동물이 아니던가. 노루가 서면 그렇게 큰 줄 몰랐던 터라 처음에는 유진도 무척 겁을 먹고 돌아섰다. 그러나 거의 매주 혹은 매일 손마디와 발가락을 묻으러, 엄마의 빠져나간 머리칼을 손가락 발가락들 곁에 두기 위해 왔던 참에 얼굴을 익혀두었더니 노루는 더 싸움을 걸어오지 않았다.

비켜요! 유진의 새된 소리가 조형사에게 먼저 도착했고 그다음으로 노루에게 갔다. 유진이 나무 곁으로 왔을 때에는 이미 노루와 조형사가 한몸이었다. 그 사이에 함부로 끼어들 수가 없었다. 힘의 세기를 모르는 동물과 싸움으로 단련된 형사의 쟁투였지만 한쪽은 있는 대로 성이 나 있었고 다른 쪽은 어처구니없이 당한 일이었다. 무엇인가가 죽자사자 덤비는 데는 유격이나 경호의 기술이 별로 소용이 없었다. 얼추 헤아리기에도 조금 길다 싶은 시간이 지났지만 어느 쪽으로도 힘은 기울어지지 않았다. 조형사가 유진에게 뒤로 비켜서라는 말을 한 것도 이미 한참 전이었다. 노루의 등에 올라탄 흰 기포들과 조형사의 어깨에 있던 노란 기포 역시도 한 치의 물러섬이 없었다. 그만큼 노루가 막무가내였다. 그렇다고 살생을 할 수 없었던 조형사가 온몸으로 노루를 떠받쳤다. 그 둘을 바라보던 유진이 조형사의 반대쪽으로 가서 노루의 등을 꽉 안았다. 얼핏 보았을 때는 사람 둘이서 노루를 껴안은 모습이거나 셋이 추는 왈츠의 무너진 대형처럼도 느껴질 지경이었다. 두 사람은 양쪽에서 노루가 지칠 때까지 옥죘다. 그것이 모두가 다치지 않는 길이라는 사실을 유진도 조형사도 알고 있었다. 한참의 대치 끝에 노루가 나가떨어졌다. 옹골차게 땅을 버티고 서 있던 뒷발에 힘이 빠진 것을 확인한 조형사가 유진부터 물러서게 했다. 그는 얼마간 더 노루와 한몸인 채로 서 있다가 가만히 두 팔을 놓았다. 눈 위에 널브러졌던 노루가 비칠비칠 도망을 갈 때까지도 조형사는 녀석을 향한 긴장을 놓지 않았다. 조형사가 그러는 동안에 유진은 눈 쌓인 땅을 손으로 일일이 짚어가며 주변을 두리번댔다.

저, 괜찮으십니까? 뭐 잃어버린 거라도 있으십니까? 조형사가 업무를 볼 적에 나오는 어투로 재차 물었지만 자신을 취조하는 듯한 말투에 질린 유진은 아무 대답도 못했다. 조형사는 그 곁에서 주춤댈 힘이 없어 간신히 나무에 기대앉으며 알았다. 그곳이 제가 무언가를 잔뜩 게워놓은 곳이었다는 사실을. 젖은 엉덩이를 눈에 대충 비비려는데 유골함을 감싼 보자기를 다시 단정히 한 유진이 조형사 쪽으로 다가왔다. 유골함을 건네는 유진의 손을 보고 조형사가 숨을 흡 들이마셨다. 마을의 내력과 숲에 대한 이야기는 들어서 알고 있었지만 직접 그것과 대면한 것은 처음이었다. 있어야 할 손마디들이 자라지 않았거나, 잘려버린 것을 보고 조형사 역시 어떤 말도 더 하지 못했다. 오늘 오후에 네번째 손가락 마디마저 떨어진 유진의 왼손은 이제 거의 손바닥만 남았다고 해도 과언이 아니었다. 눈밭에서 형체로만 노루와 사람을 가늠하던 까닭에 조형사는 유진이 계속 주먹을 쥐고 있는 줄 알았다. 그것도 틀린 말은 아니었다. 노루 쪽으로 달려가기 전까지 유진도 오른손에 무엇인가를 꼭 쥐고 있었으니까. 유진은 지금 제가 찾는 것을 말한다면 상대방이 어떤 반응을 보일지 몰라 주춤했던 것이다. 누군가를 구해본 것도 처음이었지만, 그도 노루를 해칠 마음이 없었다는 사실을 직접적으로 느낀 뒤여서 유진은 자신도 모르게 조형사에 대한 경계를 조금 풀었다. 그러나 손에 대해서 이야기한들 다시 이어붙일 수도 없다는 체념의 마음이 짙었기에 말없이 눈밭만 짚어댔다. 조형사가 조심스럽게 유진을 따라 땅에 엎드렸다. 무어랄 것도 없는 미안한 마음에 유진이 어떤 것을 찾는지도 모르고 같이 눈을 더듬다가 맨손에 얼음이 박혔다.

두 사람이 그러는 동안에도 천년 나무 뒤편의 우물에서는 쉴새 없이 동심원들이 퍼져나갔다. 물속의 비자 뿌리들이 올라와서 낙엽 사이를 동동 떠다니던 손마디를 꼭 휘감고 내려간 직후였다. 숲의 이파리들이 우물 쪽을 향해 돌아섰지만 눈밭에 엎드린 유진이 그 기척을 알아채지 못했다. 오로지 땅을 짚으며 손마디를 찾는 데에만 열중하는 유진과 조형사를 천년 나무 뒤쪽의 바위에 웅크려 앉은 노루가 물끄러미 바라보았다. 그때까지도 노루 주위를 맴돌던 흰 기포들이 스르르 노루의 표피에 녹아들어갔다. 새로운 무늬를 등에 가둔 노루가 가만히 고개를 숙였다. 동심원이 천천히 잦아들던 비자 우물의 표면이 다시 진동했다.

상어는 여느 때와 다름없이 심해에 가라앉아 조용히 물살을 따라 흐르는 뿌연 것들을 바라보았다. 후각의 예민함은 여전했지만 마음은 날로 무뎌져갔다. 어차피 모두 죽거나 살 뿐이라는 사실을 삼백 년이나 지켜보았다. 그래도 간혹 마음을 만져주는 것들은 있었다. 계절에 따라 바뀌는 바다의 물빛, 빙하에서 떨어져 물속에서 버둥대는 북극곰 새끼, 펭귄떼의 군무와 백 년도 넘게 산 바다뱀 같은 성기를 쭉 뻗어 암컷에게 가닿는 고래들의 교미는 봐도 봐도 아름다웠다. 몇 번이나 물어 죽였지만 끝내 살아남은 새끼 한 마리가 상어에게도 있었다. 무심히 곁에 두다가 어느 정도 자랐을 적에 떨구었더니 오래 지나지 않아 저만의 전류를 흘려왔다. 한동안 그것을 느끼며 마음을 놓았는데 언제부턴가 아무 소식이 없었다. 계속 살았다 하더라도 어미보다 오래 살지 못할 놈이었다. 도무지 실감이 나지 않던 시절이 상어에게도 존재했다.

오전에 수면으로 올라가 죽은 펭귄을 거둬 먹고 내려와 한동안 움직이지 않던 상어가 눈을 떴다. 저멀리 새끼 북극고래가 어미 곁에서 헤엄을 치고 있었다. 새끼의 꼬리가 이끌어낸 기포들이 상어의 단단한 어금니를 지나와 눈두덩이 쪽에 폭 파묻혔다. 속에 아무것도 담기지 않은 순수한 숨의 기포였다. 그 흰 것들이 오랫동안 상어 곁에 머물렀다. 해류를 타고 떠나지 않고, 어디론가 사라지지 않은 채 투명하고도 맑게 숨을 부풀리더니 급기야는 상어를 일으켜세웠다. 마치 수면으로 숨을 쉬러 떠오르는 모습 같았다. 그렇게 올라가다 잠시 몸을 비틀었을 따름인데 주변의 여러 생물들이 상어를 피해 달아나거나 삽시간에 공격할 태세로 몸을 바꿨다. 오래전에 썩어버린 씨앗이 있던 눈 속에 다시 기포들이 찾아왔다. 꼭 그런 뜻은 아니었지만 결과적으로 항해의 시작을 틔워준 기포들이었다. 상어가 힘찬 전류를 내뿜었다. 그러다 문득 상어는 지금의 이 전류들이 바다를 돌아올 때면 자신은 이 자리에 없을 거란 사실을 깨달았다. 눈가에 몰린 기포들이 보글보글 떨려왔다. 그러고 나니 더 지체할 수 없었다. 상어는 몸을 틀어서 숲의 자기장이 흘러오던 곳으로 방향을 잡았다. 눈에 몰려 있던 기포들이 이번에는 등지느러미가 있던 쪽으로 다가가서 헤엄칠 방향을 일러주었다. 이렇게라도 가보자고, 가면서 생각했다. 상어가 길을 나서자 지느러미의 기포들이 작은 상어 새끼의 형상으로 변해갔다. 이러다보면 어미의 환영도 만나게 될지 몰랐다. 어미와의 마지막을 그렇게 기억하게 했으면 삼백 년까지 살게 해서는 안 되는 것이 아니었을까. 상어는 급기야 영양분이 흘러넘치던 북극해를 원망했다. 그러고 보니 지금까지의 모든 전류들이 숲으로 돌아오라는 것은 아니었나 싶어서 뒤늦게나마 자기장의 신호를 해석하려는 시도도 해보았다.

상어가 입때껏 지내온 곳을 돌아보았다. 다시 헤엄쳐가다 한번 더 뒤돌아봤다. 산 것들을 미친듯이 잡아먹었다. 몇백 년 만에 찾아온 이 활기가 실감이 나지 않아서 수면으로 올라가보려다가 빙하 밑으로 들어가 빠져나오지 못한 적도 많았다. 상어는 찬 바다를 지나 따뜻한 물속을 유영하는 것도 끄떡없었다. 두껍고 단단한 표피 덕분이었다. 해류는 어디서나 앙칼지게도 흘렀지만 그럴 때마다 기포들이 고향 쪽을 가리켜주었다. 헤엄을 멈추고 한 번씩 수면으로 올라갈 때면 기포들이 눈가에서 앞을 밝혀주었다.

다정한 숨들이었다.

숲에서는 이상하리만치 소리가 밖으로 새어나가지 않았다. 눈이 쌓인 탓으로만 보기에 부족할 정도로 유독 고요했다. 천년 나무에 어깨를 기댄 조형사는 제가 보고 있는 것이 환영인지 별빛인지 구분이 되질 않았다. 아무려면 어떤가. 얼키설키 이어진 나무줄기처럼 생이 이어질 수 있다면 제 뼈라도, 갈비뼈나 대퇴골이라도 내어주고 아이와 조카를 살아 돌아오게 만들고 싶었다. 조형사는 부모님과 형 내외 앞에서 울지 않고 든든한 버팀목처럼 서 있다가 목울대가 뻐근해질 때면 숲으로 달려왔다. 연차를 내고 와서 하루종일 숲을 서성대다 간 적도 있었다. 형사가 된 뒤부터 별의별 일들을 다 겪었지만 그때마다 조형사가 마음을 다친다는 사실을 아는 사람은 많지 않았다. 그런 사람이 어쩌다 형사가 되었느냐 물으면 누군가를 보호하고 싶었기 때문이라는 말을 해서 동료들에게 비웃음을 샀다. 몇 번 그런 경험을 한 뒤로는 자신의 나약함이나 섬세함이 동료들을 불편하게 한다는 사실도 깨달았다. 본의가 아니었기에 조형사는 또 홀로 상처를 받았다. 그래도 어떤 쪽에서는 인간미가 넘치는 동료들이었다. 조카의 소식을 안 뒤부터는 티나게 배려도 많이 해주었다. 얼굴이 상했다며 홍삼환을 건네거나 조형사의 밥값을 서로 계산해주려는 정도였지만 딱 그만큼이어서 좋았다. 박형사가 이 년 넘게 일의 부침을 겪는 조형사를 한 팀에서 참아주는 것만으로도 의리가 단단한 일이 아닌가. 그에게 고맙다는 말도 건네지 못했다. 마음이 물속인 듯 갑갑해서 어떤 말도 할 수가 없었다.

그렇게 몸에 꾹꾹 욱여넣은 감정들이 조형사의 어떤 것에 생채기를 냈다. 어쩌면 창자와 심장, 위장과 간, 혹은 없어도 그만인 충수돌기에까지 실금이 가고 있는 중인지도 몰랐다. 몸이나 마음에 어떤 일이 벌어진다면 그 예후를 긍정할 수 없다는 것이 조형사의 판단이었다. 금이 더 벌어지기 전에 막아야 했다. 조형사의 상태를 지켜보던 박형사가 너와는 상관없는 죽음들까지 찾아서 앓지 말라고 조언을 해주었다. 일견 매정한가 싶으면서도 그저 고개를 끄덕일 수밖에 없었다. 수없이 고개를 주억이다가 그만 머리에 있던 묵직한 돌을 심장 쪽으로 떨궜다. 돌이 떨어진 자리에서 실금들이 퍼져나갔다. 조형사는 그것을 보기 전으로 결코 되돌아갈 수 없음을 깨달았다. 치료까지도 얼마나 걸릴지 알 수 없었다. 그런 상태로 있다가 얼결에 이번 사건을 맡았다. 죽은 아이를 보고 가슴에 달려 있던 묵직한 돌이 울었다. 이 작고 어린 것을 죽인 작자의 손가락을 마디마디 잘라서 불 싸지르고 남은 뼈를 갈아 구덩이에 흩뿌려도 시원찮을 분노가 치밀었다. 사건 경과 보고서를 작성하다가 충동적으로 사직서를 제출했다. 서장은 휴직 처리를 해주는 호의를 보였지만 조형사는 돌아가지 않을 작정이었다. 돌아간다면 아이를 죽인 작자를 찾아내어 제가 죽이려 들까봐 두려웠다. 그 마음을 떠안고 위경련을 참으면서 지금 여기로 온 조형사였다. 조형사는 제 마음을 보듯이 방금 아이의 유골함을 묻은 둔덕의 돌탑을 들여다보았다.

유진이라는 이름만 간신히 들었다. 어두운 숲에서 제 쪽으로 돌진해오고, 소란이 잦아든 다음에는 별다른 경계심을 갖지 않는 것은 일견 그 노루와도 비슷했다. 둘은 얼마간 더 눈 덮인 땅을 두 손으로 짚으며 놓쳐버린 손마디를 찾아보았지만 허사였다. 유진은 조형사와 얼굴을 마주하는 것만은 극구 피하면서도 조형사의 지척에 있었다. 처음 본 사람인데도 그다지 낯설지 않은 것은 아마도 노루 덕분일 거였다. 그러다 유진은 우물의 표면이 평소와는 다르게 일그러지고 있다는 것을 알아차렸다. 차라리 거기라면 어떨까. 더러운 균이 흐르는 자신의 몸보다 깨끗한 물속이 훨씬 나은 거처가 아닐까. 유진은 멀거니 우물 쪽을 바라보았다.

유전이 아니라면 전염이었단 말인가. 어디에서? 누구로부터? 그것은 의사의 진단을 받은 뒤로 유진이 십이 년 넘게 품어온 의문이었다. 마을 사람들이 수군대는 소리로 할아버지의 옛일을 알게 된 지도 꼭 그만큼의 세월이 지나 있었다. 약을 먹어 병의 진행을 늦춘다고 하지만 유진의 몸에는 약효가 크게 나타나지 않았다. 유진은 전염되었다고 믿었다. 한 떼의 사람들이 숨은 곳을 가려둔 장작더미를 바라보던 할아버지의 어릴 적 눈빛으로부터, 걸신처럼 돼지고기 한 근을 움켜쥐던 손으로부터, 감자 한 보시기를 게눈 감추듯 먹어대던 소년으로부터 전염되었다. 그렇게 믿었다. 엄마가 먼저였고, 유진이 나중이었다. 할아버지가 누군가를 발고해서 죽게 했으면 유진의 아빠가 받아야 하는 벌이 아닐까 싶었지만 발병은 엄마부터였다. 섬의 난리야 너무 어려서 몰랐다 치더라도 고기 한 묶음 때문에 장작더미를 물끄러미 쳐다본 것은 아무리 생각해도 이해할 수 없었다. 기가 막혀서 따져 물어보기도 했지만 할아버지는 그저 배가 고팠던 아홉 살이었다는 말만 되뇌었다.

그러고도 사랑을, 해? 사랑은, 했어? 유진은 아빠가 태어난 것을 보면, 그 아빠가 자라 엄마를 만난 것을 보면 사람이란 참 잘도 잊고 사는구나 싶었다. 몇 년 후에 최종적으로 유진의 아빠에게서도 병증이 나타났다. 엄마의 손가락들이 모두 다 떨어지고 한쪽 얼굴마저 망가져가던 때였다. 유진의 아빠는 제 몸의 변화도 감지하지 못한 채 눈 한쪽이 팬 옆집 여자와 바람까지 피웠다. 유진이 엄마와 자신의 손가락 마디들을 홀로 숲으로 묻으러 다닐 때도 못 본 척을 하던 할아버지는 그로부터 오 년 후에 설암 말기 판정을 받았다. 쉽게 병원을 데리고 다닐 처지가 아닌 아들과 며느리 대신에 병원과 군청에 부탁하여 택배로 약품을 받아 먹었다. 택배 기사가 오기만을 기다리며 매일 마을 안을 서성댄 사람들 틈에 할아버지도 있었다. 최근에는 치매까지 찾아와 자신이 한 일은 다 잊고 으레 누구에게랄 것도 없이 역정을 내고 다녔다. 마을 사람들은 할아버지가 보이면 대문을 걸어 잠갔다. 애초에 이곳에서도 사람 취급을 제대로 받지 못하던 할아버지의 설움은 엉뚱한 데서 폭발했다. 택배 기사가 사정이 생겨서 방문이 하루 늦어진 다음날이었다. 할아버지가 밤이 늦도록 마을을 배회했다는 소리가 들려왔다. 노여움에 취한 할아버지가 아침이 밝기도 전에 당신이 군청에 말 한마디라도 한다면 이곳이 또 어떻게 될지 모른다고 헛소리를 해댔다. 여기저기에 협박처럼 말을 하다가 소금을 흩뿌려 맞고 물바가지도 뒤집어썼다. 그러다 병원에 실려가서 혀를 잘랐다. 사람들을 그렇게 많이 죽게 했는데 설암 정도 가지고 뭘. 치매는 개코나. 그 정도 벌은 받아도 되는 거 아냐? 밤마다 한 움큼씩 떨어져나가 이제 몇 올 남지 않은 머리카락을 쓸어넘기며 유진은 병든 할아버지를 쏘아보았다. 그 탓인지 할아버지가 얹고 다니는 어깨의 기포들은 색이 없거나 검게 탄 자국이 눌어붙어 있었다. 장작 더미 뒤에서 불에 탄 감자를 집어먹다가 죽창에 찔려 죽은 사람의 마지막 숨들이었다. 유진은 그 숨을 일평생 안고 살면서도 단 한 번도 사과를 한 적이 없다는 할아버지가 병균보다 더 무서웠다.

여름이었으면 반딧불이라 여겼을 법한 기포들이 나뭇잎 곳곳에 들어가 반짝거렸다. 조형사의 눈에는 그저 빛으로만 보이는 그것들을 유진은 알아보았다. 여전히 노루가 바위 뒤에서 이쪽을 경계하는 동안에도 두 사람은 말없이 각자의 생각에 잠겨 있었다. 천 년 나무가 기꺼이 줄기를 내려 두 사람을 바람과 추위와 어둠과 각자가 지나온 과거로부터 보호하던 밤이었다.

이 정도면 긴급 출동이라는 말이 무색한 게 아니냐고 따져드는 택배 기사 병은에게 콜센터 상담사는 연신 죄송하다는 말만 반복했다. 이런 식으로 연말을 보내게 될 줄 몰랐던 병은은 허탈하다는 생각조차 못하고 서 있었다. 박형사는 숲으로 들어간 조형사도 찾을 겸, 혼자 사고를 수습해야 하는 택배 기사도 도와줄 겸 해서 이곳에서 시간을 지체했지만 점점 더 굵어지는 눈발 탓에 돌아갈 일이 걱정이었다. 진즉 부지런을 떨어 스노타이어로 바꿔둘걸 하는 후회는 벌써 해두었다. 박형사가 조금 전에 빠져나온 마을이 바로 병은이 가야 하는 오늘의 마지막 배달지였다. 병은은 택배가 언제 도착하느냐며 쉬지 않고 전화를 해대는 사람들의 목소리를 들으니 답답해 미칠 것 같았다. 가기 싫어서 안 가는 게 아니고요, 사고가, 눈이……

거, 택배 물량이 얼마나 됩니까? 이 차로 우선 다녀올까요? 차마 대답을 못하는 병은 대신 박형사가 택배 차의 화물칸을 열어젖혔다. 그때 박형사와 병은의 눈에는 보이지 않았지만 흰 기포들이 빠져나와 휘파람 소리를 내며 숲으로 빨려들어갔다. 물건을 옮겨 싣기 시작한 병은의 어깨와 박형사의 정수리께에도 어떤 기포들이 살포시 내려앉았다가 숲으로 갔다. 그것들의 무게를 잴 수만 있다면 족히 일 톤은 넘어 보이는 큰 숨들이었다. 화물칸에 적재된 택배 물량은 많지 않았다. 가까운 데서 짐승의 우는 소리가 들려왔지만 그 소리가 노루의 소리인지 여우의 소리인지 두 사람은 구분할 수 없었다. 박형사는 빨리 배달을 마치고 사고도 수습한 뒤에 조형사를 데리고 서로 복귀할 수 있기만을 간절히 바랐지만 결국 눈 덮인 빙판을 운전해야 하는 처지가 되었다. 그 스산한 마음 위로 "취급 주의" "의약품 재중"이라고 쓰인 택배 상자의 문구가 눈처럼 쌓여갔다.

익숙한 전류의 세기가 점점 강해지는 것으로 보아 고향 바다 가까운 곳임을 짐작했다. 잊은 줄 알았던 상괭이떼를 만나자 상어의 확신은 더 강해졌다. 빙산 밑에 잔뜩 얼려둔 기억들이 따뜻한 바다로 오니 모조리 풀어져버렸다. 몸이 기억하는 길을 따라, 전류가 강하게 흐르는 곳으로 몸과 기포들을 몰고 갔다. 그러다 옛날에 제 몸에서 뿜어져나간 전류에 닿은 적도 있었다. 기포들이 상어인 줄 알고 그것을 따라갔다가 다시 상어 쪽으로 돌아오기를 반복했다. 그렇게 한시도 쉬지 않고 헤엄쳐온 지 이십여 일이 지났다. 지친 상어가 잠시 헤엄을 멈출 때마다 기포들이 아주 오래전에 상어의 등지느러미가 있던 쪽으로 모여들었다. 그 덕에 마음놓고 살아 있는 것들을 쫓아가 잡아먹었다. 상괭이를 만나고부터는 유난히 허기가 졌다. 주려 죽은 물고기라도 들러붙어 있는 것은 아닌가 싶었지만 이미 온몸에 기포들이 주렁주렁 매달려 있던 처지라 농담도 사치였다. 그래서 닥치는 대로 먹었다. 그런 상어의 후각을 유독 예민하게 자극하는 것이 나타났다.

상어에 견줄 만큼 큰 대왕 문어였다. 웬만해서라면 거들떠보지도 않았겠지만 상어는 의심마저도 따뜻한 바다에 풀어버린 지 오래였다. 하필 기포들이 상어를 떠나 어디론가 몰려가고 없었다. 상어로서는 큰 모험이지만 그만큼 활기를 얻을 수 있는 먹잇감인 것도 알았다. 욕심껏 부풀린 활기를 문어가 가볍게 터뜨렸다. 한두 개가 아니었던 문어의 흡반은 상어가 예상했던 것보다 훨씬 강력했다. 안쪽으로 누운 상어 이빨에 대가리가 걸리기 전까지 상어 따위야 문어 쪽에서는 아무것도 아니었다. 제가 문 것을 놓지 않으려는 힘과 필사적으로 빠져나오려는 힘 사이에서 검붉은 기포들이 툭툭 터졌다. 문어의 대가리에서 엄청난 양의 먹물이 쏟아졌다. 문어 다리들이 너울너울 춤을 추듯이 다가와 다시 한번 상어를 휘감았다. 잔뜩 촉을 세운 다리들이 상어의 눈을 거침없이 들쑤셨다. 양쪽 다 그러고 있느라 향유고래가 급속으로 하강하는 것을 보지 못했다. 수면으로 올라갔다 내려갈 적에 뇌유를 굳혀 급속 하강하는 고래였다. 뇌유가 굳어 판단 불능 상태인 고래 옆구리에서 붉은 피가, 고래의 것이 아닌 붉고 검은 것들이 오랫동안 퍼져나갔다.

단번에 숨통이 끊긴, 아니 터진 상어의 몸이 부스스 떠오른 것은 그로부터 만 하루가 지난 다음이었다. 대가리가 찢어진 문어는 어떻게 되었는지 알 수 없었다. 문어가 샅샅이 쑤시고 간 상어의 입이 쭉 벌어져 있었다. 오래 산 세월만큼이나 부패도 빨라서 벌써 악취가 풍겨댔다. 상어의 몸 밑으로 물고기떼가 다닥다닥 들러붙었다. 얼핏 보면 버글대는 물고기떼가 상어를 어디론가 유인해가는 것처럼도 보였다. 한 무리의 물고기떼가 실컷 배를 채우면 다른 무리들이 다가와 또 쉬지 않고 먹어젖혔다. 붉은 노을이 깔린 수면 위로 상어가 둥둥 어디론가 둥둥둥 하염없이 둥둥둥둥 떠갔다. 더이상 물고기가 뜯지도 못할 정도로 크게 상한 상어를 떠받치는 것은 아직도 노란빛을 잃지 않은 기포들이었다. 부패하기 전의 상어 모양으로 빼곡히 들어선 기포들이 상어를 이끌어 노을쪽으로 흘러들어갔다.

유진과 조형사가 천년 나무를 등지고 걸었다. 숲이 앞을 분간할 수 없을 정도로 어둡다고 느낀 것은 유진뿐만이 아니었다. 조형사가 그제야 주머니 속의 휴대폰을 찾았지만 순찰차의 조수석에 두고 내린 것을 기억해냈다. 아무런 준비도 없이 숲의 어둠을 맞은 두 사람은 서로를 조심하되 너무 멀리 떨어지지는 않은 채 발을 디뎌갔다. 조형사는 일단 빨리 숲을 빠져나오고 싶었지만 사위 분간이 어려웠고, 유진은 대체 왜 이렇게 이곳이 어두운 것인지 생각하느라 걸음이 자꾸 느려졌다. 두 사람의 간격이 조금 멀어지다 다시 조형사가 유진 쪽으로 돌아왔다. 이유야 어찌되었든 여자 혼자 이 어두운 데 둘 수는 없었다. 조형사가 힘차게 걸어가서 유진의 손을 잡았다. 어두워서 제대로 걷지 못한다는 판단에서였다. 유진이 깜짝 놀라며 다시 손을 제 쪽으로 거둬갔다.

조형사는 제 손바닥에 있는 것이 대체 무엇인가 싶어서 골똘히 들여다보았다. 그러다 돌처럼 굳은 조형사 대신 유진이 주머니에 넣어왔던 유골함 보자기로 재빠르게 지혈을 했다. 손가락이 떨어졌는데도 고통스럽지 않은 제 몸이 참 징글징글하게 느껴졌다. 조형사는 아무렇지 않은 듯이 성큼성큼 걷는 유진의 뒤를 따라가며 미안, 병원, 앰뷸런스라는 말을 두서없이 내뱉었다. 미안해하는 조형사와 함께 다시 천년 나무 둥치께로 돌아가서 손가락을 묻고 나니 사위가 조금 밝아진 것 같았다. 귓가에서 탄산이 터지는 소리가 났다. 손을 한꺼번에 다 묻으니 또 올 일이 없어 좋네요. 유진이 처음으로 긴 문장의 말을 했지만 조형사는 여전히 당황한 모습이었다. 죄송하다는 말을 연신 되뇌는 조형사를 뒤로한 채 유진이 먼저 숲을 빠져나갔다. 두드러기처럼 돋아난 둔덕들을 쓸어내리느라 비자 이파리들이 쉬지 않고 떨어져내렸다. 어떤 이유에서인가 우물의 물이 모조리 말라버렸다. 바닥의 뿌리들 사이에 손가락 마디가 끼여 있는 것이 휑하게 드러났다. 우수수 흘러내린 낙엽들이 서둘러 뿌리 안쪽을 덮어주는 천년 나무 근처였다. 유진은 집으로 돌아가 할아버지 앞에 두 손을 펼쳐 들고 이제 속이 시원하냐고 묻고 싶었다. 어디 말 한번 해보라고 들이댈 작정이었다. 설암 치료를 하느라 혀가 반도 넘게 잘려나가서 말을 제대로 할 수 없는 할아버지, 밀고자, 살인자, 비렁뱅이 치매 환자, 온갖 병균의 숙주.

긴급 출동 서비스 차량과 유진, 조형사가 앞서거니 뒤서거니 하며 도착했다. 비좁은 순찰차에 사람을 태우고 택배 상자들을 싣기 위해서는 그것들을 사람이 껴안고 가는 수밖에 없었다. 운전하는 박형사를 제외한 모두의 무릎에 택배 상자가 놓였다. 유진은 할아버지의 집주소가 쓰인 택배 상자의 "취급 주의" "의약품 재중" 스티커를 애써 외면하며 창밖만 바라봤다. 그 와중에도 병은은 유진의 옆모습이 참 그윽하구나 싶어 쳐다보다가 마을의 내력을 생각하고는 몰래 소스라쳤다. 차 안에서야 제대로 본 여자의 얼굴은 더할 나위 없이 참혹했지만 조형사의 마음은 그보다 더했다. 여자의 손가락을 쥐고 있던 감촉이 아직도 생생했다. 박형사는 오늘따라 그 마을에 들어갈 일이 많다며 애써 분위기를 띄워보려 했지만 아무도 대꾸하지 않았다. 조금 전보다 더 어두워진 숲을 에돌아 다시 북쪽 마을에 순찰차가 들어섰다.

드디어 상어가 비자 숲 쪽으로 바투 다가왔다. 미리 알고 있던 숲이 다시 뿌리를 내어 바다 쪽으로 전진했지만 간발의 차로 때가 맞지 않았다. 죽은 채로도 마음을 졸이던 상어가 그제야 몸과 마음의 숨을 놓았다. 상어 속에 남아 있던 전류들이 모조리 숲으로 빨려들어갔다. 그러자 죽은 상어의 살과 근육, 뼈가 순식간에 풀어져버렸다. 숲이 죽은 전류를 받아들였던 까닭에 그 속을 흐르던 전파들이 일대 혼선을 일으켰다. 그 혼란을 타고 노란 기포들 속에서 새끼 상어 한 마리가 튀어올랐다. 새끼 상어는 숲에 머무르지 않고 단번에 하늘로 뻗어갔다. 차창 밖으로 시선을 두고 있던 유진이 그것을 놓치지 않고 보았다. 유독 반짝거리는 물고기 한 마리가 달무리 쪽으로 날아들고 있었다. 달무리의 노란빛이 한층 더 영롱해졌다. 원 무지개도 피어났다.

순찰차의 무전기가 울렸다. 조형사를 찾는 경찰서장의 무전이었다. 박형사의 휴대폰으로도 왜 조형사의 전화기가 꺼져 있느냐는 문자 메시지가 왔다. 갑자기 무슨 일인가 싶어 택배 상자를 안고 있던 조형사의 얼굴이 굳어갔다. 선체 수습이 재개된 뒤로 조카의 유류품이 처음으로 발견되었다는 소식이었다. 명찰이, 명찰이 거기에 있어 단번에 알아냈다는 말도 이어왔다. 앙다문 조형사의 잇새로 울음이 흘러나왔다. 박형사가 그것을 눈치채고 얼른 라디오를 켰다. 하지만 이번에는 라디오가 쉽게 전파를 잡지 못했다.

숲의 나무들이 언 눈의 무게를 간신히 지탱하고 있는 것을 뒤로 한 채 마을을 살짝 빠져나온 노인이 비자 숲 우물에 뛰어들었다. 물이 말라버린 뒤여서 그의 투신은 실패로 돌아갔다. 그 소리가 퍽이나 요란했지만 아무도 듣는 사람이 없었다. 하늘에서는 달무리 속을 유영하던 새끼 상어 한 마리가 원 무지개를 에돌아 별자리 속으로 들어가고 있었다. 죽으려던 노인 쪽으로 한껏 날을 세우던 비자 이파리 속의 잎맥에서 어린 지문들이 도드라졌다. 별이 된 제 기포를 짚어보고 싶은 손바닥들로 숲이 밤새 술렁거렸다. 다행히 하늘의 별빛이 갈라지는 소리는 들려오지 않았다.

귤목
橘木

돌아서 있는 아이들 중 한 녀석의 제비초리가 눈에 익었다. 그만한 나이대야 뭐 다 엇비슷해서 뒤통수로 누가 누군지 구분하기 어려웠지만 제비초리만큼은 확연히 알아보았다. 손자들 틈에 저 제비초리가 끼어 있으면 필히 라면 냄새가 났다. 손자들이 보고 싶어서 아들네 갈 적마다 제비초리가 집주인처럼 부엌에서 라면을 끓이고 있었다. 셋이서 라면 열 봉지를 끓이면서도 내게 한 젓가락 먹어보란 소리도 없던 것들이었다. 할애비가 괜히 와서 잔소리한다고 싫어할까봐 소파에 누워 자는 척을 하다가 녀석들이 학원으로 흩어지면 그제야 일어나 집으로 돌아왔다. 아들네와 내가 사는 곳의 현관문 비밀번호가 같았다. 쌍둥이의 생일 네 자리, 1216. 할아버지가 외우기 쉬워야 한다며 둘째 손자가 그렇게 못

박아두었다. 저희들끼리 라면 먹을 때랑은 또 다르게 사려 깊은 면이 있는 녀석이었다. 집에서 혼자 끓인 라면은 어쩐지 그 냄새가 나질 않았다. 나도 라면 열 봉지를 한꺼번에 끓여볼까 생각도 해봤지만 내 나이 이제 일흔둘. 어린 손자들과 대적할 만한 나이는 아니었다. 그래도 녀석들처럼 후루룩대면 좀 나아질까 싶어 따라 했다 사레가 들려 한동안 눈앞에 별이 떠다녔다.

누굴까. 막상 오기는 했지만 들어갈 엄두가 나지 않았다. 집을 나온 지 반나절이 훌쩍 지났다. 녀석들이 머뭇대는 것을 보니 두 발이 더 굳어갔다. 누구냐. 나는 품에 안아온 액자를 내려다봤다. 손자들의 유치원 졸업 사진이었다. 일곱 살 무렵의 녀석들이 사진에서 나와 말을 걸었다. 할아버지, 미니카 사주세요! 쩌도요! 그려, 그럼, 그럼! 내 다 사주마! 혼잣말을 하다 정신을 차려보니 아이들은 이미 건물 안으로 사라진 뒤였다.

아침나절에 아들이 술에 잔뜩 취해 전화를 걸어와 횡설수설을 했다. 아침 댓바람부터 웬 술이냐고 호통을 쳤지만 어쩐지 마음 한쪽이 축난 느낌이었다. 애들 중 하나가 유학을 떠났단다. 수학여행 간다더니 무슨 유학? 전화를 받으면서도 내내 뉴스 특보에 눈을 두고 있던 터라 아들의 말 대부분을 흘려들었다. 뉘 집 자손들인지 모르지만 안타깝고 애석해서 내 몸이 다 덜덜 떨렸다. 한편으로는 저런 애들도 있는데, 우리 손자는 유학을 간다니 차라리 잘된 것이란 생각도 들었다. 이러저러한 사람들이 뒤섞인 대형 강당의 아수라장과 놀라울 정도로 고요한 바다가 연달아 나왔다. 물이라도 한 잔 마시려고 나간 부엌에서 점심밥으로 먹으려던 순대가 바싹 말라 있는 것을 발견했다. 그제야 아들이 내게 전화를 한 것과 지금이 몇시인가를 겨우 헤아렸다. 내친김에 아들네로 걸어 가볼까 하다 그만두었다. 근디 할애비헌티 인사도 안 허고, 벌써, 갔다고? 갑자기 들은 소식에 누가 왜 어디로 갔는지 묻지 못한 것도 떠올랐다. 당이 떨어졌는지 몸이 또 후들거렸다. 라면이라도 끓이려고 냄비를 찾느라 찬장 속을 헤집었다. 여러모로 낙심할 일들만 많은 저녁이었다. 그러면서도 방에서 연신 흘러나오는 뉴스 특보에 온 신경을 쏟았다. 이제 저것 좀 그만 보고 싶어서 다른 데를 돌려도 정규 방송 다 끊고 나오는 거라 보지 않을 수가 없었다. 불편한 마음을 가라앉히려고 아들에게 전화를 걸었다. 두 번이나 걸어서 신호음만 실컷 듣다 끊었다. 유학 뒤처리를 하느라 바쁜 모양이었다. 내일모레 있을 집사람 기일도 상기시킬 겸 며느리에게 전화를 이었다. 계속 통화중이어서 이번에는 여행중임을 알지만 그래도 첫째 손자 놈 단축 번호도 눌러보았다. 내일쯤 돌아온다고 그랬는데⋯⋯ 둘째 놈 단축 번호는 어쩐 일인지 통화 연결음도 나오지 않았다. 애들이 뭔 일이 있는가. 서운하고도 허전한 마음을 뒤로하고 리모컨을 집어들었다. 강당에 모여 와글거리는 사람들 위로 쉴새없이 자막이 지나가는 중이었다. 젓가락으로 냄비 속의 면발을 집어올리니 불어터진 면이 뚝뚝 끊어졌다. 화면에 넋을 놓은 지 꽤 오랜 시간이 지난 모양이었다. 다시 아들에게 전화를 걸었지만 연결이 되지 않는다는 기계음만 들려왔다. 유학간 애 뒤처리를 하느라 바빠 전화를 받지 못하는 게 분명했다. 누구하고도 통화가 되지 않는데 오히려 마음이 놓이는 게 이상했다. 그래, 갈 테면 가라, 유학. 큰물에서 놀아야지, 사람이. 할애비헌티 인사 정도는 도착허고 적응 다 하고 해도 충분햐. 한국은 너무 좁고, 저렇게 사고가 많아서 안 돼. 멋들어지게 영어로 말도 하고 국제 어쩌고 하는 학생 되어갖고 집안을 빛내거라!

그런데 둘 다 보내면 보냈지 왜 하나인가. 텔레비전 화면 속에서 와글대는 강당의 사람들 뒤로 컵라면 박스가 도열해 있었다. 각지고 무거운 의전용 의자를 거기까지 끌고 가서 컵라면을 처먹은 장관을, 국회의원이란 놈이 계란을 넣어 먹은 것도 아니지 않냐는 말로 감싸느라 바빴다. 나는 며느리가 사다놓은 계란 한 판을 모조리 싱크대에 던져버렸다. 많이 처드셔라, 계란. 손자가 유학에서 돌아올 때까지 계란 따윈 쳐다보지도 않을 작정이었다. 아무 상관도 없는 내가 이렇게 화가 나는데 저 차가운 강당 바닥에 앉아 있는 사람들은 얼마나 기가 찰까. 속이 시끄러워서 아예 텔레비전을 끄고 작은방으로 갔다. 한낮에도 빛이 들지 않는 곳이라 어두침침했지만 애들 사진이라면 자그마한 티끌마저 눈을 감고도 짚어낼 수 있었다. 벽에는 돌 때부터 유치원 졸업식, 초등학교 졸업식과 중학교 입학식 사진이 두 개씩 쌍으로 붙어 있었다. 이제 보니 고등학교 입학식 사진이 없구먼. 커갈수록 사진 찍는 것을 싫어해서 액자가 더 늘지는 않았다. 기술이 발달해 휴대폰으로 사진을 주고받은 탓도 있었지만 새삼스럽게 서운해졌다. 나도 스마트폰 같은 거 쓸 수 있는데. 며느리가 새 휴대폰으로 바꾸자고 권유했을 적에 쓰던 것이 아직 멀쩡하다고 둘러댄 것마저 후회가 됐다.

애들 유치원 때 사진이 유독 눈에 박혔다. 둘째 손자 녀석의 왼쪽 눈 밑의 흉터는 컴퓨터로 어떻게 지워줄 수 있었을 텐데. 그 유치원 찍사는 성의가 없었던 모양이라 생각하며 옷소매로 먼지를 닦았다. 그렇게 하면 흉터가 없어지기라도 할 것처럼 문질러댔다. 몸이 휘청일 정도로 사정없이 액자를 비비다가 품에 안고 오래 앉아 있었다. 유학 가면 돈이 많이 필요할 텐데, 애비가 얼마나 융통할 수 있으려나. 아무리 벌이가 좋아도 그 뒷바라지하기는 버거울 거였다. 내가 좀 보태야겠구먼. 할애비헌티 인사 좀 안 하고 가믄 어뗘. 어차피 돌아올 텐디. 애가 공부 좀 하러 급히 떠났다는디 그까짓 인사가 문젠가. 전화야 언제든지 걸고 받으면 그만이지, 암만!

가긴 간 것이냐, 유학을.

대체 누구냐, 누가 갑자기 간 것이냐, 유학을.

제비초리가 아니었더라면 진즉 다시 집으로 돌아왔을 거였다. 얘야, 하고 불러볼 수도 있었지만 입이 떨어지지 않았다. 세상에 또 없을 효자 아들네가 내 연락을 받지 못하는 데는 다 이유가 있을 것인데, 내가 괜히 나서서 수선을 떨면 유학 뒤처리가 제대로 되겠는가 말이다. 어제부터 라면도 제대로 못 먹은 몸으로 마음까지 다잡다가 무릎이 꺾여 그만 주저앉았다. 연락이 안 되는 게 아무래도 이상해서 오전에 손자네 한번 가본다고 나선 길이었다. 집 앞에서 제비초리를 만나서 내가 여기까지 따라온 것이었다. 평일인데 학교도 안 가고 제비초리 네가 웬일이냐고 여태 묻지 못했다. 황사 때문에 백내장이 더 심해져서 눈물이 줄줄 흐르는 것이라 믿었다. 상가 관리 통장에 얼마나 들었더라. 신씨네 권리금 빼주고 남은 돈이 얼마였나. 한꺼번에 연금을 빼내와도 괜찮을 것이다. 내 새끼들이 공부를 허겠다는데 그깟 돈이 문젠가. 나중에 내 새끼가 금의환향을 해서 건물을 세워줄지 또 어찌 알겠는가. 그게 아니더라도 내가 일생에 돈복은 좀 따르던 사람이 아닌가. 어느 나라로 가나. 영어는 좀 늘어서 돌아오려나. 어디까지 왔니, 꼬꼬네 앞에 왔다. 어디까지 왔니, 놀이터에 왔다. 어디까지 왔니…… 손자들을 업고 제 어미가 언제 오나 마중 나갈 때마다 불러주던 노래가 뜬금없이 튀어나왔다. 어디까지 왔니, 너희들. 못 찾겠다 꾀꼬리 꾀꼬리 내 꾀꼬리.

어디부터 가?

두 녀석이 고민하는 바를 내 영영 모르는 거였다. 그리고 그것은 우리 가족에게 해당되는 말이 아니었다. 시커멓고 새파란 바다에 있다는 그 수많은 실종자들 중에 우리 애들이 있을 수 없잖은

가. 그저 한 놈이 유학을 간 건데. 그 먼 데까지 가서 공부를 하겠다는 대견한 녀석인데 저런 사고로 잘못됐을 리가 없었다.

몇 층부터 가냐니까!

고개를 떨군 제비초리의 제비초리를 좀 쓰다듬어주고 싶었다. 누굴까. 대체 누가 그리되었길래 니가 여기 와 있는 게냐. 어깨가 하도 딱하게 처져 있어서 그동안 나한테 라면 안 주고 저희들끼리 먹은 거라도 용서해주고 싶었다. 그리고 얼른 집으로 돌아가라고, 여긴 애들이 올 곳이 못 된다고, 우리집에라도 가 있으면 곧 손자가 여행 마치고 돌아올 것이니 좀 기다렸다가 같이 라면이나 끓여 먹으라고 권해볼 요량이었다. 애들이 간신히 발을 떼고 몸을 움직이자 눈앞이 아득해졌다. 안 된다. 그리로 올라가서는 안 된다. 거기는 없는 길이다. 가서는 안 되는 길이다. 돌아 나오너라. 아이들이 마치 커다란 저승문에라도 들어가는 것처럼 눈앞이 아득했다. 입 밖으로 말이 나오지 않고 손도 움직여지질 않았다. 아이들은 지체 없이 장례식장 안으로 들어갔고 나는 성큼성큼 뒤로 물러나오다 아예 뜀박질로 도망쳤다. 재활용 쓰레기가 잔뜩 쌓여 있는 곳이었다. 습하고 쾨쾨한 냄새가 났다. 누가 나를 쳐다보는 것도 아닌데 부끄러운 짓 하다 들킨 것처럼 겁에 질려 그만 종이 더미 뒤로 숨었다. 과일 박스가 어른 키 정도로 쌓여 있었다. 나주 배, 성환 사과, 제주 조생 귤, 제주 조생 귤, 조생 귤 제주, 조생 제주. 의미 없이 읽던 글자에 몸서리가 쳐졌다. 안 읽으니만 못한 글자들이었다. 목뼈가 상자 더미에 눌린 것 같은 느낌이었다. 못 볼 것을 본 사람처럼 품에 안긴 사진들을 더 꼭 안고 뛰다시피 장례식장을 빠져나오다 둘째 손자 놈 비슷한 사람을 멀찍이서 본 것도 같았다. 아니 첫째였나. 젊은 애들이 다 내 손자 같고 손자 친구 같고 사고를 당한 그애들 같았다. 사람과 마주치지 않으려고 무심결에 눈을 돌리다 보니 근조 화환을 잔뜩 실은 트럭이 주차장으로 들어왔다. 저 리본의 글자가 아들네 회사명과도 비슷해 보였다. 비가 와서 시야가 흐렸다. 황사 섞인 비라 먼지 냄새가 많이 났다. 사람의 살이 타는 냄새 같기도, 생나무 진액 냄새 같기도 했다. 사정없이 내리꽂힌 도끼에 쩍쩍 갈라지던 나무에서 흐르던 눈물 같은 진액. 그것으로 범벅이 된 생나무 타는 냄새가 일순간 내 주변을 감쌌다. 온몸은 불길 속인데, 텔레비전 화면 속의 그 짙푸른 물결과 뒤집어져버린 배와 에어 포켓이니 뭐니 하는 것들이 두서없이 눈앞을 스쳤다. 물이 눈앞에서 불처럼 타오르고, 불이 물처럼 휘몰아쳐 눈앞을 가려버렸다. 거대한 공기 방울이 물속에서 터져 나오며 불을 북돋웠다. 불어터진 면발들이 허공에 떠 있어서 눈앞이 보이지 않았다. 어느새 날이 개는 중이었다. 두 손을 휘저어 앞을 헤쳐보니 비행운을 따라 이리저리 몰린 구름들 사이로 노을이 지고 있었다. 둘째 놈은 붉은 노을을 볼 때마다 삼겹살 같다며 할아버지 고기 사주세요, 를 연발했다.

내가 참 주책이여. 우리 애들이랑 상관도 없는데 여기까지 뭐하러 와서 이러고 청승을 떠나! 봄바람 때문에 눈물이 멈추지 않았다. 노을이 부셔서 자꾸 눈을 비볐다. 나는 액자들을 안고 걸어나오다 몇 번이나 발을 헛디뎌 그만 입술을 깨물었다. 아, 정말 미춰버리겠네! 이 말은 둘째 손자가 자주 쓰던 말이었다. 제 어미에게 컴퓨터 사용을 금지당했을 때나 휴대폰을 압수당했을 적에, 제 형한테 힘이나 말로든 질 때마다 버릇처럼 내뱉었다. 제비초리에게 게임비 내기에서 졌을 때는 가장 큰 목소리로 '미춰버리다가' 제 아비에게 등짝을 맞았다. 첫째든 둘째든 유학을 가서도 저 말을 할 것이다. 그런데 유학을 가면 그 나라 말로 해야 할 텐데 어쩌나. 바른말들 다 놔두고 욕부터 먼저 입에 익혀와서 내가 어린이집 원장에게 전화를 걸었던 것이 네 살 때였나. 할아버지가 어린이집에 전화를 했다며 며느리가 질색팔색을 했던 때도 이만한 봄이었다.

당이 떨어져 박하사탕 하나를 입에 물었다. 오래전에 내 옷 주머니마다 사탕을 넣어둔 것은 둘째였나 첫째였나. 애들 손길이 닿은 박하사탕 봉지도 길가에 버리지 않고 다시 고이 손에 쥐었다. 그런 채로 집에 돌아왔다. 내 도대체 무슨 생각으로 거길 다녀왔던가. 주책이여, 주책. 누가 뭐랄 것도 없는 혼잣말을 하다 앞으로 고꾸라졌다. 몸이 부들부들 떨렸다. 그래도 액자들은 끝내 품에서 내려놓을 수 없었다.

내 몸 위로 무엇인가 살포시 스쳤다. 선잠 속인가, 아니면 정말로 다녀간 것인가. 가슴에 올려둔 액자 위로 무엇인가 한참을 앉았다 갔다. 내 나이 일흔둘, 오래라면 오래. 반송장이나 다름없다는 말은 반귀신이라는 말이기도 했다. 나는 알아보았다. 설핏한 그 바람을 알아먹었다. 대뜸 화가 치받쳐올라 벌떡 일어나 앉았다가 다시 눕기를 반복했다. 허공에다 종주먹을 대다가 몸이 꺾였다. 신발장에 어깨를 부딪치고도 정신이 들지 않았다. 이게 얼마 만인가 헤아려보다가 그만 왈칵. 그러고 갔으면 손자 정도는 지켜야 하지 않는가. 모두 버리고 그렇게 떠나버렸으면 자손들은 잘되게 해줘야 하는 게 아닌가, 임자! 엊그제까지만 해도 기억하고 있었는데 액자를 안고 다니다 깜빡한 기일이었다. 아들네는 왜 아직도 소식이 없는가. 그 착한 우리 며느리가 시어미 기일을 잊어버릴 리가 없잖은가. 나는 자리를 털고 일어나 집에 있는 대로 현금을 챙기고 옷을 단단히 챙겨 입었다. 집에 있는 가장 고운 색의 보자기로 애들 얼굴을 감쌌다. 이틀째 잠을 자지 못한 상태였지만 이상한 열기 같은 것이 나를 쥐고 흔들었다. 어떻게든 두 눈으로 모든 것을 지켜볼 생각이었다. 남의 집 손녀 손자라도 구해지는 모습을, 저 종간나 새끼들이 컵라면에 계란을 깨뜨려 먹다 제 혀를 씹어 처먹는 꼴을, 우는 가족들을 도와주는 이들의 안녕함을 지켜봐야 했다. 그까짓 잠이 문젠가. 어디선가 닭 우는 소리도 환청처럼 들렸다. 이 눈치 없는 닭 새끼 목 졸리는 꼴이라도 내 두 눈으로 똑똑히 보고야 말 생각이었다.

그 큰일이 있었는데도 배는 본래의 시간표대로 운항중이었다. 이 배인가, 저 배인가 하며 두 눈을 부릅뜨고 쳐다봤지만 어디에도 내 손자들은 보이지 않았다. 교복을 입은 수십 명의 학생들만 이리저리 왔다갔다했다. 가만히 보니 교복이 아니라 등산복들이었다. 다 똑같아 보이는 옷을 입은 상춘객들로 갑판이 가득찼다. 하도 철없이 뛰어다니는 축들이 많아 학생인 줄 알았더니 중년 여인네들이었다. 갑판 너머로 쳐다보기도 싫은 바닷물이 차올랐다. 청귤같이 파란 애들 삼켜서 저리 푸른가. 저 물빛은 누구의 진물인가.

할아버지 표 좀 잠깐 보여주세요.

내가 자리 하나 못 찾는 노인네로 보이냐고 따져 물을 겨를도 없이 그의 손에 이끌려 객실까지 들어왔다. 보자기로 싼 액자와 지갑 하나 달랑 들고 나선 길이었다. 처음부터 이곳으로 올 작정은 아니었지만 정신을 차려보니 여기였다. 엊그제 내 손자들도 거기로 간다고, 여기서부터 출발한다는 말을 전해온 것은 애들 에미였다. 오랜만에 집이 조용하다고, 때만 맞았으면 아범이랑 여행이라도 갔을 텐데요, 하기도 했던가. 아버님 저녁은 이쪽으로 와서 드시라는 걸 이미 먹었으니 둘이 조용히 잘 보내라고 하고는 끊었던가. 아마도 그러했을 터였다. 나는 오래 참은 화를 내느라 내가 입때껏 지향해온 깔끔한 할애비 되기를 포기한 채 씩씩댔다. 아까 그 승조원이 다가와 괜찮으시냐고 물으며 몇 번이고 내 얼굴을 쳐다보았다.

지켜줬어야 하는 거 아니등가. 내 자네 가고 어찌 살었는지 다 알잖는가. ……그라믄 지켰어야제, 살려냈어야제, 임자.

몇십 년 만에 불러보는 이름이었다. 황씨 집안 막내딸이었다. 내가 살고 있는 곳보다도 훨씬 더 아랫녘에서 온 사람이었다. 나는 그이보다 훨씬 윗녘에 살았지만 섬이기는 마찬가지였다. 아내가 태어난 섬으로 시집을 가서 내게는 연락이 드물던 누이가 좋은 처자가 있다며 기별을 해온 것은 부모님이 돌아가신 다음해였다. 혼인을 하면서 처가가 있는 남녘으로 아예 이주를 했다. 본가 어른들도 돌아가시고, 누이가 자리를 잡고 살던 곳이라 터를 정하는 일은 어렵지 않았다. 처가댁도 가산이 풍족한 것은 아니었지만 섬사람들답게 천성이 부지런하고 날씨에 맞추어 살아갈 줄 아는 이들이어서 살림이 곤궁하게 느껴지지 않았다. 아내는 섬을 못 견뎌하는 섬 처녀였다. 고향을 조금이라도 벗어날 줄 알고 혼인을 했는데, 아예 일평생을 눌러살게 된 제 처지를 얼마간 심란해했다. 그래도 곧 첫아이를 낳았고 우리의 생활에도 만족하는 듯이 보였다. 부모 삼년상을 다 치르지도 않고 장가를 든 까닭일까. 둘째 아들을 낳고는 제 손으로 허망하게 가버렸다. 저녁나절에 나무에 매달려 있는 것을 옆집 과부가 발견하고 소리를 질러 사람들을 불러

모아 내렸다던가. 내가 돌아왔을 적에는 세 살, 한 살짜리 들이 제 어미 거기 있다고 다가가 젖을 파헤쳐 먹으려다가 동네 어른들한테 막 들어올려지던 중이었다. 죽은 어미 쪽으로 가려고 발버둥치는 것들을 마을 아낙들이 나누어 안고 어디론가 데려갔다. 아침에 서둘러 나가느라 애엄마 얼굴을 쳐다봤는지도 기억나지 않았다. 대체 왜 이렇게 되어버렸나 생각할 짬도 없이 치러진 장례였다. 악상惡喪이라고 그다음날 바로 산으로 갔다. 제 손으로 간 사람이라 뼛가루까지 다 태워버려야 한다는 것을 아이들이 아직 어리다는 이유로, 명절에 찾아가볼 엄마 자리는 있어야 한다는 마을 어르신들의 결정으로 내 과수원 뒷산의 후미진 곳에 대충 터를 잡았다. 나와 함께 살았던 흔적은 순식간에 지워졌고 그보다 더 재빠르게 아예 없던 사람처럼 조용히 뒷마무리가 되었다. 사람의 흔적이 지워지는 데는 채 며칠이 걸리지 않았지만 아이들은 점점 제 어미의 모습을 빼다박아놓은 듯이 자라났다. 아이들 얼굴을 볼 때마다 눈물짓는 처가댁 사람들을 보는 것도 여간 눈에 걸리는 일이 아니었다.

그렇게 스물한 살에 홀아비가 된 내가 여태까지 재혼을 하지 않고 산 것은 먼저 간 사람에 대한 의리라기보다는 대체 왜 그랬을까라는 의문 때문이었다. 산 사람이 곁에 와서 몸 섞고 살면 또 그렇게 가버리지 않을까 두려웠다. 게다가 눈만 뜨면 어미를 찾아대는 젖먹이를 데리고 살아야 해서 정신을 차릴 틈이 없었다. 장모가 삼 년을, 함덕에 있는 누이가 이 년을 길러주었다. 막내가 사람 말귀를 알아들을 때가 되었을 적에야 세 식구가 모여 살 수 있었다. 밤낮으로 일만 한 것도 아닌데 돈이 모인 것은 그 와중에 참으로 다행이었다. 애들 어미가 묻혀 있는 그 산을 사들인 것은 그로부터 사 년이 지난 뒤였다. 옆 동네로 시집을 간 처형이 달을 걸러 다녀갔지만 나는 그때마다 만나지 못했다. 딸아이 머리가 누이나 장모가 손질해준 것보다 더 단정하게 빗겨져 있으면 처가 쪽에서 다녀간 것이었다. 일부러라도 그쪽에 연락도 하지 않았는데 처형이 틈틈이 다녀가주었다. 넉넉잖은 사람에게 시집을 가서 물질을 하지 않으면 입에 풀칠하기도 어려운 살림이라고 들었다. 그런 하루를 버리고 우리 아이들에게 다녀가준 것이었다. 처형의 마음씀씀이가 애달팠지만 나로서는 어떻게 갚아볼 도리가 없었다. 나는 누구에게 말해버릴 수도 없고 말을 한다 하더라도 해결되지 않는 그 생각들만 껴안고 살았다. 아이들이 봄 바다의 천초처럼 자라났다. 나는 나무를 기르고, 열매를 따서 수매상에게 넘기고 돌아와 밭을 일구었다. 사는 일이 우선이었으므로 애써 내 마음을 돌아보지 않았다.

막내가 학교에 들어가기 전에 가산을 정리하여 섬을 나왔다. 누이가 한사코 말렸지만 이대로 여기 살다보면 죽은 사람들이 나를 짓눌러 숨을 쉴 수가 없을 것 같았다. 아이들을 위해서라도 섬보다는 육지가 더 낫지 싶었다. 더이상 어떤 기억에 얽매이기 싫었다. 뒤돌아보지 않았다. 돌아봐봤자 죽은 사람들밖에 날 더 쳐다봤겠는가. 떠나기 전날까지 과수원의 나무를 모두 베었다. 대체 왜 저러냐며 이웃들이 혀를 찼지만 모두 백스물두 그루의 나무를 없앴다. 때마침 땅값도 후하게 쳐줄 사람이 나타났기에 별다른 미련이 없었다. 진즉 떠났어야 할 길을 차일피일 미뤘더니 몇 년이 흐른 것이었다. 두 번 다시 이 바당에 몸을 담그는 일은 없으리라, 이 땅도 다시 밟지 않으리라 다짐했다. 누이에게 매형 모르게 쓰라고 한몫을 떼어주었다. 아이들 잘 돌봐줘서 고맙다는 인사치레치곤 많은 액수였다. 말을 하지 못하는 누이는 아무런 손짓도 못하고 눈만 끔벅거렸다. 태어나기를 그렇게 태어나 한 번도 목소리라는 것을 내본 적이 없는 사람이었다. 속깊은 매형을 만나 이만하게나마 사는 것이 다행이었다. 애월 쪽으로 가는 동네 어르신에게 부탁해서 처형에게도 뭉칫돈을 건넸다. 간간이 다녀가준 정이라지만 내 입장에서는 처가 쪽에 아예 발길을 끊겠다는 저의였다. 알아들은 것인지 회신이 없었다. 그래도 고마웠다. 아이들을 잊지 않고 찾아주어서, 간혹 애들 엄마 무덤에도 다녀가주어서. 어찌 생각해보면 피붙이를 찾는 것은 응당 해야 하는 일같이 느껴졌지만 하루 벌어 하루를 살아야 하는 입장을 생각해보면 또 그렇게 어려운 일도 없었다. 나는 고향과 이 섬의 말을 잊었다. 남쪽 어투가 나올라치면 일부러라도 혀를 내어 깨물었다. 어수룩한 말더듬이가 되는 편이, 거기 사람을 만나 행여라도 섬의 이야기를 듣는 것보다는 나았다. 과수원에 묻힌 무덤이 서서히 편편해지고도 남을 시간이 흐를 때까지 나는 말을 잊었다. 입을 닫고 사는 것이 자연스러운 삶이 되어버렸다.

아이들은 제 어미가 그렇게 죽은 줄 몰랐다. 딸이 조숙한 편이라 다행이었고 아들놈 역시 말없이 제 누이만 따라다니느라 말썽 같은 걸 피우지도 않았다. 아비 혼자 키운다고 업신여기는 소리를 듣게 될까봐 최대한 깔끔하게, 무조건 좋아 보이는 것으로 입히고 먹였다. 학교에 찾아가야 할 때는 정장을 다려 입고 가는 것을 잊지 않았다. 빵 사이에 봉투를 넣어주면 선생들은 알아서 애들을 예뻐해주었다. 육지에 와서도 돈복은 있어 생활이 팍팍하지 않았다. 그만큼 성실하기도 했지만 그 시절에는 누구나 다 그 정도는 살던 때여서 큰 자랑거리도 아니었다. 마누라 그렇게 보낸 놈이 성실하다는 칭찬에 목마를 정도의 마음은 아니었던지라 그냥저냥 먹고살 정도로만 벌고 지냈다. 딸아이가 달거리를 시작했을 적에는 자주 다니던 식당 찬모에게 부탁하여 여자들이 해야 할 것들을 일러주게끔 부탁했다. 처형이나 누이가 곁에 있으면 좋았겠지만 다행스럽게도 우리의 상황을 딸아이가 잘 받아들여주었다. 어미 없이 자란 티가 나면 나는 대로, 나지 않는 것에는 때로 감사하며 우리는 또 그렇게 뭉쳐 살았다.

땅을 보는 눈이 남보다 트였던 까닭에 버려진 땅을 일구거나 되팔아 차익을 크게 남겼다. 애들 엄마가 내 곁에 누웠다 간 밤이면 땅값이 오르곤 했다. 누구에게도 말하지 못했지만 나만 알 수 있는 그것을 품었다. 밤새 흠뻑 싸질러놓은 것들을 해결하느라 이불 빨래를 자주 해야 했다. 덕분에 냄새나는 홀아비 꼴은 면할 수 있었으니 그 역시도 복이라면 복이라 믿었다. 아이 둘을 여읠 때면 누이를 불러 모셨다. 여전히 섬에서 지내는 누이를 서울의 호텔에 데려다놓으니 시골 할매 티가 났지만 그래도 혼주석을 채워줄 사람은 누이밖에 없었다. 처형에게는 딸아이가 연락한 모양이었다. 뒤늦게 나타나 훌쩍대는 것을 보니 그쪽도 세월이 많이 내려앉은 모습이었다. 고맙다는 말밖에 떠오르지 않았다. 우리 며느리는 참하고도 살가운 아이였다. 들어오자마자 쌍둥이 손자를 낳아 집안을 풍성하게 해주었다. 시아비가 허전하지 않도록 가까이 살기를 자청해주었다. 내심 든든했고 또 고마웠다. 아들 몰래 남들 다 사는 명품 가방 같은 거라도 좀 사라고 돈을 찔러주었지만 매일 같은 천 가방만 들고 다녔다. 검소하기가 이를 데가 없어 자꾸만 돌아봐지는 예쁜 아이였다. 옷이라도 좀더 좋은 것으로 사주고 싶어서 백화점에 데려가면 도리어 내 옷을 집어들고 와서 곤란했던 적이 한두 번이 아니었다. 손자들에게는 운동화와 요즘 애들 사이에서 유행한다는 교복 위에 입는 패딩 점퍼를 여러 벌씩 사주었다. 휴대폰도 저희들 반에서 가장 먼저 갖고 다니게끔 개통해주었다. 애들이 사달라고 떼쓴 것도 아닌데 뭐하러 돈을 쓰시냐는 타박을 한 건 아들이었다. 그래도 이게 사는 재미가 아니겠냐고 반문을 하면 아들도 더는 뭐라 하지 않았다. 그렇게 심성이 착하고 고운 며느리와 과묵한 아들이 없었다. 내 마음엔 우리 손자들은 가히 세계 최고였다. 이만한 게 어디냐며 노인정에 가서 자랑이라도 하고 싶었지만 애들 크는 데 괜히 동티가 날까 싶어 집에서 혼자 컴퓨터로 바둑을 두었다.

성산 바당이 가까워진 듯싶었다. 물빛을 보니 정오는 족히 넘어선 색이었다. 바당이라니. 바다도 아니고. 떠난 뒤로는 한 번도 입 밖으로 꺼낸 적 없는 섬의 말이었다. 물빛을 보며 시간을 가늠하는 방법은 내가 아주 어렸을 적에, 혼인을 하기 전에 배워둔 것이었다. 내 고향과 이곳의 물빛은 달랐지만 몸으로 체득한 생활의 빛이었다. 늘 곁에 있던 것들의 빛은 생득적으로 알 수밖에 없었으므로 시계를 쳐다보는 일만큼이나 바당을 자주 바라다보던 때였다. 그게 어림잡아 육십 년쯤 되었을까. 눈대중으로라도 족히 하오는 지났을 성싶은 빛이었다. 바당 곁에서 좀 울고 싶은 심정으로 하선을 기다렸다. 입술이 쩍쩍 갈라졌다. 내가 무엇을 먹은 게 언제였더라. 잠은 또 언제 자고 안 잤더라. 후들대는 손으로 주머니를 뒤졌지만 몇 개씩 들어 있던 사탕을 하나도 찾을 수 없었다. 그 새파랗던 물빛이 노랬다. 하늘이 빨갰다. 하마터면 바다에 빠질 뻔한 것을 배의 난간이, 내가 휘청대는 것을 발견한 등산복 무리들이 달려와 나를 부축했다. 그것까지는 기억이 났다. 바당이 옆으로 뒤집힌 채로 한동안 허공에 떠 있었다.

누가 한참을 불렀다는데, 품에 안은 액자를 떼어내려 할 때에야 정신이 들었다. 승조원과 상춘객 몇몇이 나를 내려다보며 뭐라고 물어볼 때에도 품에 안은 것을 놓지 않았다. 마음과 말이 달리 새어나와 휴대폰 비밀번호를 불러주고야 말았다. 할아버지 이거 외우시라며 둘째 놈이 그렇게나 단속하던 번호, 1216. 여러 곳에 여러 차례 연결 시도를 하고 나서야 함덕 누이 집의 조카가 전화를 받았다. 녀석이 성인이 된 뒤로 몇 번 본 적도 없는 사이였다. 그 놈이 차를 몰아 내가 실려가고 있는 병원으로 와주기로 했다는 말을 듣고 두 눈을 감았다. 앰뷸런스까지 타고 요란하게 섬으로 올 작심을 한 것은 아니었다. 배의 의무실에서 다짜고짜 꽂아댄 주삿바늘이 아니었다면 저혈당 쇼크로 갈 뻔했다. 어찌되면 또 어떠랴 싶은 마음 반, 유학 간 놈 제주 여행 시켜주고 싶은 마음 반이었다. 의지와 다르게 따라주지 않는 몸이 애석했다. 병원에 도착해서도 사진을 안고 버텼다. 하는 수 없이 발등에 주사를 놓느라 거동이 더 불편하게 되어버렸다. 그래도 생면부지의 사람들에게 내 손자들의 얼굴을 보여줄 수는 없었다. 전에 봤을 때보다 한껏 늙은 조카 놈이 도착해서 의사와 대화를 나누고 비칠비칠 내 쪽으로 다가왔다. 의사에게 조카가 뭐라고 했든지 간에 이 주사만 다 맞으면 병원을 빠져나갈 작정을 하고 있던 터라 내 입에서는 의례적인 인사보다 빨리 나갈란다, 부터 터져나왔다. 네놈이 뭘 안다고 의료진들헌티 사고 어쩌고 씨불여? 차라리 이럴 바에는 아까 그 상춘객들이 더 나을 것 같았다. 혼잣말로도 흥분을 하여 숨이 막히는 것 같더니만 의사가 달려왔고 간호사들이 혈압을 잰다며 소동을 피웠다. 아주 먼 데서 나를 부르는 소리가 들렸다. 두 눈을 끔벅거려도 보이는 것이라곤 온통 잿빛뿐이었다.

사람 하나가 쓰러져도 열댓 명이 달려오는 이 좋은 시상에서 그 애들이……

조카를 따라 함덕 누이네로 왔다. 휘청대는 나를 붙안아 차에 태워 오면서도 조카는 살갑게 말을 붙이거나 굳이 안부를 물어오지 않았다. 고마운 일이지만 내심 불편했다. 어째 이리 오셨냐 물으면 바람 좀 쐬러 왔다고 말할 참이었는데 아무것도 물어보지 않다니. 네가, 은석이냐? ……네. 단 두 마디를 끝으로 나는 입을 다물었고 조카도 더이상 말을 잇지 않았다. 이곳은 봄이 완연해 조금 더 있으면 덥다 소리가 나올 것 같았다. 햇빛을 받은 유채꽃이 이토록 노랬나. 그 노란 것들 뒤의 푸르뎅뎅한 바다가 끔찍해서 그만 눈을 꾹 감았다. 액자를 안은 두 팔뚝에 잔뜩 소름이 돋은 채로 누이의 집에 왔다. 몇십 년 만인가 헤아릴 겨를도 없이 마당에 들어서니 천초를 다듬는 누이가 보였다. 나와 눈이 마주치자 누이의 입이 한껏 벌어졌다. 반갑다는 손짓 대신에 천초를 꽉 쥐고 이상한 소리를 내었다. 누이, 내가 왔소. 마당의 천초들이 바람을 타고 바스스 일어났다. 바람을 따라 일어선 천초들이 나와 누이 사이에 오갈 말들을 대신 해주는 듯했다. 내가 돌고 돌아 이곳에 온 시간보다 더 먼 시간이 느리게 흐르는 것 같았다. 제주는 여전히 바람이 많았다. 누이가 반갑다는 손짓도 못한 채로 내내 입만 벌리고 울어댔다. 반쯤 마른 천초들이 바람에 흩날려 담장 쪽으로 몰려갔다. 나는 그것들을 밟지 않으려고 조심하며 방안으로 들어갔다. 누이가 뒤따라 들어왔다. 은석이의 휴대폰이 울렸다. 잽싸게 발걸음을 옮겨 제 어미와 나를 지나치던 녀석이 하는 말을 들어버렸다.

아들은 어찌하여 내 전화는 받지 않고 제가 몇 번 보지도 못한 사촌과만 통화를 하는가.

나에게 말도 없이 급히 외국으로 유학 갔다는 손자 놈보다 아들이 더 괘씸해서 그만 밥상을 물렸다. 나는 그때까지도 액자를 안고 있었다. 이걸 어디다 내려놓으면 유학 간 놈에게 꼭 무슨 일이 일어날 것만 같아 방에 누워서도 품에서 놓지 않았다. 그 녀석들 백일쯤 되었을 때였나. 며느리가 잠시 아이들을 맡기고 약국에 간 사이 한 놈을 내 배 위에 얹고 다른 한 놈은 어깨에 걸치고 소파에 앉아 있던 기억이 났다. 두 팔로 안아도 뭉그적뭉그적 빠져나가던 어린 살들이었다. 안 그래도 똑같이 생긴 놈들에게 같은 옷을 입혀놔서 누가 누군지 구별이 되지 않았다. 네가 누구냐, 아무리 물어봐도 대답도 못하던 백일들. 쌍둥이라도 살결이 달랐다. 첫째보다는 둘째 녀석 살이 조금 더 차졌다. 눈꼬리가 얄팍히 올라가도록 눈웃음도 쳤다. 첫째는 웃을 때도 눈이 구겨지지 않고 입매만 올라갔다. 두 아이를 맨눈으로 구분할 수 없을 적에는 일부러 웃겨놓고 니가 첫째구나, 너는 둘째냐? 하며 혼자 맞혀보기도 했다. 애들 에미는 귀신같이 알아채는 그것을 할애비는 도저히 구별하지 못한 채로 영아기와 유아기를 지나 말문이 트였다.

하비, 하미 바꺼. 전화기를 들 때마다 할미를 찾는 통에 난감할 때가 한두 번이 아니었다. 어린이집에서 할머니라는 단어를 배운 모양이었다. 어린이집에서 녀석들을 받아오는 것은 나의 몫이었다. 육아휴직을 끝낸 애들 에미가 직장에 나간 까닭이었다. 내게서 홀아비 냄새 난다고 할까봐 날마다 목욕탕에 들렀다가 아이들을 데리러 갔다. 천방지축 세 살들을 하나는 걸리고 하나는 안고, 다시 바꾸어 안았던 아이를 걸리고 걷던 아이를 안았다. 놀이터를 찍고, 넘어진 놈 일으키고 우는 녀석 슈퍼 가서 사탕 사주어 달래가며 돌보아주었다. 그러다보면 며느리가 퇴근할 시간이었다. 아들이 먼저 올 때도 있었다. 애들이 놀이터에서 집에 가지 않으려고 버티는 날이 허다해서 우리는 주로 놀이터에서 만났다. 사이좋게 애들 하나씩 나누어 안고 아들네에 데려다주고 저녁을 함께하고 내 집으로 돌아와 곯아떨어졌다. 에미까지 나가서 일하지 않아도 되는 살림일 텐데 나는 며느리의 의중을 이해할 수 없었다. 그렇지만 한푼이라도 더 벌겠다는 그 기특함이 또 어디인가. 아들은 내게 목돈을 요구한 적이 없었다. 멀리 떨어져 사는 딸아이 역시 마찬가지였다. 나는 언제쯤 자식들에게 재산을 물려줄지에 대한 행복한 고민을 했다. 같이 살자는 며느리의 청을 끝내 거절한 것은 내가 좀 편하자고 결정한 일이었다. 겉으로야 며느리를 배려한다는 차원이었지만 쌍둥이 두 놈을 하원시키는 일로도 다리가 다 휘청거렸다. 며느리가 한 달에 한 번씩 주는 용돈은 상품권을 구입해서 며느리에게 구두나 쓸 만한 가방을 사라고 찔러주었다. 애들은 정말이지 쑥쑥 자라났고 나는 혈당이 오르락내리락하는 것만 빼면 그럭저럭 좋은 날이었다. 상가 임대계약을 하거나 건물 관리를 하러 나가야 하는 날만 제외하고 매일 손자들과 지냈다. 하루를 건너뛰면 눈에 밟혀서 일부러 찾아가기도 했다. 두 놈 중에 이상하게도 마음이 더 쓰이는 것은 둘째였다. 오 분 차이인데도, 사실 누가 형인지 잘 모르고 의사가 꺼내주는 대로 형과 아우가 정해졌을 뿐인데도 그랬다.

누이가 물질을 하러 나갔다는 말을 전해준 것은 은석이었다. 딱히 누이를 기다린 것도 아닌데 누이가 나가 있다는 바당 쪽을 바라보다가 깜빡 잠이 들었다. 그마저도 얼마 지나지 않아 놀란 채로 깨버렸다. 파도에서 막 튀어나온 사람처럼 물이 뚝뚝 흐르는 해녀복을 입은 채 돌아온 누이가 물질해온 것을 막 그릇에 담고 있었다. 나는 그때까지도 품에 안고 있던 액자들을 바닥에 내려두었다. 팔뚝에 액자의 결을 따라 자국이 나 있었다. 누이는 그것을 쓰다듬으며 눈물바람을 했다. 은석이를 따라 누이의 집으로 온 지

두 시간 만의 일이었다. 누이가 내 앞으로 와서 손짓을 했다. 뜸하게 주고받던 안부 편지 대신에 애들 에미 휴대폰으로 화상 통화를 하게 되었을 때에 몇 번인가 말을 건넨 적이 있었다. 누이는 심란한 얼굴로 내게 손말을 건넸다. 눈으로 보는데 귓가에서 울리는 누이의 소리들이었다. 다문 입보다 눈빛으로 그려준 단어들이었다.

지금 천초 헐 땐디 지금 안 가믄 못헐 건디. 그런데 그 아이덜 그리되난 이상허게 바당에 뭐가 안 보여. 사람인가 허영 옆을 바라보면 곰수기도 보이고 막 그래. 아이들이 그렇게 되신가 싶엉 나가 바당에 들어도 눈에 비치는 게 엇이난. 난 그렇게 허는 거 아니라. 오늘은 유독 아이들 소리가 마음에서 버글거려부난 물질허멍도 내내 헛손질만 허당 나왔주기. 자꾸 손에 잡히는 건 엇고. 날은 점점 어두워지난 옆에 스치는 것이 혹시 떠내려온 아이들 같앙 잡앙보민 천초 더미고, 죽은 나뭇가지란 말이지. 그러다 물숨을 쉴 뻔해서. 천초에 발 걸어젼. 옆에서 칼 들엉 천초 안 그차줘시민 큰일날 뻔했주. 파도는 무사 경 센지 이래착저래착 떠밀리당 바위에 부닥쳐부렀주. ……이녁은 괜찮은가.

내가 본 것이 맞는다면, 내가 알아본 것도 맞을 것이었다. 춥지도 않은데 몸이 떨려왔다. 누이가 테왁에서 전복을 꺼내 은석에게 건넸다. 은석이 익숙한 손길로 전복을 손질하는 것을 보고 그만 누이의 어깨에 머리를 기댔다. 애들 엄마를 산에 묻고 돌아왔던 밤에도 내게로 와 안아주었던 누이였다. 전복죽을 끓여주는 손만 누이에서 은석이로 바뀌었을 뿐이었다. 입 밖으로 새어나오는 말만 하지 못할 뿐 이미 수많은 말들로 위로해주던 누이의 품에 안겨서 오랫동안 울었다. 은석이가 끓여준 고소한 전복죽을 반 그릇 정도 먹고 자리에 누웠다. 몸속으로 따뜻한 곡기가 들어가니 금방 노곤해졌다. 목이 타서 새벽에 일어나보니 누이가 품에 액자를 안고 잠들어 있었다. 누이가 듣지 못하게 숨을 참으며 울었다. 눈물을 닦지도 못한 채 셈을 해보니 누이 곁에서 잠을 자는 것이 몇십 년 만인가 싶었다. 애들 에미 그리 가버리고 정신없이 방황할 적에 술에 절어 있는 나를 부축해 몇 번이나 떠메고 와주곤 했던 누이였다. 그때 고작 다섯 살이던 둘째를 업은 채 나를 데려오느라 지친 누이가 길바닥에 주저앉아 소리 내어 울자 아이가 겁에 질려 같이 울었다. 아들이 우는 소리가 취한 가슴을 후벼팠다. 마음이 그때를 짚다가 지금에도 머무르며 꿈처럼 내 속에 들락거렸다. 내 울음을 들었나. 누이가 익숙한 손길로 어둠 속을 더듬어 라이터를 켰다. 노란 귤빛이 누이의 입 주변으로 동그랗게 몰려들었다. 그러다 나와 눈이 마주친 누이가 아예 스탠드를 켰다. 내게 뭐라 더 할말이 있는 모양인가 싶어 두 눈에 힘을 주고 누이를 바라보았다. 울다 만 얼굴을 들킬 염려 따윈 더이상 하지 않아도 된다는 것이 그렇게나 마음 편할 수 없었다.

숨은 그렇게 쉬는 게 아니라는 듯이 손짓을 해주어 다시 큰 숨을 들이마셨다. 눈물이 저절로 흘러내렸다. 내 새끼가 쉬지 못한 숨이, 옛날 옛적에 죽은 내 아내가 못다 쉰 숨통이 이제라도 트이려는가. 한 대의 담배가 다 타들어갈 때까지 누이는 내게 더 손말을 그려오지 않았다. 누이가 뱉는 담배 연기를 고스란히 들이마시며 나는 울었다. 가슴팍에 떨어져내린 눈물로 심장 있는 쪽이 퉁퉁 불어버릴 것만 같았다. 누이, 간 모양이여. 내 손자가. 아닌 것 같은디, 간 것도 같어요. 누가 간지는 몰러요. 어떤 녀석이 간 건지 안 물어봤어. 그냥 둘 다 데려왔어요. 누이, 왜 다들 그리 가버리는 걸까. 왜들 그리 일찍…… 다 살어보지도 못허고…… 그리 애석시럽게 가버릴까.

우는 나를 내버려두고 누이는 담배 한 대를 더 태웠다. 깜박 잠든 것 같은데 일어나보니 점심때가 가까워진 시간이었다. 은석은 어디로 갔는지 보이지 않고 누이만 마당에서 천초를 다듬고 있었다. 쉴새없이 들이닥치는 파도 소리에도 깨지 않고 깊은 잠을 잤다. 이 섬이라면 뒤도 돌아보기 싫어서 떠난 나였다. 잠시 먼바다를 바라보면서 멍하게 서 있는 내게 누이는 갈 곳이 있으니 채비를 서두르라는 손짓을 했다. 당뇨 약을 챙겨오지 못한 탓에 계속해서 입이 탔다. 물 한 대접을 다 마셔도 몸이 개운하지 않았다. 그래도 얼마 만에 이렇게 달게 잔 것인가. 그러나 잠시 잊었던 마음들이 생각나자 다시 심장 쪽이 조여왔다. 오래된 습관처럼 액자를 찾았으나 없었다. 깜짝 놀라 거실로 나와보니 누이가 차려둔 것으로 보이는 밥상에 액자들이 올라가 있었다. 돌문어와 돌멍게,

홍해삼과 애들이 좋아할 만한 초코파이와 음료수 따위도 정갈하게 놓인 채였다. 나 혼자만을 위한 상이 아니었다. 그것에 더 마음을 보태지 않았다.

잠시 마실이라도 가는 것처럼 가볍게 나선 길이었다. 따라오라고, 잠깐이면 된다더니만 누이의 걸음은 멈출 줄을 몰랐다. 어디까지 가오? 누이! 내 소리를 들었을 텐데 대꾸가 없었다. 처음인 듯도 하고 눈에 익은 곳 같기도 한 밭들을 지나자 왼편으로 바당을 끼고 도는 해안 도로가 나왔다. 많이 변한 곳도 있었고 놀라울 정도로 예전 그대로인 데도 많았다. 미친놈처럼 나무를 베고 그 벤 것들을 실어나르지도 못하고 떠나온 내 과수원의 형상이 눈앞에 도드라졌지만 이내 도리질을 쳤다. 나는 여전히 액자를 품에 안은 채였다. 한 상 가득 차려진 애들 밥상에는 손도 대지 않은 채 물에 만 밥을 후룩후룩 넘기고 나온 길이었다. 어디로 가느냐고 묻지도 못했는데 어쩐 일인지 발걸음이 익숙하게 느껴져 내내 이상타, 이상타 하며 걸었다. 바당에서 해녀들이 물질하며 내뿜는 숨비소리가 들려왔다. 테왁들이 동동 떠 있어서 해녀 있는 곳을 눈짐작으로도 알아보았다. 누이도 나만 아니었더라면 그곳에 가 있을 시간이었다. 숨비소리 나는 곳을 쳐다보다 햇빛에 눈이 부셔 그만 눈을 깜빡거렸는데 눈물이 떨어져내렸다. 두 눈을 옷소매로 닦으며 누이가 간 곳을, 내 눈에 익숙하기도 한 길을 따라 계속 걸었다.

아직 채 꽃이 피지 않은 나무들이 즐비했다. 이파리만 봐도 귤나무인 것을 알았다. 나무 밑동에 도끼를 내려찍던 나와 액자를 안고 서 있는 내가 나무들 사이에서 갈팡질팡했다. 누이가 나를 데려간 곳은 다름 아닌 내가 일구던 과수원이었다. 길목이 낯익다 싶었지만 진짜로 이곳으로 오게 될 줄이야. 나는 익숙하기도 하고, 변하기도 한 과수원을 훑어보며 누이를 찾았다. 겉으로 대충 보아도 나무들은 족히 이십 년이 넘은 듯했다. 내가 심고 베었던 나무가 있던 자리마다 새로운 귤나무들이 빼곡히 들어차 있었다. 머릿수건을 쓴 여인들 몇몇이 가지치기를 하느라 분주하게 움직였다. 누이. 불러보았지만 어느 틈으로 들어갔는가 보이지 않는 누이 대신 익숙한 얼굴이 하나 튀어나왔다.

처형의 걸음걸이로 봐서는 이곳이 처음이 아닌 듯했다. 내가 오는 것을 이미 알고 있었다는 듯이 별로 놀라지도 않은 모습이었다. 이게 다 무슨 일인가 하며 묻지도 못하고 서 있는 내게 처형이 나무 그늘 쪽으로 나를 데리고 가주었다. 누이와 처형이 이십여 년 동안 내게 말도 안 하고 일궈놓은 과수원의 나무들이 오종종한 꽃봉오리들을 달고 있었다. 내가 준 돈과 처형의 재산을 합하여 터를 산 것이 지금으로부터 이십여 년 전이라고 했다. 아직 이 마을에 중국 사람들의 돈이 들어오기 전, 버려진 집들이 늘어나던 때였다. 처형의 말을 가만히 들으면서도 두 눈은 과수원 곳곳을 살펴보았다. 누이와 처형이 어떤 마음으로 이곳을 다시 일궜는지

내가 짐작할 수는 없었다. 다만 이곳에 내 새끼들과 함께 와볼 수 있었더라면, 이 나뭇가지마다 노란 귤들이 익어갈 적에 내 새끼들 뱃속에도 노란 물이 들 정도로 실컷 귤을 따 먹일 수 있었더라면. 더 앞서서 나의 아내가 이곳에서 나이를 먹었더라면. 나는 낙과처럼 나무 밑동 쪽으로 고꾸라졌다. 혈당이 급격히 떨어져서 눈앞이 까맣게 변하고 노을이 졌다가 다시 새순이 보였다. 이리저리 헝클어진 시야가 가만히 내려앉기를 기다리며 나무에 등을 기대고 앉았다. 여전한 파도 소리가 이곳을 상기시켜주었다. 한없이 늙어버린 처형의 얼굴을 제대로 바라보는 일도 편치 않았다. 일꾼들 주려고 내온 새참에서 막걸리 한 대접을 얻어 마셨다. 건강 탓에 오랫동안 끊고 지내던 술이었다. 할아버지! 어디선가 손자들이 나를 부르는 소리가 들렸다. 못된 짓 하다가 걸린 사람처럼 놀라 술잔을 내려놓았다. 그러다 한 잔, 또 한 잔. 얼마 마시지도 않았는데 온몸에 취기가 돌았다. 가만히 나무를 바라보다 적당한 가지 위에 액자들을 올려놓았다.

봐라, 이놈들아. 실컷 보거라, 내 새끼들아. 저것이, 제주 바당이다!

아버지! 하고 부르는 쪽을 돌아보니 아들 녀석이 서 있는 것 같았다. 할아부지! 하는 소리도 좀 듣고 싶어서 고개를 외로 빼고 이쪽저쪽 쳐다봐도 손자들은 없었다. 이놈들이 아직 여행에서 돌아오지 않은 까닭인가. 유학은, 여행을 마치고 갔을까.

어디까지 와시니?
용머리해안까지 와수다
어디까지 와시니?
마라도 와수다
어디까지 와시니?
약천사 와수다
어디까지 와시니?
외돌개 와수다
어디까지 와시니?
사려니숲에 와수다
어디까지 와시니?
절물휴양림 와수다
어디까지 와시니?
허브동산 와수다
어디까지 와시니?
미천굴까지 와수다
어디까지 와시니?
성산일출봉 와수다
……이젠 어디로 갈 거고
……엄마……

……집에는 언제 와시니?

……아빠……

아가, 어디까지 와시니?

……못 찾겠다 꾀꼬리!

……할아버지……

옛날 기억을 더듬어 입에서 나오는 대로 애들 여행을 시켜주고 나니, 꽃봉오리가 돋아 있던 나무에 열매가 가득 매달렸다. 열매들을 하나하나 손으로 쓰다듬어주려고 자리에서 일어나자 어느새 노랗게 익어가는 중이었다. 손에 닿으면 열매가 사라지기라도 할까봐 몇 번이고 망설이다가 그만 나무둥치를 부여잡았다. 큰 줄기에 가만히 놓여 있던 액자 하나가 툭 떨어져내렸다. 둘째 녀석이었다. 아닌가, 첫째였나. 나는 나무에서 노랗게 익은 귤 하나를 손에 쥔 채, 그것이 손안에서 짓이겨지도록 힘을 준 줄도 모르고 떨어진 액자 쪽으로 한걸음에 다가갔다. 어릿어릿하게 눈물이 차오른 까닭에 액자에 있는 얼굴을 제대로 바라볼 수가 없었다. 흉이 있었나, 없었나. 네가, 누구냐! 대체 누구냐! 어디로, 가는 게냐.

내 소리 들어점시냐

이 하르방 보염시냐

설운 애기 어디까정 와시니

못 찾겠다 꾀꼬리 꾀꼬리 꾀꼬리
못 찾겠다 꾀꼬리 꾀꼬리 꾀꼬리

어디도 보낼 수가 없어서, 도저히 찾지를 못한 까닭에 노래를 끝마치고도 나는 한참 동안 액자를 안고 나무 밑에 서 있었다. 이 꽃봉오리들이 열매를 맺어 진짜 노란 귤을 매달 때까지라도 나는 이곳에서 우리 손자들을 기다릴 참이었다. 액자 위로 쉴새없이 바닷바람이 내려앉았다. 바람을 가르고 내지른 숨비소리가 내 속에서 비어져나왔다.

찾았다!
안녕…… 할아버지!

내 몸 깊은 곳에 서 있던 귤나무들이 일제히 우드득우드득 부러지는 소리가 들려왔다.

뼈바늘

문이 열리고 신부가 온다. 사진을 둘러싼 흰 레이스 면사포가 신부의 얼굴을 가리고 있다. 활짝 웃고 있는 어린 신부를 보는 나이 먹은 친구들의 가슴에 쩍쩍 금이 간다. 신부와 같이 들어오는 늠름한 신랑은 트로피를 한껏 치켜들었다. 세상을 다 들어올려 포복절도시킬 수 있을 것만 같은 얼굴이다. 그때라면, 그럴 수도, 있었겠지. 둘이 한 걸음이 되어 걷는 길은 멀고도 멀어 한 발자국 뗄 때마다 생시의 시간이 일 년씩 먹혀들어간다. 스물두 살에 죽은 신부가 서른이 되어 제단 앞에 선다. 얼굴이 바짝 오그라든 신부의 어머니가 보인다. 고개를 푹 숙인 채 울음을 참느라 어깨가 떨린다. 아예 못 알아볼 정도로 변한 친구도 있다. 익숙하지만 생경한 이들을 지나며 순식간에 나이 먹은 사진 두 장이 주례 앞에 선다.

신부의 사진을 든 사람은 신부의 남동생이다. 외동인 신랑의 사진은 신랑의 친구가 들었다. 사진 속의 신랑이 눈치 없이 자꾸 신부를 흘깃댄다. 수줍은 신부가 면사포에 얼굴을 깊이 파묻는다. 제 어머니가 이날을 위해 직접 바느질을 한 면사포가 휘황한 드레스처럼 사진을 싸고 있다. 신랑 친구가 신랑을 대신하여 면사포를 벗긴다. 한때 장례식장에서 검은 띠를 두르고 애걸복걸하는 사람들의 마음을 받던 얼굴이다. 그리될 줄 모르고 한껏 웃으며 찍은 신부의 대학교 입학 사진이다. 주례의 인도로 두 사진이 맞절한다. 신부가 처음으로 신랑의 얼굴을 마주한다. 경건히 인사를 마친 신랑의 사진은 홀렁 옆으로 돌아서지만 어쩐 일인지 신부의 사진을 든 남동생의 몸이 움직이질 않는다. 남동생의 안색이 노랗게 질리고 사진 속 신부 얼굴도 흙빛이 된다.

순식간에 등이 다 젖은 남동생이 간신히 주례 쪽으로 돌아선다. 제단 앞의 아들 모습이 심상찮아 보이자 신부의 어머니가 참았던 눈물을 흘리며 옆 사람에게 몸을 기댄다. 혼주로서의 자격을 그제야 갖추느라 조금 전에는 사진들보다 먼저 입장하여 촛불도 밝혔다. 어쩌다 여기까지 와서 이러고 있느냐는 물음이 그곳에 모인 모두를 짓누른다. 모두 알고 있는 사실이지만 어쩐지 새로 덧칠하는 미완성 유화 같다. 본래의 그림 위에 덧댄 그림처럼 사람들 앉은 모습이 하나같이 어색하다. 살아서는 만나지 못한 부부가 이렇게나마 맺어지는 중이다. 그 모습을 각자의 생각에 보태어 저마다 무어라 형언할 수 없는 마음이 되는 하객들이다.

신랑은 1981년 5월 2일에 태어나 2011년 1월 20일에 죽었다. 신부는 1983년 11월 18일에 태어나 2005년 5월 14일에 죽었다. 주례가 읽는 생시와 몰시를 따라 그 자리에 모인 사람들이 제 속에 담긴 기억들을 불러내느라 분주하다. 생시의 기쁨과 몰시의 참담이 한꺼번에 어우러진다. 신랑의 얼굴을 딱 한 번 보았을 뿐인데, 죽은 이의 직감으로 신부는 이미 모든 것을 알아차린다. 입이 있다면 소리치고 싶고 몸이 있다면 온몸으로 신랑의 사진을 찢고 싶은 충동에 치받친다. 땀과 눈물을 흘리는 것은 비단 사진을 들고 서 있는 남동생만이 아니다. 주례는 자꾸만 말을 더듬는다. 곁에 서 있는 앳된 얼굴의 기민한 사미승만이 예식을 주도하는 스님의 모습을 눈치챘을 따름이다. 이 절의 주지이자 오늘의 주례인 토함스님은 이렇게 축축한 예식은 처음이라는 생각을 하며 신부가 혹시 구천을 떠돌다 물속에 갇혔는가 하고 짐작만 해본다. 그러면서도 떨리는 목소리로 신랑의 어렸을 적 이야기를 이어간다.

시어머니 되는 사람이 치성을 드려 낳은 아들이 성년이 되기까지 가장 많이 찾은 곳이 이 절과 병원이라고 했다. 스님은 자신이 여러 차례 치료해준 신랑의 몸 근육들이 손끝에서 되살아나는 것 같다. 병약하고 마음도 한없이 여렸다는 신랑이다. 그렇게 가지 않았더라면 유재석보다 훨씬 더 유명한 개그맨이 되었을 거라는 말도 건넨다. 사미승이 전에 없던 농담까지 하는 주지의 얼굴을 가만히 바라본다.

신부도 아프게 갔다는 설명도 뒤따른다. 예식을 올리기 전에 사흘이나 제를 지냈다고 했다. 이제 그만 여기의 아픈 기억 다 잊고 새롭게 시작하라고 자꾸만 빌고 또 빌었다는 것이 그 말의 요지다. 달빛을 따라온 신부의 음성이 제를 올린 지 사흘째 되던 날 드디어 맑고 청아한 소리로 변했다는 말을 하자 그제야 신부의 부모가 소리 내어 운다. 뼛속까지 들어차 있던 울음이다. 그 원이 어떻게 씻기겠냐는 마음 반, 그나마 씻겼다니 다행이라는 생각 반이다. 제단에 선 스님의 말이 그 자리의 율법처럼 받들어진다.

남동생이 곧 쓰러질 것처럼 휘청대고, 몰시를 읽으며 그들의 사인死因을 다독이던 스님의 음성도 잦아든다. 내장이 끊어질 것같이 깊은 기침을 한 스님이 간신히 목청을 가다듬으며 말을 잇는다. 하지만 두 다리가 자꾸만 허방을 짚는 기분이다. 눈도 어릿해져 신부의 사진이 변색되어 보일 지경이다. 그때까지 서 있던 사람들에게 모두 자리에 앉으라고 말하는 자신의 말이 끝나기도 전에 스님이 먼저 주저앉는다. 사미승이 다가와 스님의 흐트러진 장삼 자락을 바로잡는다.

인연의 덜컹이는 수레바퀴, 윤회. 이생의 문을 지나 저승의 길에서 만난 두 사람을 묶어주는 오늘의 예식이다. 대체 어떤 기막힌 인연이 이렇게 되어서야 이어지는 것인가 싶은 까닭에 며느리의 사진과 아들 사진을 번갈아보며 신랑 어머니가 통곡한다. 기진맥진한 신부의 어머니는 이미 많은 것을 체념한 얼굴이다. 그 자리의 누구도 맨정신으로 들을 수 없는 주례사다. 스님의 말 속에서 여기 모여 앉아 있는 모든 사람의 인연이 한데로 엮인다. 하나로 모인 인연들이 함께 지나온 시간의 수레를 밀기 시작한다. 여기저기 상처가 나고 바큇살이 빠진 수레를 끄느라 진력이 빠진다. 어쩐 일인지 좋은 기억은 전혀 생각이 나지 않고 아픈 기억만 수레 위에 올라가 있다. 남동생은 도저히 더는 못 버티겠다는 눈빛으로 스님을 쳐다본다. 몇 밤을 자지 못한 낯빛이다.

신부의 기색을 살피려는 사진의 기척에 신랑의 사진을 들고 있던 친구마저 손에 힘이 풀린다. 마음은 이미 색시의 얼굴에 닿아 있는데 손을 뻗을 수가 없다. 보듬어볼 몸이 없다. 괜찮으냐 물어볼 입이 없어 혼이 시리다. 스님 뒤편에 차려진 제상에 신랑 신부의 예복이 나란히 놓여 있다. 살아 있었더라면 누구보다도 예쁜 몸으로 저 옷을 걸쳤을 두 사람이다. 신랑은 자꾸 이 자리를 불편해하는 신부가 계속 눈에 거슬린다. 그 때문에 사진을 든 남동생만 땀투성이다. 사진이 자꾸 손아귀를 벗어나려는 것만 같아 움켜쥔 손에 더 힘을 준다. 생물을 힘주어 잡듯 하는 아들을 부모는 누이 잃은 슬픔으로 보는 중이다. 급기야 남동생의 손에 흥건한 땀이 액자를 밀어내고, 주례사를 하는 스님의 목소리가 마치 먼 데서 다가와 왕왕대는 것 같다. 온몸에 힘이 쑥 빠져 혼절하기 직전인 남동생이 그만 사진을 놓친다.

액자 한 귀퉁이가 와삭 바그라진다. 법당에 앉아 있던 사람들이 모두 남동생의 부주의함을 탓하지만 사미승은 어쩐지 이 예식을 멈추어야 할 것만 같은 느낌에 사로잡힌다. 하지만 주지 스님이 몇 년이나 공들인 예식 아닌가. 스님 역시 이상한 느낌이 들어 영 께름칙하지만 제상에 수북하게 쌓인 흰 봉투의 두께도 무시할 수가 없다. 스님은 사흘 내내 신부의 제를 올리느라 무리를 한 까닭이라 여기며 생각을 다잡는다. 신부의 사진이 시시각각 흐려지는 것은 자신의 노안 때문인가. 준비한 주례사의 반도 읽지 못하고 스님이 혼주 인사를 거행한다.

곁으로 바짝 다가온 딸과 사위를 향해 부모가 손을 뻗는다. 아침에도 흰 수건으로 얼굴을 닦아준 딸의 사진인데 눈물이 자꾸 눈앞을 가리는 까닭에 사진이 뭉긋해져 보인다. 사진 속 딸의 얼굴 위로 방에서 처음 딸을 발견하던 때가 겹친다. 흠칫 놀란 신부의 아버지가 어깨를 떤다. 혼몽한 정신으로 딸과 사위의 모습을 번갈아 보던 신부의 어머니도 방금 제가 본 것이 맞는가 확인하려 몸을 바로 한다. 사진은 변함이 없다. 그런데 어쩐지 신부의 사진이 한층 어두워진 것 같아서 괜스레 천장을 바라본다. 법당의 조명이 어두운 탓인가. 천장의 전구들은 촉이 흐린 것도 보이고 불이 들어와 있지 않은 것도 있다. 법당 안에 촛불을 더 갖다 켜두어야 했나. 신부의 부모는 방금 저희들이 얼핏 본 것이 믿기지 않고 또 떠올리기도 싫은 것이라 제멋대로 생각을 이리저리 돌리고 있다. 그러다 눈에 걸린 남동생의 모습이 어쩐지 조금 석연찮다. 급한 볼일을 참고 있는 사람처럼 입술을 깨문 것도 그렇고 예식과 맞지 않게 지나치게 밝은 모습의 사진을 챙겨온 신랑 어머니의 태도도 갑자기 마음에 걸린다.

망인들의 얼굴이 담긴 액자 두 개가 신부 부모 쪽을 향해 절을 한다. 제대로 된 결혼이었다면 아들딸 낳고 잘살아라, 한마디쯤은 했을 텐데 신부 부모는 말없이 사진만 쓰다듬는다. 이제 사위가 된 개그맨의 트로피 든 사진도 가만히 쓸어본다. 그래, 이렇게들 만날 인연이었구나. 아프게 간 딸의 마음을 웃음으로라도 보듬어 달라는 마음으로 연신 사진을 매만진다. 웃게 해줘, 우리 윤설이 활짝 웃게 해줘. 그 모습을 지켜보던 스님의 양미간 사이에도 땀이 돋아 있다. 사미승이 대접에 담긴 물 한 그릇을 스님에게 드린다.

이제 시어머니가 된 여인은 비명에 갔다는 며느리가 좀처럼 마음에 들지 않는다. 아들이 그리되어 장가를 가는데도 시어머니 티를 주체하지 못하고 이리저리 며느리의 생김을 눈으로 헤집는다. 무엇 하나 마음에 드는 것이 없는 혼사지만 주지 스님의 꿈속으로 찾아온 아들이 외롭게 운다는 소리에 그만 앞뒤 잴 것도 없이 밀어붙였다. 그래, 너희 갈 길 가서 잘살아라. 이 한마디 하기까지 수백 마디의 마음에 안 차는 소리들이 속을 긁었다.

이래저래 생각이 시끄러운 신랑 어머니에게까지 인사를 마친 두 사진이다.

빨갛고 파란 비단실이 두루 얽히며 사진들을 감싼다. 그 순간에도 스님의 얼굴에 땀이 흥건하다. 스님은 얼른 식을 마치고 좀 쉬고 싶은 생각이 간절하다. 사진들이 서둘러 제상에 오르자 하객들은 절 마당으로 나간다. 상에 놓인 신부의 액자가 비죽이 위로 솟는다. 그러나 꽁꽁 매듭지어진 비단실이 액자를 옥죄고 있어 빠져나갈 수가 없다. 멋도 모르는 신랑은 자꾸만 신부의 얼굴을 쓸어주려 한다. 들리지 않는 비명이 사진을 찢고 튀어오른다. 놀란 신랑이 제 사진에서 펄쩍 뛰어올라 액자를 박차고 나가려는 신부의 옷자락을 잡는다. 신랑의 손이 닿는 것이 죽은 것보다 더 싫은 신부의 얼굴이 납작하게 구겨진다. 액자 유리가 얼굴을 가로막고 울음을 차단한다.

그날의 울음소리다.

절 마당에 마련된 간이 탁자에서 사람들이 국수를 먹고 있다. 신부가 생전에 가장 좋아하는 음식이었다는 엄마의 칼국수다. 법당에 한 그릇 들이고 싶은 마음에 신부 어머니가 아들을 부른다. 뜨거운 대접을 든 남동생의 두 팔에 오스스 소름이 돋는다. 국수 그릇을 법당의 누나와 매형의 사진 앞에 놓고 돌아서던 남동생이 제상을 내려다본다. 누나 사진이 원래 이렇게 놓여 있었나. 남동생은 의아한 듯 사진을 보다 신방을 방해한 듯 겸연쩍어 얼른 법당의 문을 닫고 사람들 틈으로 돌아온다. 자꾸 다리가 꺾여 절 마당을 가로지르는데도 마치 백 미터 트랙을 걷고 있는 것만 같다. 누나가 행복하지 않은가, 하는 생각이 든 것은 친절한 누군가의 손이 칼국수 한 그릇을 내밀어주었을 때다. 망연히 국수 그릇을 받아든 남동생이 부모와 그릇을 번갈아가며 쳐다본다.

밀가루 반죽을 뭉개며 간신히 마음을 달래던 부모였다.

뭉쳐진 반죽이 잘게 잘려나갈 때마다 끝없이 솟아오르는 그날의 기억을 잘라내던 부모였다.

이것은 자취를 하던 누나가 그토록 먹고 싶어하던 엄마의 바지락칼국수다.

힘없이 남들 먹는 것을 바라보다가 이 좋은 날 끼니 굶으시면 안 된다고 말을 건네는 사돈의 제안에 불어터진 칼국수 면발을 한 올 한 올 집어올리는 신부의 부모다. 방 쪽에서 들려오는 희미한 소리가 단순히 바람의 일일 뿐이라고 애써 신경을 다독이는 무릎과 내장이 고장난, 나이보다 더 늙은 부모.

눈 닿는 곳마다 비명이 들리는 것 같았다. 아비는 방금 제가 본 것이 믿기지 않아 바닥에 주저앉아서도 자꾸 제 얼굴을 쳤다. 윤설이가 일주일째 출근하지 않고 있다는 직장 상사의 전화를 받고 상경한 길이었다. 현관문의 비밀번호를 누르는 순간부터 섬뜩하게 손끝에 와닿던 그 느낌의 근원을 알 수 없어 내내 불안하던 참이었다. 아무리 정신이 없어도 제가 머문 자리는 늘 정리를 하던 딸아이였다. 엄한 집안의 장녀로 키워서 그런지 몰라도 자취를 하는 동안에도 언제나 깔끔하게 제 주변을 정돈하던 아이였다. 이리저리 흐트러진 부엌과 열린 냉장고를 보고는 얘가 도대체, 하며 짧게 혀도 찼다. 아비가 서둘러 방으로 들어갔다. 침대에 이불을 뒤집어쓰고 누워 있는 딸을 발견하고 "아니, 여기서 왜 이러고 있어!" 대뜸 호통부터 쳤다. 미동도 않는 딸의 침대 밑에 굴러다니는 소주 두 병을 보고 아연실색하여 "이게 무슨 꼴이냐"며 호통이 가시지 않은 목소리로 이불을 젖혔다.

발가벗겨진 맨몸 위에 칼이 꽂혀 있었다. 제 눈에 왈칵 쳐들어온 것이 과연 무엇인가 생각하는 데 아비의 신경이 몰렸고 뒤이어 들어온 어미가 쿵, 소리와 함께 나가떨어졌다. 다시 자세히 보니 꽃무늬인 줄 알았던 흰색 차렵이불의 붉은빛은 딸아이의 혈흔이었다. 딸은 제 배에 꽂힌 칼을 부여잡은 채였다. 막 부패하기 시작한 배가 임산부처럼 불렀고 입이 활짝 열려 있었다. 새카맣게 썩어 부푼 혀가 입속에 가득했다. 푹 꺼진 눈에서 진물 같은 시즙이 흘렀다. 아비는 제가 본 것이 믿기지 않아 계속 쳐다보고 또 쳐다봤지만 딸아이는 살아나지 않았다. 혼절한 어미의 입에서 흰 거품이 솟구쳤고 아비는 떨리는 손으로 휴대전화를 집었다. 경찰이 도착하는 것을 확인한 후에야 아비도 정신을 잃었다.

차라리 누군가의 신고나 경찰의 전화로 딸의 소식을 들었더라면 조금 덜 사무쳤을까. 딸아이의 배에 꽂혀 있던 칼이 얼마 전 본인이 그곳에 들러 "칼끝 무디면 손이 나간다"며 벼려준 칼이 아니었더라면 조금 덜 애통했을까. 막막한 눈으로 방안을 둘러보니 눈 닿는 곳곳마다 딸아이의 비명이 배어 있었다. 눈 둘 곳이 마땅찮은 아비가 자꾸 제 손을 쳐다보았다. 저 흉측한 칼을 갈아준 손이었다. 경찰이 압수해가지 않았더라면 그 칼로 제 손목이라도 뎅겅 내리쳤을 성정이었다. 온몸이 무딘 칼날에 잘근잘근 끊기는 것 같았다. 애도를 위해 급하게 달려오는 딸아이의 친구들을 볼 때마다 두 눈이 칼로 북북 그어지는 느낌이었다. 저들 틈에 늘 내 딸이 있었단 말이다!

봉쇄된 딸아이의 집을 열고 들어가 현장검증도 했다. 집안 곳곳에 묶였던 비명이 풀어져 한꺼번에 아비의 귓전으로 파고들었다. 아비는 다시 혼절하여 함께 갔던 경찰관의 등에 업혀 나왔다. 대체 누가 그런 짓을 했느냐고 울부짖었다. 아무리 울어도 딸은 살아오지 않았다. 눈을 감거나 뜰 때마다 배에 꽂힌 칼을 쥐고 있던 딸이 생각났다. 할 수만 있다면 뇌 속 신경들을 모조리 잘라버리고만 싶었다. 이미 본 것이라도 도려낼 수 있다면 어땠을까. 그것이 안 된다면 제 두 눈을 파버리는 것도 괜찮을 성싶었다.

멀리서 본 범인의 뒷모습은 딸아이의 또래 같았다. 준비해간 말은 많았지만 범인에게 한마디도 묻지 못했다. 그쪽으로 가려다 여러 명의 경찰들에게 제지당했다. 분에 못 이겨 철제 간이의자를 범인에게 집어던졌다. 놔, 놓으란 말야, 딱 하나만 묻고 싶은 게 있단 말이다! 실제로 딸아이보다 두 살 많은 취업 준비생이라고 했다. 착실히 취업이나 준비할 것이지 대체 왜, 내 딸을? 범인은 유치장에 갇히고 격분한 아비는 경찰들에게 둘러싸였다. 공무집행방해죄였다. 정신없이 날뛰는 아비를 잡고 있는 순경의 손이 단호했다.

경찰 조서에 쓰인 문답은 이러했다. 왜 죽였습니까? 소리를 질러서 죽였습니다. 공범이 있었습니까? 혼자 한 일입니다. 그 집에 왜 들어갔습니까? 돈이 없었습니다. 현관으로 들어갔습니까? 쓰레기봉투를 밟고 열린 창문을 넘어서 들어갔습니다. 강간을 했습니까? ……소리를…… 질러서…… 경찰서에서 돌아온 아비가 다시 술을 마셨다. 어미가 몸져누웠지만 아무도 병구완을 하러 달려오지 않았다. 친척들은 친척들 나름대로 그들이 받았을 충격이 염려되어 찾아오지 못했고, 이웃들도 황망한 그 집에 발길을 하지 않은 까닭이었다. 부모가 열흘을 굶어도 딸은 살아 돌아오지 않았다. 남은 아들은 아들대로 부모의 건강이 염려되어 열심히 죽을 끓였지만 아무도 먹지 않았다. 범인이 잡힌 것만이 유일한 위안이었다. 그러나 아빠에게서 전해들은 누나의 마지막 모습이 참담하기 이를 데 없어 동생도 마음을 오래 앓았다. 그는 혼자 올라와서 누나의 짐들을 정리했다. 여기저기 튀어 있는 누나의 핏자국을 조심스럽게 닦았지만 마지막 모습이 고스란히 담겨 있는 침대는 용

역업체를 불러야 했다. 누나의 방이 서둘러 정리가 되어야 아빠와 엄마가 편해질 수 있을 것이라는 생각에서였다. 방을 치우고 돌아온 그는 몇 달이 지나도록 잠을 제대로 이루지 못해 정신과 치료를 받았다. 죽을힘을 다해야만 겨우 숨이 쉬어지는 상태의 가족들이 모여 있는 시골집이었다. 폐허보다 더 흉흉한 산 자들의 집이었다. 얼마 지나지 않아 남동생은 집을 떠났다. 그러지 않고서는 달리 어쩔 도리가 없었다. 집에서는 마음을 제대로 놓을 수도, 잠을 자거나 말소리를 높일 수도 없기 때문이었다. 이미 열 번은 더 죽은 것 같은 얼굴을 하고 있는 부모를 보는 일이 제일 고역이었다. 대학교 옆 고시원에서 나흘 내내 웅크려 잠을 잤다. 고시원 총무가 미동도 없는 그의 방을 마스터키로 열고 들어와서야 그는 부스스 깨어났다. 총무에게 부탁해 간신히 물 한 잔을 얻어 마시고 편의점에 가서 삼각김밥을 사 먹고 돌아와 또 잤다. 아무리 잠을 자도 누나는 살아 돌아오지 않았다. 꿈속에서도 만날 수 없었다.

그런 날들을 지나 누나의 결혼식장에서 국수를 먹고 있는 것이었다. 누나가 세상에서 최고로 맛있다던 엄마의 칼국수였다. 면발이 불어 국물도 거의 남지 않은 칼국수 한 대접을 꾸역꾸역 먹는 엄마를 보니 자꾸 눈물이 났다. 곁에 앉은 누군가에게 담배 한 대를 빌려 절 뒤편의 나무 그늘로 갔다.

이제, 괜찮아?

먼 데서 도착한 바람이 온몸을 훑었다. 바람 끝이 칼처럼 날카롭게 느껴지는 것은 아마도 남동생의 기분 탓이리라.

신부가 자꾸 자신을 피하자 한껏 토라진 신랑이 신부의 손목을 거칠게 낚아챈다. 입관할 때 입은 흰색 원피스 차림 그대로인 신부의 혼이다. 신랑의 손을 벗어나 아무리 문밖으로 나가려 해도 발에 묶인 빨강고 파란 비단실이 신부를 놓아주지 않는다. 당황한 신랑은 그만 신부에게 화를 내고야 만다. 이 모든 것이 신부의 탓은 아니지만 멈출 수가 없다. 혼비백산한 신부가 땅으로 푹 가라앉는다. 혼백이 화를 내면 화가 멈추지 않는다는 것을 혼도 몰랐다. 노여운 신랑이 신부를 험하게 다루기 시작한다.

찢어진 원피스 자락이 허공으로 날아간다. 맨몸의 신부 배 위에 길게 그어진 칼자국이 선연하다. 신랑은 신부의 몸을 부둥켜안는다. 신부는 어떻게든 빠져나가려고 제상 위에서 몸을 튼다. 제물이 흔들리고 촛불이 꺼진다. 신부의 다리를 벌리고 들어간 신랑이 아무도 알아들을 수 없는 소리를 내지른다. 신랑에게서 벗어나려던 신부가 붉은 비단실을 잡는다. 다시 죽을 수 있다면 그것에라도 목을 매고 싶다. 한번 더 죽지 못할 이유가 없다. 강간당해 죽은 신부를 이해하지 못하는 신랑이 신부를 거세게 안는다. 피하지도 못하지만 깔려 있다고 해서 쉽게 열리지 않는 신부의 몸이다. 입 없는 신부가 온몸으로 내지른 비명이 법당을 가득 메운다. 문풍지가 나직이 운다.

신부는 더욱 납작하게 짓눌린다. 신부의 왼쪽 유두를 끈질기게 물고늘어지는 신랑. 그런 신랑의 머리털을 잡아 뜯느라 이미 너덜너덜해진 신부의 손끝이 자꾸만 제 아랫도리를 가리려 든다. 신랑에게 깔린 신부의 허리 아래가 보이지 않는다. 죽을 때 생긴 상처가 고스란히 드러난 곳이다. 몸에 고인 비명이 입 대신 벌어진 배의 상처에서 흘러나온다. 신부의 혼이 흐려진다.

촛불에 비친 신랑의 그림자가 두 배쯤 커진다. 그럴수록 신부는 더욱더 쪼그라들어 어린 소녀가 된다. 소녀를 다독이는 방법을 모르는 난폭한 신랑이다. 신랑은 천장 쪽으로 솟구쳐올라갔다가 기둥 뒤에 숨은 소녀의 등뒤에 엉겨붙는다. 소녀는 몸 없는 자신의 몸이 아프고 허공에 뜬 흉터의 기억이 저린다. 그런 소녀의 마음을 알 리 없는 거대한 신랑의 그림자가 소녀를 삼킨다. 소녀의 뱃구레를 가르고 나온 비명이 제단 곳곳에 켜켜이 쌓인다. 이렇게 또 아픈데, 엄마가, 저기 있는데! 한껏 움츠린 신부가 생시의 기억대로 울고 있다. 저돌적으로 돌진한 신랑에게 짓눌린 오른쪽 다리가 뎅겅 부러진다. 신부가 흘린 눈물이 제상에 놓인 칼국수 그릇에 뚝뚝 떨어진다. 이미 부푼 면발은 끝 간 데 없이 물기를 빨아들인다. 언제까지라도 그러할 것만 같다.

법당에 모셔진 다른 위패 뒤로 가서 숨어도 소용이 없다. 유골함이 놓여 있는 곳으로 날아가 다른 이의 뼈단지 속으로 들어가보지만 뒤쫓아온 거대한 그림자가 단지 뚜껑을 연다. 어떻게든 빠져나갈 길이 보이지 않아 누군가의 바수어진 뼛속에 스민 신부다. 뼈단지가 빼곡하게 놓인 법당의 한쪽 벽면이다. 바수지 않은 뼈를 모셔둔 단지도 있다. 뒤따라오며 단지 뚜껑을 열어대는 신랑을 피한 신부가 이번에는 누군가의 골반뼈에 들러붙는다. 할 수만 있다면 죽은 이의 뼛속에서라도 다시 태어나 몸을 갖고 싶다. 그 몸으로 저것을 쳐내고 싶다. 참담한 몰시의 기억 때문에 차마 제 몸으로 돌아갈 엄두를 내지 못하던 신부다. 죽어서 허공을 헤매다 딱 한 번 몸이 있는 곳으로 갔을 적에 활활 불타고 있던 모습이 참혹하여 그후로는 어디로도 돌아갈 엄두를 내지 못했다. 내 뼈는 어디로 간 것일까. 잘게 빻아졌을까. 뼈는 그냥 놓아두었을까. 산에 뿌렸나, 강에 흘려보냈나, 아니면 땅에 묻었나.

신부가 숨은 뼈단지 뚜껑 위에 신랑의 검은 그림자가 너울거린다. 그제야 신랑의 눈에 처참하게 일그러진 신부의 액자가 눈에 들어온다. 그는 조금 전까지 제가 한 행동을 잠시 되짚어보다 무엇에랄 것도 없이 다시 화를 낸다. 법당 안을 떠돌던, 근원을 알 수 없는 노여움까지 합세한다. 공기마저도 화기를 띠었다. 혹여 누구라도 이것을 들이마신다면 평생을 앓을 법한 화기다. 제상 위의 제물들이 죄다 상 밑으로 떨어진다. 촛불이 픽 꺼진다. 신부가 있는 뼈단지 뚜껑이 바닥으로 내팽개쳐지며 와장창 소리를 낸다. 신랑의 거친 손이 놀란 신부를 뼈단지에서 끄집어낸다. 신부의 맨몸이 신랑의 손 위에서 이리저리 흔들린다. 그때도 이랬다. 그 여자애도 이런 소리를 냈다. 이제 와 나는 너에게 화가 난 것이 아니라고 한들 믿어나 줄까. 내가 그런 것이 아니라고 몇 번이나 되짚어 말해도 그애가 믿을까. 신랑은 지금 신부에게 화가 난 것인지, 옛날의 그 여자애에게 못다 한 말을 하려는 것인지 혼란스럽다. 여자애와 신부에게 미안하다는 말은 끝내 하지 않았다는 생각조차 하지 못한다. 미친듯이 커진 노여움이 대체 어느 쪽을 향해야 하는지 어떻게 풀어야 하는지 누구에게도 배운 적 없는, 무엇보다 혼백은 처음인 신랑이다.

지금이라도 들어가서 말려야 하나. 개그맨은 건물 바깥에서 서성대다가 창문을 뚫고 새어나오는 소리에 홀려 건물 안으로 들어갔다. 이래선 안 된다는 생각과 여기까지 왔는데, 하는 마음이 싸우는 몸에서 자꾸 식은땀이 흘렀다. 친구를 말렸어야 하는 것은 아닌가 싶었지만 이미 늦은 일이었다. 저보다 훨씬 덩치도 크고 힘도 센 녀석이었다. 게다가 인맥도 어마어마했다.

비명에서 시작된 여자애의 소리가 울음이 되었다가 이상한 신음으로 변했다. 개그맨은 더이상 참지 못하고 건물 안으로 들어갔다. 계단을 단숨에 뛰어올라 소리가 들려오는 문 앞에 섰다. 여자애가 빠져나오려고 발버둥을 쳤는지 현관문이 열려 있었다. 반쯤 열린 문틈으로 안을 들여다보았다. 녀석은 이미 침대 위에서 여자애를 깔아뭉개는 중이었다. 여자애 얼굴은 녀석의 몸에 가려 보이지 않았다. 허공으로 솟구친 두 다리가 이리저리 꺾이는 것만 보았다. 이불을 움켜쥔 팔뚝에 멍이 가득했다. 개그맨은 어느새 부풀어오른 자신의 아랫도리를 슬그머니 움켜쥔 채 그것을 계속 지켜보았다. 어느 순간부터 여자애가 자신을 바라보고 있다는 것을 알고 있었지만 멈출 수 없었다. 녀석은 끈질기게도 여자애에게 달라붙었다. 여자애가 혼절을 하고 나서도 그 위에서 제 몸을 뒤흔들었다. 시뻘건 피가 침대 시트에 잔뜩 배어나왔다.

아무도 본 사람이 없는 대낮이었다. 시시티브이가 없다는 것은 애초에 알고 있는 사실이었고 훔쳐보는 눈이 있을 수 없는 외진 방이었다. 개그맨은 더이상 버티지 못하고 문 앞에서 제 옷에 사정을 했다. 방안의 녀석과는 다른 것이 있다면 개그맨은 혼자서 자신의 욕구를 해결한 점이었다. 그는 혹시 몰라 남방 끝자락으로 현관문의 손잡이를 꼼꼼하게 닦았다. 그러다가 여자애와 다시 한번 눈이 마주쳤지만 이미 아무것도 못 보는 얼굴이었다.

한동안 술에 절어 있다 집으로 돌아오니 공채 시험에 합격했다는 통지서가 와 있었다. 이제야 인생이 펴지는 듯해 얼마 전의 일은 곧바로 잊어버렸다. 잊었다고 믿고 싶었다. 녀석은 다행히 경찰서에 잡혀가서도 혼자 한 일이라고 말한 듯했다. 어렸을 적부터 의리 하나만 있는 녀석이었다. 밤무대 얼치기 개그맨에서 역량 있는 방송사의 진짜 개그맨이 된 그는 두 팔에 날개를 단 것만 같았다.

지나간 일은 지나간 일일 뿐이니 앞만 보고 살아갈 수 있을 줄 알았다. 언뜻언뜻 눈앞에 스치는 여자애의 아픈 얼굴 역시 환상이라고, 환각이라고 여기면 되었다. 솔직히 자신이 그 여자애에게 무슨 짓을 한 것은 아니잖은가? 그가 나름대로 스스로를 위안하는 법은 몇 년은 쓸모가 있었다. 눈코 뜰 새 없이 '정식 개그맨'의 역할을 수행하기 바빴기 때문이다. 술만 마시면 떠오르는 그날의 기억은 술을 마시지 않으면 되는 일이었기 때문에 개그맨은 절주하는 신인으로 유명해졌다. 그는 웃기지 못하면 밥도 먹지 말라는 선배의 훈계를 뼛속 깊이 새겼다. 오로지 웃음을 위해 태어난 사람처럼 매 순간 최선을 다했다. 포복절도와 실소도 가리지 않았다. 그는 웃음과 웃음 사이의 침묵이 거대한 너울이나 돌진해오는 트럭보다 무서웠다. 더 우스워져도 괜찮으니 사람들 앞에 계속 설 수 있게 되기를 바라고 또 바랐다. 그러면서 무대에서 내려올 적마다 느껴지는 허무가 자신을 잠식해오지 않도록 최선을 다해 타인의 반응을 의식했다. 옛날 일들은 모두 다 지나가서 없어져버린 것들이었으니 더이상 개의치 않았다. 굳이 따지자면 자신이 한 일도 아니잖은가.

오 년이 지났다. 그는 더 위로 올라갈 수 없다는 좌절감과 간간이 눈앞에 떠오르는 여자애의 얼굴을 잊으려 자연스럽게 프로포폴에 손을 대었다. 술이나 마약이 아니라 잠을 재우는 약이었으므로 괜찮을 것 같았다. 언제부터 시작됐는지 모르는 불면이었고 약을 한 번 맞으면 며칠은 개운했으므로 그는 차츰 전 재산을 쏟아

붓기에 이르렀다. 불면의 밤이면 웃음이 사라진 무대 위의 무시무시한 무표정들이 천장에 촘촘하게 박혀 있었다. 후배들은 매일 치고 올라왔고 선배들은 자리잡지 못한 후배의 뒤를 오래 봐주지 않았다. 프로포폴을 맞아 깊은 잠을 자고 나면 그는 매일 강가로 갔다. 후련하게 소리라도 지르면 좀 좋아질까 싶은 마음이었다. 뿌리가 깊지 못한 그의 존재가 지워지는 일은 순식간이었다. 그에게는 도움닫기를 도와줄 선배도 뒤에서 박수를 쳐줄 후배도 없었다. 한동안 잊고 지내던 녀석의 면회라도 다녀와볼까 생각했지만 그 얼굴에 새겨진 옛일을 들여다볼 용기가 없었다. 강물 위로 녀석의 기억이 떠오르자 자연스럽게 여자애가 같이 따라왔다. 얻어터져 퉁퉁 붓고 핏기가 없어지도록 질려 있던 얼굴이었다. 본래의 생김이 잘 상상이 되지 않는 고통스러운 표정만이 그가 기억하고 있던 전부였다. 여자애의 마지막 모습이 물결을 따라 일렁이며 그에게 다가왔다.

범죄 현장의 구경꾼이자 방관자였고 한때는 많은 사람들을 웃음으로 몰아갔던 개그맨의 최후치고는 조금 허술한 감은 있었지만, 그는 여자애의 표정보다 더 심하게 얼굴이 구겨진 채 도로에 나뒹굴었다. 비가 오는 새벽의 한산한 도로였다. 이곳은 그렇게 큰 사고가 날 자리가 아니라는 증언들이 이어졌다. 자살이었는지 타살이었는지 구분이 되지 않았지만 수사는 성급하게 끝났다. 강으로 향하는 외길의 커브에서도 별다른 사고의 표식이나 자동차의 바큇자국도 발견되지 않은 까닭이었다. 외동아들의 죽음에 망연자실한 부모가 친구들과 방송국 관계자들의 의례적인 조문을 건성으로 받았다. 동료들은 애인 하나 만들지 못하고 죽은 병신 같은 녀석이라며 욕도 했다. 세상은 무명 개그맨의 죽음에 놀랍도록 무관심했고 마치 아무 일도 일어나지 않았다는 듯이 굳건히 제자리를 지키며 흘러갔다. 개그맨이 맡고 있던 사전 무대 진행을 후배 하나가 꿰찼을 따름이었다. 후배는 선배의 안타까운 죽음을 마음속으로 깊게 애도하는 한편 감사하게 여겼다.

약물중독에 의한 자살로 서둘러 종결된 죽음이었지만 부모에게만큼은 쉽게 지워지지 않았다. 아들만 바라보며 살던 어머니는 옛날부터 다니던 절에 거의 눌러살다시피 했다. 어느 날 주지 스님으로부터 억울하게 죽은 처녀의 이야기를 들었다. 그 원을 풀어주기 위하여 처녀의 부모가 위패를 이곳에 모셨다고도 했다. 예부터 산 사람 결혼은 못 시켜도 죽은 사람 결혼식은 시켜줘야 한다잖는가. 개그맨의 어머니는 솔깃했지만 선불리 나설 수는 없었다. 주선의 말을 건네는 스님에게서 사연이 있는 신부를 아들이 웃겨주면 더할 나위가 없지 않겠냐는 농담도 들었다. 바라던 일이었으므로 문제될 것은 아무것도 없었다. 그러나 몇 번이나 혼례일이 미뤄졌고 모두 다 괜찮을 것 같아 준비한 어떤 날에는 신부 쪽 부모가 앓아누웠다. 이미 죽었어도 혼사는 혼사인 법이니 준비해야 할 것들이 많다며 양측에서 한번 더 날짜를 미루었을 때는 개그맨의 어미에게 일이 생겨 그 날짜에 식을 올릴 수가 없었다. 또다른 날에는 절로 향하는 외길을 오르던 양측 부모의 차가 도랑에 빠져 그 산골까지 레커차가 올라오기도 했다. 아무래도 인연이 아닌 모양이라는 생각이 들었을 때에야 비로소 치러진 혼례였다.

칼국수 한 그릇씩 비우고 있는 부모에게 몸이 반쯤 뜯어진 흰 나방 한 마리가 날아온다. 내키지 않는 젓가락질로 국수 면발을 뚝뚝 끊던 어미가 갑자기 먹던 것을 게우고 아비가 마른기침을 한다. 남동생은 엄마가 토한 것을 치우다 그만 마음이 무거워져서 다시 마당을 벗어난다. 시어머니 된 사람은 이래저래 사돈집의 꼴이 마음에 들지 않는다는 표정을 숨기지 못한다. 좀더 사정이 나은 집 아이였어야 한다는 생각이 치받친다. 아들이 이미 세상에 없는 처지라는 것이 그때만큼은 잠시 잊힌다. 이렇게나마 짝을 지어줘 다행이라는 마음이 간신히 어두운 생각을 덮는다. 시어머니는 칼국수 국물이 참 시원하다는 생각을 하며 대접을 들어올린다. 아들의 영혼은 지금쯤 무엇을 하고 있으려나. 괜히 제상이 차려진 법당 쪽을 흘끔거린다. 저 안에서 지금 너울대는 것이 촛불인지 아들의 모습인지 알 길이 없었지만 어쩐지 이제는 마음을 좀 놓고 살아도 될 것 같다는 예감이 든다. 날개가 찢어진 나방이 시어머니 등뒤로 날아온다. 주지 스님이 선방의 문을 열고 나오는 것이 보이자 시어머니가 그쪽으로 다가간다. 마당에 튀어오른 나무

뿌리에 발이 걸린다. 시어머니가 펄펄 끓는 칼국수 가마솥 쪽으로 넘어지며 순식간에 마당이 아수라장이 된다.

사미승이 마당의 소란을 정리하는 동안 스님이 법당으로 들어선다. 흐트러진 제단의 모습이 한눈에 들어온다. 신부가 보이지 않는다. 스님은 혹시 누가 들어올세라 재빠르게 문을 걸어 잠근다. 그야말로 난장판이 된 제상이다. 꽁꽁 묶어두었던 빨갛고 파란 비단실은 찢겨 널브러지고 신부의 사진은 홀렁 뒤집어져 있다. 사진 속의 신부의 얼굴은 이미 반쯤 지워져 있다. 흰자위에 핏발이 서 있는 것 같기도 했다. 원을 풀어주기 위해 삼일 밤낮으로 기도를 해줄 때와는 확연히 다른 모습이다. 사진 속 신랑의 얼굴 역시 지친 기색이 역력했지만 신부가 사라진 것을 아는지 모르는지 곤하게 잠들어 있다. 그 잠 속으로 누군가의 실소가, 비웃음이, 콧방귀가 한꺼번에 몰린다. 다시 되살아난 웃음의 기억이 그의 잠을 함몰시킨다. 개그맨은 누군가의 웃음소리에 밀려 끝이 보이지 않는 계단을 끊임없이 굴러떨어지는 중이다.

스님은 끊어진 비단실들을 불태우고 제단 위의 위패를 성급히 추스른다. 부모가 제상 꾸밀 때 쓰라고 올려둔 흰 봉투 다발을 손에 쥔다. 산 자들이 아무도 모르는 예식의 뒷마무리가 그렇게 은밀하게 진행되는 동안 절 마당의 소란이 잠잠해진다. 법당의 불을 끈 스님이 위패를 들고 밖으로 나온다. 고무신을 찾던 스님이 그만 토방을 헛짚는다. 왼쪽 발목이 뎅겅 부러진다. 스님은 외마디 비명도 지르지 못하고 주저앉는다. 사람들이 달려오는 기척에 스님은 서둘러 손에 쥐고 있던 봉투를 장삼 자락에 넣는다. 왼쪽 다리가 순식간에 부풀어오른다. 스님은 양측 혼주들의 찢긴 가슴이나 신부가 온몸으로 내지른 비명보다 방금 부러진 제 다리가 제일 아프다.

마당을 배회하던 흰 나방이 숲에서 아직 이곳의 일을 모르는 남동생 곁으로 날아간다. 깊은 생각에 잠긴 남동생은 제 곁으로 날아온 나방의 기척을 알아차리지 못한다. 나방이 남동생의 머리 위에 내려앉는다. 그가 저도 모르게 큰 숨을 내쉰다. 어두운 숲이 일렁인다. 잠자코 있던 새들이 일제히 푸드덕댄다.

제 핏줄 위에서 그제야 찢어진 날개를 누이는 흰 것.

아, 하는 짧은 탄식과 함께 사미승의 맑은 눈이 허공을 짚는다. 삽시간에 다가온 그림 한 장이 사미승 눈앞에 펼쳐진다. 사미승은 막 사라지려는 그림 곳곳을 눈으로 파악한다. 몰시의 기억이다. 생시의 기억도 있다. 태어나면서 죽기까지의 모든 장면들이 하나의 그림에 놓여 있다. 못다 살고 간 미래의 기억마저 어느 한 편에 그려져 있다. 울컥 치밀어오르는 울음을 간신히 삼킨 사미승은 죽은 이가 하지 못한 말들을 세세히 짚어본다. 할 수만 있다면 제 손으로 그이의 하늘 길을 열어주고 싶다. 다리가 부러진 스님을 누군가 선방으로 모시고 간다. 스님의 장삼 자락 바깥으로 비죽이 솟아나온 흰 봉투들이 보인다. 사미승은 허공에 대고 합장을 한다. 머지않은 시일에 꼭 제 손으로 신부의 제를 다시 올려주리라 다짐한다. 누구의 손을 빌리지 않고 꼭 제가 모든 것을 치르리라. 뜨거운 국물을 뒤집어쓰고 기절해 있는 시어머니와 그것을 황망하게 내려다보는 신부의 부모도 사미승의 눈에 들어온다. 어느새 날아온 흰 나방이 허공에 뜬 부모의 마음 곁으로 다가간다. 사미승이 나방 쪽에다 대고 다시 깊게 절을 한다.

하나로 묶여 있는 법당의 사진 두 장이 하얗게 탈색되어 있다. 시어머니와 주지 스님을 실으러 오는 구급차 소리가 차츰차츰 가까이 들려온다. 신부의 부모 머리 위에서 큰 원을 그리며 날던 나방이 숲의 어두운 그림자에 먹혀들어간다. 사미승은 어두운 숲 쪽으로 다시 두 손을 모으고 오랫동안 허리를 숙인다. 막 숲을 빠져나오던 남동생이 얼결에 사미승의 절을 받는다.

소란한 혼례의 날이다.

나방을 삼킨 숲이 미동도 없이 어두운 얼굴을 하고 있다.

귤橘, 화花

—도주 1

귤의 숨을 살피려고 걸음을 멈추었다. 정수리 끝까지 찬 숨을 토악질하듯 내뱉는 나의 숨과 귤의 어린 숨이 엇갈렸다. 한껏 벌린 입속으로 눅진한 공기가 쳐들어왔다. 귤의 아랫도리를 살펴줄 겨를도, 짚신을 챙겨 신을 새도 없이 뛰기 시작해 여기까지 온 거였다. 숨소리마저 새어나갈까 두려워 제 입을 틀어막는 어미의 손에 가만히 혀를 갖다대던 귤. 큰 바위 뒤쪽으로 움푹하게 고인 어둠이 보였다. 나는 아이를 추슬러 안고 그 속으로 들어갔다.

점심나절에 보리밥과 미역국을 먹다가 그리되었다. 서방이 내게 떠넘긴 봇짐을 등에 지고 아이를 안고 뛰었다. 미친년 널뛰듯 달려도 자꾸 제자리를 맴도는 기분이었다. 관군들이 오기 전에, 밀고한 자가 우리의 동태를 살피기 전에 귤과 나는 이곳을 벗어나야 했다. 부, 북쪽으로 가야아! 서방의 애타는 목소리가 내 등을 다급하게 떠밀었다. 얼결에 짊어진 봇짐이 아이보다 무거웠다. 몇 개의 고개를 지나 산속으로 들어서서야 정신이 들었다. 계곡으로 내려가 손으로 물을 떠 마시는 순간에도 긴장을 풀지 않고 주변을 살폈다. 걷고 뛰는 내내 날이 어두워지기만을 바라고 또 바랐다. 동굴 안에 자리를 잡고 봇짐 위에 아이를 올려놓았다. 나는 이를 악물고 뭉친 젖을 풀었다. 불에 닿은 듯, 칼이 생살을 저미는 것처럼 아팠지만 아이의 푹 꺼진 배를 보니 더는 지체할 수가 없었다. 들짐승 우는 소리가 사방 분간 없이 들려왔다. 여기까지 오는 동안 채 살펴주지 못한 귤의 아랫도리가 똥오줌 범벅이 되어 있었다. 그제야 찢기고 부르튼 나의 맨발도 눈에 들어왔다.

온 힘을 다해 야무지게 젖을 빠는 아이를 보니 일순 마음이 놓였다. 들짐승 우는 소리가 점점 더 가까이 다가왔다. 밤바람에 나뭇잎이 스치는 소리가 간신히 풀어지려던 내 마음을 옥죘다. 땀과 눈물, 아이의 배설물이 범벅된 내 몸에서 짐승보다 더한 악취가 났지만 어찌해볼 도리는 없었다. 어미의 품에서 잠시나마 젖을 먹고 편안히 잠들기를, 우리의 앞이 어찌되더라도 지금 이 순간만큼은 곤히 쉴 수 있기를 간절하게 바랐다. 밤공기가 이만한 것이, 겨울이 아니라는 사실만이 오로지 다행인 밤이었다. 아이를 봇짐 위에 눕히고 치마를 벗어 덮어준 다음에 동굴을 빠져나왔다. 계곡으로 내려가 물을 마시고 몸을 담갔다. 반딧불이들이 내 주위로 다가왔다. 그러고 떠나오지만 않았어도 무척이나 곰실곰실하게 느껴졌을 밤의 물가였다. 종종 내가 멱을 감는 냇가로 몰래 물질을 하러 오던 서방의 기억이 반딧불을 따라 넘실거렸다. 물위로 달이 떠 있었다. 귤처럼 말간 얼굴의 꼭 엽전을 닮은 달이었다. 달빛 사이로 점점이 흩어지는 반딧불을 보니 벽장 깊숙한 곳에 떨어져 있던 쇳조각들이 떠올랐다. 엽전꾸러미 밑에 떨어져 있던 쇠 부스러기들이었다. 반딧불이들이 물위에서 어른대다 달 부스러기처럼 흩어져버렸다. 나도 모르게 두 손으로 있는 힘껏 물을 내리쳤다.

이런 오라질.

서방은 커다란 등짐을 짊어지고 떠났다가 자그마한 봇짐을 메고 돌아왔다. 정화수 떠다놓고 맞절한 다음날부터 일을 하러 나서던, 책임감이 무척 강한 사내였다. 연지곤지 찍고 녹의홍상에 족두리 받쳐올린 예는 아니었지만 정갈한 물그릇이 유독 예쁘게만 보이던 나의 혼례였다. 땅뙈기 한 마지기 없는 옹색한 살림이어도 부지런한 서방의 성품 덕에 배를 곯지는 않았다. 서방은 새벽에 동구다리 옆으로 나가 그날의 품을 구하러 나온 이들에게 이끌려 하루치 식량을 벌어왔다. 이 사람 저 사람 따라다니며 하루하루를 연명하던 서방은 급기야 봇짐장수를 하겠다고 나섰다. 상의가 아니라 통보였지만 그렇지 않다 하더라도 내가 어찌할 수 있는 일은 아니었다. 집에 나 혼자 덩그러니 남아 있어야 한다는 사실이 무서워 서방의 옷자락을 붙들었다. 제 몸을 원하는 줄 알고 서방이 나를 부둥켜안았다.

짧게는 며칠, 길게는 달포가량 혼자 지냈다. 새색시를 혼자 두기 싫어하던 서방은 처음에는 며칠만 집을 비워도 미안해하더니 머지않아 서너 달씩 돌아오지 않았다. 대신 선물이 늘었다. 커다란 봇짐을 메고 떠났다가 돌아오면 주먹만한 엽전꾸러미와 선물이 담긴 봇짐을 내밀었다. 난생처음 만져보는 큰돈과 언감생심 꿈에도 그려보지 못하던 선물들에 마음이 크게 동했다. 벽장에 은밀하게 매달아둔 주머니에 엽전이 쌓이는 재미 또한 쏠쏠했다. 그런 일들이 반복되자 서방이 집을 떠나는 것도 그다지 아쉽거나 슬프게 느껴지지 않았다. 그저 동서남북에 있는 모든 방과 갖가지 길 위에 내 서방이 있으려니 하고 여길 따름이었다. 손가락 마디마디마다 지환을 끼고 혼자 웃는 밤들도 생겨났다.

속에 단도가 숨어 있다는 호신용 옥비녀와 꽃신, 비단 수가 놓인 치마를 입고 나서면 동네 아낙들의 눈이 대번에 달라졌다. 그 순간만큼은 세상 부러울 것이 없었다. 밤마다 서방이 없는 이부자리가 허전했지만 그가 두둑한 선물 봇짐을 차고 돌아올 거라 생각하면 참을 만했다. 서방이 달포 정도 탐라에 다녀오던 날이었다. 노란 귤이 밤별처럼 매달린 나무가 가득 심어졌다는 큰 섬, 탐라. 그날 봇짐에서 나온 것이 바로 귤이었다. 이번에는 또 무슨 진귀한 선물이 들어 있을까 잔뜩 기대하며 서방을 기다렸다. 그런데 고작 다 익지도 않은 귤이라니!

껍질이 서방의 손등만큼이나 투박하고 거친 열매였다. 왕께 진상하는 열매라 딱 한 알밖에 가져오지 못했다는 서방의 말이 귀에 들어오지 않았다. 나는 여느 때와 다른 선물에 실망한 나머지 대놓고 싫은 기색을 내보였다. 그러나 시렁에 얹어둔 귤이 점점 노란빛을 띠며 새큼하고 달콤한 향을 풍기기 시작하면서부터 그 맛이 궁금해 미칠 지경이 되어버리고야 말았다. 서방이 일찍 들어와 호롱불을 밝히자 시렁 위에서 한껏 불빛을 받은 노란 눈 하나가 나를 바라보았다. 더 참지 못하고 그것의 껍질을 벗겼다. 한쪽씩 떼어 먹다가 그만 한꺼번에 와락 입에 물었다. 입속 가득 신맛이 고였다. 침이 샘물처럼 솟구쳤다. 귤을 다 씹지도 않고 윗목에 누워 있는 서방 위로 올라갔다. 이러면 안 되는 거 아녀? 아는 괜찮은감? 입으로는 거절하면서도 서방의 손은 내 가슴과 엉덩이에 찰싹 붙었다. 신 것이 남아 있는 혀를 내밀어 서방의 입술을 들췄다. 비릿한 쇳내와 오랫동안 씻지 않은 냄새가 났지만 그마저도 좋았다. 곳곳을 떠도는 봇짐장수가 때맞춰 씻고 먹기가 어디 그리 쉽던가. 내 밑에 깔린 서방의 몸이 반사적으로 솟구쳐올라왔다. 나는 귤과 서방의 입술을 번갈아 씹었다. 몸이 담뿍 일어선 서방은 내게 물린 입술이 아프다면서도 손으로는 본격적으로 내 몸을 골려왔다. 쉽게 내 쪽으로 들어오지 않으려는 듯이 간지럼을 태우는 서방의 기둥을 쥐고 흔들었다. 그 밤에 우리는 귤보다 크고 여문 사과보다는 작음직한 뱃속의 아이는 안중에도 없다는 듯이 서로의 몸을 치대기에 바빴다. 마음 같아서는 서방 아래로 내려가 온몸이 으스러지도록 깔려보고도 싶었다. 하지만 아무리 짐승이어도 제 새끼를 가진 여인을 처음처럼 그렇게 짓이길 수는 없지 않은가. 나는 서방 위에서 깔깔 웃었고 그럴수록 그가 힘을 내었다. 신트림이 올라올 때까지 서방에게 안겨 있었다. 지난 몇 달간 서방이 방방곡곡의 주막에 있는 들병이들에게 몸을 뿌리는 동안에도 잘 참아왔던 내 몸이었다. 게다가 또다른 생명이 내 몸에 막 움을 트던 때이기도 했으니 몸이 보대껴 그것을 생각할 겨를이 없었다. 멀리, 멀리 다녀온 날이면 내 위에서 이쪽저쪽 야무지게도 비벼왔다. 엽전꾸러미같이 둥글고 배부른 달이 뜬 밤이었다.

그날부터 유독 신 것이 당겼다. 담 너머에 사는 칠포댁이 만든 쉬어터진 막걸리식초도 얻어다 먹었지만 귤을 먹을 때처럼 새큼한 맛은 어디에서도 찾을 수가 없었다. 서방이 다시 탐라에 가기를, 아니 배불러오는 나를 두고 다시는 떠나지 않기를 바라는 마음이 동시에 내 몸에 살았다. 신맛이 그리워 밤중에도 귤을 찾다가 그만 불러온 배를 움켜쥐고 일어났다. 말라비틀어진 귤껍질을 가져다 씹었다. 서방과 나는 태중의 아이를 귤이라고 불렀다. 건강하게 세상에 나오면 우리가 알고 있는 최고로 귀한 이름을 지어주리라고 다짐했다. 양반들 이름에 쓰인다는 한자도 구해주고 싶었다. 서방이 돌아오던 날 밤에 그러고 난 뒤로 몇 번 하혈을 하기는 했지만 귤은 아주 잘 자라주었고 두어 달 정도 집을 떠나야 했던 서방은 내게 엽전 두 뭉치를 쥐여주었다. 그러면서 꼭 이 돈만 쓰라는 이상한 당부를 몇 번이나 한 뒤에 떠났다. 나는 벽장에서 한껏 배를 불린 엽전 주머니가 생각이 나서 그의 등을 흘겨보았다. 마치 그 돈에는 손대지 말라는 말처럼 들린 까닭이었다. 나를 못 믿나 싶어서 부아가 치밀었다. 수태를 하기 전에는 없던 마음들이 불러오는 배만큼이나 쑥쑥 자라났다. 딱 배 크기만큼만 빼고 서방을 믿었다.

서방이 준 돈은 모두 백 냥이었다. 혼례를 치르기 전에는 만져볼 엄두도 내지 못하던 큰돈이었다. 아껴두었다가 아이를 낳고 서방이 돌아오면 새로운 쌍가락지와 팔찌를 사서 끼워볼 요량이었다. 초년운도 안 좋고 게다가 여기서 살 팔자가 아니라더니…… 어디서 그런 고릿적 같은 소릴 지껄였는지. 엊그제 아침에 집 앞을 지나다가 물 한잔을 청해오던 당골래의 말이 생각났다. 겨우 물만 내어놓는 나를 야박하다는 듯한 눈길로 바라보던 칼 같은 눈빛이 떠올라 가볍게 몸을 떨었다. 밥 한술 달라는 청을 거절하니 내외 모두 칼 맞아 죽기 전에 얼른 이 집을 떠나라는 무시무시한 말을 던지고 갔다. 마침 막걸리식초를 가져다주러 왔던 칠포댁이 크게 화내며 당골래를 내쫓았다. 마음이 상해서 배를 감싸고 마루에 앉아 있던 나를 대신해 칠포댁이 대문 밖까지 나가서 소금을 뿌렸다. 한 번만 더 찾아와 허튼소리 지껄이면 입을 찢어놓겠다고 엄포를 놓는 칠포댁을 뒤로하고 방으로 들어와 몸을 웅크렸다. 귤의 움직임이 아무래도 심상치 않았다. 나는 덜컥 무서워져서 칠포댁의 손을 잡고 부들부들 떨었다.

이틀 밤을 꼬박 새운 뒤에 귤을 낳았다. 벽장이 무너지고 방문이 뜯기고 구들장이 폭삭 내려앉는 것만 같았다. 밑으로 수박이 빠져나가는 줄로만 알았다. 핏물이 덕지덕지 붙은 아이의 머리를 보니 문득 서러운 마음이 든 것은 당골래의 말 때문이었을까. 아니면 아직 아비를 보지 못한 아이에 대한 미안함일까. 산통을 하는 동안에도 내내 칠포댁의 도움을 받았다. 아궁이 불에다 가위를 달궈 귤의 탯줄을 잘라준 것도, 후산을 처리해준 것도 모두 칠포댁이었다. 친정도 없는 처지에 간간이 곁을 지켜준 칠포댁이 아니었더라면 귤과 나는 탈진한 채로 몸을 추스를 엄두도 내지 못했을 것이다. 칠포댁은 내가 찬물에 손이라도 댈라치면 온갖 겁을 주면서 그러지 못하도록 했다. 푸줏간에 가서 고기를 끊어와 미역국에 넣어주었다. 친정 일가붙이처럼 구는 칠포댁이 고마워 나는 자주 눈물을 흘렸다. 첫젖을 먹고 잠든 귤의 머리맡에 놓아둔 복주머니에서 엽전을 꺼내 그녀의 손에 쥐여주었다.

아궁이에 불을 더 지펴야겠다는 말을 남기고 칠포댁이 돌아갔다. 나는 뜨거운 구들장에 몸을 지지며 서방이 돌아오기만을 고대했다. 어느 정도 몸을 추스를 수 있게 된 다음에 칠포댁에게 한번 더 엽전을 주었다. 이번에는 벽장의 주머니에서 꺼낸 돈이었다.

서방이 준 엽전꾸러미를 어디에다 잘 둔다고 두었는데 도무지 기억이 나지 않았다. 하는 수 없이 벽장 속의 돈을 가져왔다. 두 번은 안 받는다는 칠포댁과 실랑이를 벌였다. 그녀의 손과 내 손이 엇갈려 엽전이 바닥에 떨어졌다. 서둘러 엽전을 줍다가 바닥의 쇳가루를 보았다. 눈이 어두운 칠포댁은 못 본 듯했다. 어디서 묻은 거지? 때마침 아이가 울어 더 깊게 생각하지 못했다.

귤은 순하게 자라주었고 내 젖의 양도 많았다. 상거지 꼴을 하고 돌아온 서방이 손도 씻지 않고 귤을 안아올렸다. 산적을 만났는지 주막의 들병이에게 털렸는지 모를 지경의 몰골이었다. 서방이 나를 향해서도 손을 뻗었다. 수고혔네…… 수고혔구먼그려. 우리 세 식구가 처음으로 한 품에 모였다. 제 새끼를 처음 만난 아비의 때 탄 얼굴이 활짝 벙그러졌다. 귤은 제 아비인 줄도 모르고 칭얼거렸다. 아랫도리를 채워놓지 않아 녀석이 아비의 품안에서 물똥을 쌌다. 서방은 샘가에서 찬물로 몸을 씻는데도 흥겨워했다. 서둘러 방에 돌아온 그가 귤을 담뿍 안아 제 배 위에 올려놓았다.

귤 아비가 돌아왔다며 칠포댁이 막걸리를 들고 왔다. 반색하며 술을 받던 서방에게 칠포댁은 언제 또 떠날 거냐고 넌지시 물었다. 나도 차마 묻지 못한 말이었다. 묻기 싫은 말이기도 했다. 서방은 쉽게 대답하지 않고 내 기색을 살폈다. 순식간에 술이 동났고 칠포댁이 한 동이 더 가지러 집으로 갔다. 그녀에게 벽장 속의 엽전 몇 냥을 꺼내주었다는 말을 전하자 서방이 순식간에 취기가 가신 얼굴로 나를 바라보았다. 아비의 품에서 잠들어 있던 귤이 깨어 우는데도 달래지 않았다. 나는 우는 아이를 건네받아 젖을 물렸다. 서방은 왜 벽장에 손을 댔냐며 낮고 굵은 소리로 나를 다그쳤다. 갑작스레 근엄하게 구는 서방에게 마음이 상했다. 서방이 쉽게 달래주지 않자 나는 한참을 더 투정 부리듯 돌아앉아 있었다.

때마침 밖에서 사내의 헛기침 소리가 들려왔다. 젖을 물리고 앉아 있던 터라 서방이 대신 나가 술을 받아들었다. 안부랍시고 저들끼리 몇 마디 나누더니 마루에 술상이 올라왔고, 한참 동안 주거니 받거니 하며 술추렴을 했다. 한밤중에 방으로 들어온 서방이 벽장의 문을 열었다. 신경은 쓰였지만 대놓고 묻지는 못했다. 귤은 그 밤에 한 번도 깨지 않고 잤다. 답답한 마음에 바람을 쐬러 밖으로 나오니 사내들이 남긴 막걸리 사발에 뽀얀 달이 고여 있었다. 오래간만에 돌아온 서방에게 여러모로 서운한 마음이 들었다. 그러면 안 되는 줄 알면서도 서방이 남긴 막걸리를 마셨다. 흰 달이 하늘에서 크게 흔들렸다.

서낭당에 제때 치성을 드리지 않아 신神이 노한 걸까. 당골래에게 밥 한술 대접했더라면, 쪼개놓은 갱엿이라도 몇 줌 쥐여주었더라면 몇 마디라도 더 해줬을까. 나는 스산해진 마음을 어쩌지 못하고 그만 물속을 빠져나왔다. 나를 감싸던 반딧불이가 파르르 허공으로 날아올랐다. 철벅철벅 걸어서 바위 동굴로 갔다. 동굴 앞에 검은 그림자가 일렁거렸다. 나는 사나운 짐승처럼 그림자에게 달려들었다. 캥! 외마디 소리와 함께 그것이 도망가고 나는 동굴로 돌진해 아이를 안아올렸다. 아이 옷을 벗기고 어디 상한 곳이 없나 손으로 쓸어보았다. 아이의 작은 심장과 내 심장이 번갈아가며 헐떡거렸다.

칠포댁이었을까. 칠포댁의 망나니 서방이었을까. 아니면 집에 다녀간 방물장수였을까. 대체 누가 서방의 일을, 그 엽전들을 밀고했을까.

벽장 속의 엽전과 칠포댁의 막걸리 냄새가 여기까지 나는 것만 같았다. 사지가 경련을 일으키듯 움직였다. 귤을 가졌을 적에 얻어다 먹던 막걸리식초의 맛을 생각했을 뿐인데 연신 신트림이 올라왔다. 서방이 유독 술을 좋아해 먼길을 다녀온 날이면 꼭 그 댁에 들러 막걸리를 청하곤 했다. 칠포댁의 망나니 서방도 일을 치르고 온 날이면 반드시 막걸리를 찾아댄다고 들었다. 일을 할 때마다 관아에서 준비하는 쉬어터진 술과는 전혀 다른 맛이라고 했다. 망나니가 하는 일이 너무 끔찍스러워서 나는 그와 제대로 눈을 마주치거나 그에게 말을 건네본 적이 없었다. 봇짐장수가 된 서방의 일도 애달팠지만, 평생 칼춤을 춰야 하는 망나니의 삶은 도무지 상상해볼 수도 없을 만큼 참혹하게 느껴졌다. 그래도 서방은 이웃끼리 잘 지내야 한다면서 간간이 그 집에 가서 술 사발을 부딪치고 돌아왔다. 특히 서방 없이 아이와 둘이 지내야 하는 나를 염려한 행동이라는 것을 안 뒤로는 크게 개의치 않았다. 흠뻑 취한 망나니가 전해주었다던 죽음의 모습들은 처참하기 이를 데 없었다. 그가 과연 맨정신으로 살아갈 수 있는 사람일까 싶은 적도 많았다. 어쩌다 망나니가 마당에 나와 있으면 몰래 숨어서 그의 손을 유심히 살펴보기도 했다. 서방이 망나니와 얼싸안고 타령을 부르는 것을 들은 날에는 그 옆으로 가지 않고 벽에 붙어서 잤다. 그런 밤이면 서방에게서 쇳내 혹은 시취가 나는 것만 같았다.

엽전을 만드는 손은 어떤 냄새를 풍기는가. 그 손의 주인이 나의 서방이라는 것을 믿을 수 없었다. 멀리 다녀올 때마다 묻혀왔던 냄새가 엽전을 만들고 나르고 숨기고 퍼뜨리던 쇳내였다니. 곧 엽전이 될 쇳물이 내 눈앞에서 펄펄 끓었다. 쇳물을 주전판에 붓고 있는 서방의 얼굴 위로 쉴새없이 땀이 흘러내렸다. 갖가지 종류의 쇠를 혼합해 만드는 엽전인지라 늘 쇠를 가까이 두어야 했다. 벽장에서 대수롭지 않게 넘겨보았던 쇠들이 쇳물 속으로 쉴새없이 부어졌다. 차르륵, 쏟아져내리는 새 엽전들 속으로 서방과 내가 손을 잡고 걸어들어갔다. 나는 얼른 고개를 흔들어 생각을 떨어냈다. 그러면서 그가 어떤 물건을 사고파는지, 얼마를 버는가에 관하여 제대로 물어본 적이 없다는 것을 그제야 깨달았다. 결과적으로 그것은 나의 과오가 되었다. 서방의 일이 잘못된 것임을 깨달았을 때는 이미 수습할 새도 없이 도망쳐버린 죄인이 되어 있었다. 지금쯤 서방은 어찌되었을까. 내 몸이 벌건 쇳물에 잠겨드는 것 같았다. 나마저 녹아 없어지면 우리 귤은 이제 어쩌나.

망나니가 칼을 쥔다. 큰 칼이 망나니를 움직이는 것만 같다.

포승줄에 묶인 사내가 있다. 서방인가, 아닌가.

망나니의 칼끝에서 해가 잘린다. 바람이 휘돈다. 칼이 하늘을 가른다.

산발한 사내가 정신을 잃는다. 친절하게 그를 흔들어 깨우는 칼 쥔 손.

망나니가 막걸리 한 바가지를 퍼서 사내에게 끼얹는다.

사내가 그 와중에도 혀를 내밀어 얼굴에 묻은 술을 핥는다. 도리어 구경꾼들이 혀를 찬다.

망나니의 칼등이 사내의 어깨를 친다. 내내 칼등으로 몸을 놀릴 뿐, 망나니는 사내 앞에 선뜻 나가지 않는다.

망나니가 막걸리 독을 들어 제 몸에 쏟아붓는다.

사내는 고개를 올려 해를 한번 쳐다보려다가 그만 망나니의 칼에 서린 빛을 받는다.

목 없는 몸 위로 스멀스멀 다가가며 땅속으로 스미는 술.

떨어진 목 주변으로 퍼져나가는 핏물.

망나니가 제 칼을 거두지도 못하고 어깨를 늘어뜨린 채 관아 뒤뜰을 빠져나온다.

수습된 머리와 몸을 둘둘 싼 멍석을 끝까지 지켜보는 것은 칠포댁이다. 늘 가지고 다니던 술병이 손에 들려 있다.

아무도 지나칠 수 없는 공동空洞이 된 내 서방의 마지막 자리.

핏자국이 흥건한 그곳에 칠포댁이 제가 빚어온 술을 끼얹는다.

그나마 사람이 다녔음직한 길을 찾아서 한참 걸어 내려왔다. 간간이 계곡에서 물배를 채운 다음에 귤에게 젖을 물렸다. 빈 젖을 빠느라 귤의 얼굴이 새빨갰다. 나는 봇짐을 배에 차고 그 위에 귤을 업고 걸었다. 걷다 지치면 잠시 쉬었다 또 걷기를 반복했다. 낮달을 등지고 계속 걸었다. 나무 열매가 보이면 열매를 따먹고, 먹을 수 있는 풀을 발견하면 그것을 뜯었다. 풋내에 욕지기가 치밀었지만 참고 꾸역꾸역 씹었다. 인가가 보이면 쉬어터진 보리밥 한 술이라도 청해볼 작정이었다. 치마를 찢어 발을 감싸고 걸었다. 무엇보다도 귤의 상태가 점점 나빠지는 것이 확연히 보였다. 애가 타서 걸음을 보챘다. 이 아이는 대체 어떤 팔자기에 이 나이에 아비를 잃고 도망자 신세가 된 것인가. 어젯밤의 선잠 속에서 본 죽은 이가 정말 내 서방이었을까. 우리집은, 내가 두고 온 것들은 누구의 손을 탔을까. 그 생각을 할 때마다 가슴이 조였고 허리가 끊어질 것만 같았다. 그 당골래를 한 번만 더 만나보고 싶었다.

어디선가 음식냄새가 났다. 고개를 외로 빼고 이리저리 둘러보았지만 인적 없는 산길뿐이었다. 미약하나마 냄새가 나는 쪽으로 없는 길을 만들어가며 나아갔다. 그로부터 한참을 더 가서야 인가와 장이 선 곳을 발견했다. 소여물이라도 돼지우리의 구정물이라도 들이켤 수만 있다면 그러고 싶었다. 무엇을 살 수도 있는 처지 아닌가. 내게는 이미 충분한 돈이 있다는 사실을 상기했다. 배에 차고 있던 서방의 마지막 유산이었다. 그것이 상평통보常平通寶든, 사주전私鑄錢이든 이제 중요하지 않았다.

사내들이 왁자하게 모여 앉은 주막으로 들어갔다. 우리의 행색을 보고 주모가 나와 내쫓으려는 시늉을 하기에 서둘러 국밥 한 그릇을 주문했다. 미심쩍은 얼굴로 음식을 가져온 주모에게 엽전 한 냥을 주었다. 주모가 마뜩잖은 얼굴로 뒤돌아섰다. 나는 미지근한 밥을 뜨거운 국에 퍼넣었다. 씹을 새도 없이 그냥 삼켰다. 국물을 마시고 짠지를 욱여넣었다. 울지도 못하고 축 처진 아이를 곁에 두고 밥을 먹는 나를 본 주모가 국물 한 그릇을 더 가져다주었다. 국물에 고기 몇 점이 떠 있었지만 제대로 씹지도 않고 바로 받아 삼켰다. 고맙다는 말을 하려고 했을 뿐, 그렇게 오열하려던 것은 아니었다. 정신을 차려보니 어느 방안에 누워 있었다. 울다 지쳐서 쓰러진 나를 사람들이 방으로 옮겨주었다고 했다. 귤은 내 곁에 누워 팔다리를 버둥대는 중이었다. 아이를 쳐다보다가 최대한 자연스럽게 불룩한 배를 매만졌다. 주모는 걱정할 것 없다는 듯이 고개를 끄덕였다. 옷고름을 풀고 귤에게 젖을 주려 하자 주모가 이미 암죽을 쑤어 먹였다고 했다. 귤은 어미 곁에 누워 있으면서도 꿈찔꿈찔 놀랐다. 놀라 도망치던 어제의 일이 아직도 저 작은 몸에 남아 있는가 싶어 또 눈물이 나오려는 것을 간신히 참았다. 사례는 나갈 때 해도 되니 우선은 좀 쉬라며 주모가 아이와 내게 이불을 덮어주고 나갔다.

밤이 되자 나는 이불을 뒤집어쓰고 봇짐을 풀어 엽전을 셌다. 어느 것이 사주전이고 어느 것이 진짜 상평통보인지 구분이 가지 않았다. 다만 엽전을 담아두었던 보따리 가득 쇳가루가 묻어 있는 것만 다시 한번 확인했을 뿐이었다. 은자銀子 세 냥과 옥비녀도 들어 있었다. 그 와중에 서방이 봇짐에 챙겨넣은 모양이었다. 천장 대들보 위와 벽장 바닥을 파고 서방이 꺼내준 엽전 오백 냥이었다. 집에 그런 것들이 숨겨져 있을 것이라고는 상상도 못해봤지만 놀랄 시간도 없었다. 서방은 황급하게 봇짐을 챙기면서 본인이 엽전을 만들어 그것을 팔러 다녔고 지금 누군가의 밀고로 관군들이 집으로 오고 있다는 이야기를 순식간에 쏟아냈다. 엽전이 땅에 떨어지는 것보다 더 빠른 속도였다. 제대로 이해하기 어려웠지만 도망가야 한다는 것은 알았다. 담장 너머에서 무언가 웅성대는 소리가 들려오자 서방이 재빨리 내 몸을 떠밀어 뒷문으로 내보냈다. 손도 못 잡아보고 어디로 가야 하느냐고 묻지도 못한 채 우리는 그렇게 헤어졌다. 살길이 없다는 것이, 여기 있으면 아이까지 죽는다는 말이 그와 마지막으로 나눈 대화였다. 나는 죽지 않기 위해 뛰었고 어미에게 입이 틀어막힌 귤은 차마 울지도 못하고 꺽꺽 소리를 냈다.

나는 주모에게 국밥값과 방값을 치렀다. 아이 업은 어미라고 동정하던 주모는 내가 엽전을 꺼내 보이니 칼같이 셈을 한 뒤에 암죽값도 받아냈다. 셈법이 예리하고 이재에 밝은 장사치였다. 하루 더 머물겠노라 말하고 밖으로 나오려는 내 쪽으로 여러 사람의 시선이 다가왔다. 다행스럽게도 귤은 자리 투정을 하지 않고 어미의 품에만 고이 안겨 다녔다. 주막을 나서니 바로 장이 선 저잣거리였다. 짚신과 여벌의 옷이라도 좀 마련해두려고 장터 이곳저곳을 돌아다녔다. 아이 안은 어미랍시고 짚신 한 켤레를 덤으로 받았다. 장사꾼의 사소한 친절마저 저의가 의심스러웠다.

주막에서 듣자 하니 엽전을 위조하고 유통시킨 사람들의 얼굴이 거리 곳곳에 나부낀다고 했다. 그들은 도주에 성공한 것일까. 부디 그 그림들 속에 서방의 얼굴이 있기를 바라며 방이 붙었다는 곳으로 갔다. 나는 귤을 안고 되도록이면 천천히 그 앞을 지나치려고 노력했다. 그러는 동안에도 많은 사람들이 방을 읽고 모여 웅성대다 흩어졌다. 나는 글자를 읽을 수 없으니 그림이라도 자세히 보고 싶었지만 행여 누군가 우리를 알아볼까 두려웠다. 몇 명은 도망을 쳤고 잡힌 이들은 식솔들까지 참형에 처했다는 무서운 말들이 두서없이 들렸다. 그러자 망나니가 사내들뿐 아니라 그 식솔들의 목을 치는 모습이 내 눈앞에 나타났다. 얼른 고개를 흔들어 삿된 생각을 털었다. 나는 울지 않고 걷기 위해 아이의 머리에 입을 묻었다. 귤이 칭얼대도, 내 치마가 귤의 오줌으로 다 젖어도 개의치 않고 무조건 걸었다. 그러다 앞사람과 부딪쳤다. 귤이 놀란 듯 울었고 봇짐 속에서 엽전들이 찌그럭대는 소리가 동시에 났다. 나는 시비에 휘말려들지 않으려 무턱대고 사과부터 했다. 패랭이를 쓴 건장한 사내가 내 앞에 우뚝 서 있었다. 두 눈동자가 각기 다른 곳을 향해 있는 것으로 보아 맹인인 듯싶었다. 그러자 더욱 미안해져 거듭 사과를 하고 자리를 떴다. 맹인이 가던 방향을 돌려 지팡이를 더듬대며 나를 따라왔다. 흩어졌던 두 눈동자가 내 쪽으로 모여 있는 것을 보고는 왈칵 무서워져서 산길로 방향을 틀었다. 산기슭으로 오르는 초입에 폐가가 보였다. 배가 고팠던지 귤이 온몸을 뒤틀며 울기 시작했다. 하는 수 없이 폐가로 들어가서 아이에게 젖을 물렸다. 환한 밖과는 다르게 어둡고 음침해서 오래 머물고 싶지 않았다. 이대로 어디까지 도망칠 수 있을까. 나는 배에 찬 봇짐을 풀어 엽전 몇 냥을 꺼냈다. 어둠 속에서도 새것처럼 빛나는 사주전이었다. 서방이 이것을 만들다가 그렇게 되었다고 생각하니 이루 말할 수 없이 허탈했다. 귤의 신열 때문에 선불리 길을 떠날 수도 없었다. 폐가가 있는 위치를 가만히 눈에 새긴 후에 다시 산을 내려왔다. 돌에 채고 나무뿌리에 몇 번이나 넘어지면서도 아이를 따뜻하고 편한 곳에 눕혀야 한다는 일념에 지치는 줄 모르고 다시 주막으로 돌아왔다.

밤 장사를 준비하던 주모는 자지러지게 우는 귤과 아이를 안고 어찌할 바를 몰라하는 나를 방으로 들여보냈다. 바깥에서 잔심부름하던 어린 들병이에게 의원을 연통하여 데려오라고 이르는 소리가 방안에까지 들렸다. 주모는 거침없이 귤의 옷을 벗겼고 찬 수건으로 아이의 몸을 닦았다. 그러다 귤이 죽어버릴 것만 같아서 나도 혼이 빠질 지경이었다. 의원을 기다리던 순간에도 아이는 몇 번이나 더 차지러졌고 그때마다 나는 놀라다가 안심하기를 반복했다. 내 애간장이 녹아 치받친 것 같은 눈물이 철철 흘렀다. 그로부터 한참이 더 지난 다음에야 누군가 방안으로 들어왔다. 급하게 뛰어나간 심부름꾼과는 다르게 오라지게 늦게 온 의원이었다.

의원은 발가벗은 귤의 몸을 오랫동안 짚었다. 눈이 멀었지만 진맥은 이 근방에서 최고로 용한 사람이라는 말을 덧붙인 것은 주모였다. 나는 그가 낮에 장에서 만난 맹인임을 알았지만 내색하지 않았다. 눈이 멀거나 귀가 먹거나 아무런 상관이 없었다. 그저 귤의 몸을 좀 살펴주기를, 아이가 무사하다고 말해주기만을 목을 빼고 기다렸다. 의원이 침통에서 침을 꺼내 귤의 머리를 더듬대다가 정수리 한가운데에 꽂았다. 아이의 몸에 긴 침이 들어가는 것을 보니 꼭 망나니의 칼이 내 목을 찌르는 것만 같았다. 그래도 아이가 살 수만 있다면 몇 번이고 내 목이 떨어져나가도 좋을 성싶었다. 눈먼 의원 역시 셈이 강한 사람이었다. 밤에 왔으니 약값과 침값을 두 배로 쳐달라는 요구를 했다. 때마침 의원과 나만 있던 방안이었던지라 사방을 개의치 않고 봇짐을 풀어서 엽전을 꺼내주었다. 내게서 다섯 냥을 더 받아든 의원이 한 냥 한 냥 만져보며 엽전을 셌다. 의원의 손끝이 엽전에 새겨진 상평통보란 네 글자를 짚을 때마다 내 몸이 진맥당하는 것처럼 스산했다. 의원이 엽전을 양손에 쥐고 나갔다가 문 옆에 기대어놓은 지팡이를 가지러 다시 들어왔다. 귤은 밤새 몸을 뒤척였지만 열이 더 오르거나 경련을 일으키지는 않았다. 그런데 내가 등잔불 곁으로 다가가면서 바닥에 놓인 지팡이를 문 옆으로 옮겨놓았다는 것을 눈먼 의원이 대체 어떻게 알았을까.

아이를 살피느라 신경이 곤두서 잠을 이룰 수가 없었다. 귤의 병이 아니라도 옆방의 소리가 무척 거슬렸다. 의원이 열이 오르면 먹이라고 주고 간 약과 조금 전에 간장종지에 짜놓은 말간 젖을 물끄러미 바라보았다. 귤이 깨어나면 젖에 개어 약을 먹일 작정이었다. 침이 어떤 효험이 있었던 것인지 귤은 그 아수라장 같은 밤에도 깨지 않고 잠을 잤다. 간밤에 옆방의 들병이들은 손님을 치르느라 매우 바쁜 소리들을 내질렀다. 그 요란한 소리를 들으며 누워 있자니 서방과의 이부자리가 생각났다. 하룻밤에도 몇 번이나 내게 달려들던 서방에게 나는 어떤 색시였을까. 내가 아는 서방은 온전히 나만 바라보던 선량한 사람이었다. 나를 안고 어화둥둥 나만 바라보고 어화둥둥 내 위에서 어화둥둥. 그런 그가 그렇게 못된 일에 손을 대었을 리가…… 진정 그랬을까…… 먼 곳에서 구해다준 것들에 반색하던 내가 떠올랐다. 그러나 언제부터 그의 몸에서 쉿내가 났는가 도무지 기억나지 않았다. 엽전을 꺼내 옆방 들병이의 교성에 맞춰 한 냥 한 냥 세었다. 한 번은 스무 냥쯤 세었을 때 사내가 바뀌었고, 다른 사내는 서른 냥쯤 더 셈했을 적에 한번 더 하겠다며 들병이와 실랑이를 벌였다. 여든 냥쯤 세었을 때는 옆방의 교성이 마치 상평, 상평, 상, 평 하는 것처럼 들렸다. 상평, 상상평, 상평평평, 상, 평, 상, 한번 더 들어가겠소, 평!

봇짐의 엽전은 모두 여든두 냥이었다. 계속 만져보니 어렴풋하게나마 사주전과 상평통보를 구분할 수가 있었다. 상평통보는 쉰 냥, 사주전은 서른두 냥이었다. 그렇다면 방값과 약값, 어제 장터에서 신과 옷을 구입할 때 쓴 돈은 사주전이었나. 서방은 대체 얼마나 많은 돈을 만들고 여기저기에 그것들을 흘려보냈던 것일까. 젖이 불어서 온몸이 쑤셨다. 나는 간장종지에 젖을 더 짜냈다. 아이가 먹을 젖의 양이 충분치 않아 늘 전전긍긍이었다. 서방 대신 칠포댁이 아무리 주물러놓아도 붇지 않던 젖이었다. 크기만 했지 먹을 건 없다며 칠포댁이 농을 건네던 것이 바로 엊그제였는데…… 열이 내리기 시작했는지 아이는 식은땀을 흘리면서 푹 까라졌다. 자그마한 등잔불이 귤의 말간 얼굴을 흐릿하게 비추었다.

주모가 아침 국밥을 방에 들여주었다. 간장종지에 암죽도 담겨 있었다. 내가 막 봇짐을 매만지던 참이었다. 며칠 더 머무르며 아이를 추스르라며 주모가 만류했다. 계속 이곳에서 머물게 될 줄 모르고 달라는 대로 주었던 방값이 떠오르자 쉽게 입이 떨어지지 않았다. 주모가 내 봇짐 속의 엽전을 알고 저러는 것인가. 행색은 비루한데 망설임 없이 엽전을 꺼내는 것을 보고 혹시나 이상한 생각을 하지는 않았을까. 선잠 탓에 괜한 의심만 젖가슴처럼 부풀었다.

들병이들이 밤일을 마치고 나와 몸을 씻는 소리, 속엣것들 게우는 소리, 술 더 갖다달라고 소리치는 소리가 들렸다. 밖의 소란에 귤이 깨어 버둥거렸다. 귤의 아랫도리를 봐준 후에 안고 젖을 물렸지만 제대로 빨지 못했다. 하는 수 없이 밤에 짜놓아 삭아버린 젖을 떠먹였다. 젖 먹는 아이를 내려다보니 어제 관아에서 붙여놓은 방에서 보았던 얼굴들이 떠올랐다. 얼굴 셋이 그려진 그림은 하나같이 다 엇비슷한 것 같다가, 다 다른 것 같다가도 모두 하나로 뭉쳐져 아예 다른 얼굴처럼 다가왔다. 그 얼굴의 일가붙이에 대한 이야기는 들리지 않았으므로 그들은 아직 신상이 파악되지 않았거나 아니면 모두 잡혀 죽었을지도 모를 일이었다.

지나가던 사람들이 우리가 있는 방문을 사정없이 열어젖혔다. 들병이들이었다. 방에 아이가 있는 것을 알고 허락도 받지 않고 들어와 귤을 안아보려고 했다. 내가 제지하지 않았더라면 들병이들 손에 우리 귤을 안길 뻔했다. 그러자 갑자기 이곳의 모든 것들이 더럽게 느껴졌다. 밤새 그들이 내지르던 교성을 귀가 따갑도록 듣고 난 아침이었다. 서방이 사주전을 가지고 전국의 주막을 돌아다니면서 들병이들과 같이 판을 벌이고 질벅하게 놀았을 생각을 하면 죽은 서방이라도 찾아내어 다시 한번 죽도록 쥐어뜯어놓고 싶은 심정이었다. 그런 생각을 하고 있을 때가 아니었지만 내 몸에 남아 있는 어떤 마음이 그렇게 나를 졸지에 투기하는 아낙으로 만들었다. 결단코 그들을 투기하는 것은 아니었다. 그러나 서방이 나에게 했던 것을 주막의 여자들에게 쏟아부었을 것이라 생각하니 앉은자리에서 다시 한번 돌아앉을 만큼 화가 치밀었다. 어젯밤에 들었던 소리들이 생생하게 살아나 귓가에 머물렀다. 서방이 그렇게라도 살아 있다면 얼마나 좋을까.

한참 동안 아이를 들여다보던 들병이가 이름을 물었다. 어제 의원을 데리고 와준 앳된 사람이었다. 우선은 귤이라고 부르고 있다고 말하니 혹시 아비가 성씨를 쓰고 있느냐고도 물어왔다. 봇짐을 지면서도 김가 성을 가졌다는 자부심이 있던 서방의 입매가 떠올랐다. 김가라고 말하려다가 삽시간에 이가로 바꾸었다. 이화, 라는 내 이름에서 따온 것이었다. 이귤. 얼결에 귤은 새로운 성과 정식 이름을 얻었다. 올라갈 호적 따윈 이제 없지만 우선은 아이의 이름을 이귤이라 부를 수 있게 된 것만으로도 서방의 흔적에서 조금은 멀어지는 듯한 느낌이었다. 그이가 '귤橘'도 귀한 한자라며 방바닥에다 글자를 그려주었다. 글자를 아는 어린 들병이라니. 너도, 나도 어쩌다가. 귤이 이름을 얻자 주막 사람들이 조금 고맙게 느껴졌다. 사람 마음이 앉은자리에서 수백 번도 변한다더니. 내 처지는 생각지도 못하고 그이들을 속으로 홀대했다니. 주모가 들어와 아침식사를 거르고 내 방에 모여 아이 구경을 하던 이들을 내쫓았다. 들병이들은 자리에서 일어나면서 아이가 들어설 때마다 주모가 어떻게 해서든 떼어놓기를 반복해 이제는 달거리도 멈췄다고 푸념을 했다. 주모는 상을 치워준다는 구실로 들어와서는 귤이 누워 있는 이불을 슬쩍 밟고 나갔다. 봇짐이 있는 자리였다. 귤을 어르던 나는 그것을 놓치지 않고 보았다. 얼마 지나지 않아 어린 들병이가 빈 그릇을 가지러 다시 방으로 들어왔다. 그이는 밥상을 가지고 나가려다가 문밖을 살핀 후에 조그마한 목소리로 뒷간 옆에 고샅으로 향하는 문이 있다는 말을 슬쩍 흘렸다.

주막의 낮 장사가 다시 시작되었고 나는 뒷간에 다녀오면서 주모와 심부름꾼이 이야기를 나누는 곳을 지나쳤다. 방으로 돌아와 귤의 아랫도리를 살핀 후에 봇짐 속의 엽전들을 은밀하게 나누어 내 몸에 묶었다. 떨어지지 않도록 어제 산 치마를 찢어 동여맸다. 나만 아는 내 몸의 곳곳에 엽전 뭉치가 돌덩이처럼 매달렸다. 문제는 은자였다. 한참을 생각하다가 속고쟁 안에 넣었다. 단도가 든 옥비녀는 머리를 틀어올려 꽂았다. 봇짐에 수건을 깔고 그 안에 귤을 넣었다. 봇짐을 안고 조심스럽게 뒷간 쪽으로 나왔다. 재빨리 고샅을 벗어나 어젯밤에 갔던 폐가 쪽으로 뛰었다. 아이를 다시 봇짐처럼 등에 걸어 메었다. 미처 짚신을 챙겨 신을 새도 없이 뛰었던 엊그제와는 사뭇 달랐지만 도망친다는 점에서는 같았다. 그 같음이 언제까지 이어질까 생각하며 나는 산속의 폐가로 갔다. 어린 들병이가 묵는 방문을 열고 상평통보 다섯 냥을 남겨둔 다음이었다. 누군가의 이름값치고는 비쌌지만 내 새끼의 이름을 지어준 은인에게는 전혀 아깝지 않았다. 간신히 산속으로 들어왔을 때에야 봇짐을 내려놓고 허리를 폈다. 머지않아 횃불을 든 관군들이 주막에 들이닥치는 것을 나는 폐가에 숨어서 내려다보았다. 관군의 뒤를 따라 주막으로 휘적휘적 걸어온 의원이 나무지팡이를 짚고 서 있었다. 나도 모르게 한숨이 나왔다. 그러자 몸속 곳곳에 매달아두었던 엽전 뭉치가 툭툭 몸을 쳤다.

분명 어제의 그 폐가로 향했지만 도무지 찾을 수가 없었다. 눈에 보이는 길로 뛰고 고개를 지나며 산속을 내달렸다. 한참을 지나 깊은 골짜기로 들어왔을 때에야 인기척 없는 집 한 채가 보였다. 자세히 살펴보니 폐가가 아닌 상엿집이었다. 문도 다 떨어진 그 집으로 들어갔다. 귤은 아직도 몸이 성치 않았다. 주막을 빠져나올 때 의원이 두고 간 약을 봇짐에 넣어왔다. 상에 있던 빈 간장종지와 숟가락도 챙겼다. 나는 간장종지에 젖을 짜넣고 약을 개었다.

매캐한 향이 코를 찔렀다. 상여 쪽으로 달빛이 가닿았다. 그 옆에 빈 관도 보였다. 젖과 약을 다 먹은 아이가 게우지 않도록 등을 도닥여줄 엄두도 내지 못하고 망연히 앉아 있었다. 달빛이 더 깊게 파고들어와 빈 관을 쓸어주었다.

서방은 상여도 못 탔다.

목 떨어진 몸은 어느 구덩이에 버려졌을까.

알던 이의 칼끝은, 어떠했을까.

칠포댁의 막걸리는 늘 먹던 그 맛이었기를.

……그들이 서방의 시신을 거두었기를. 제발.

더는 지체할 수가 없었다. 나는 막 울음이 터지려는 것을 참으며 상엿집을 나왔다. 산밑에서 작은 불빛들이 솟아올랐다. 그 빛들은 여러 갈래로 흩어지다가 한 줄을 이루어 이쪽으로 오는 중이었다. 반딧불 같은 불빛이었다. 나는 불의 움직임에 홀려 내 처지를 잠시 잊었다. 그때 머리에 꽂아두었던 옥비녀가 떨어지며 어깨를 쳤다. 귤이 칭얼거렸다. 비녀를 다시 꽂을 새도 없이 귤의 입을 틀어막고 길이 나 있는 쪽을 피해 숲속으로 내달렸다. 귤이 꺽꺽 소리를 냈지만 지금은 도닥일 수가 없었다. 저 불빛을 피해야 살 수가 있다는 사실만이 명징했다. 다시 밑이 빠져라 달렸다. 귤을 꼭 안고 봇짐을 털럭대며 산길을 걷고 뛰었다. 아이를 안은 내 걸음보다 불이 산으로 다가오는 것이 더 빨랐다.

짚신이 벗겨지고 발가락 뼈마디가 어긋났지만 개의치 않고 열심히 뛰었다. 아이가 혼절했는지 기척이 느껴지지 않았다. 내 뒤를 좇는 불빛은 보이지 않다가 다시 나타나기를 반복했다. 거리가 좁혀지고 있다는 뜻이었다. 나는 더 멀리, 더 깊이 숨을 만한 곳을 찾기 위해 두리번거렸다. 아이를 안고 뛰자니 등과 어깨와 허리가 끊어질 것만 같았다. 하지만 언제 불빛이 날아와 내 주변을 밝힐지 모를 일이었다. 상엿집은 보이지 않았지만 주막으로부터 얼마 벗어나지 못한 길이었다. 아주 먼 데서 물이 출렁이는 소리가 들려왔다. 귀의 신경을 모아 물소리가 나는 곳으로 뛰어갔다. 몸에 붙은 엽전들이 쉴새없이 털썩거렸다. 뒤를 따라오던 불빛은 보이지 않았다.

달 부스러기들이 물결 위에 내려앉은 못의 어귀였다. 여기가 어디쯤인지, 주막에서 얼마나 떨어진 곳인지 가늠할 겨를도 없이 달려가 물속에 얼굴을 묻었다. 배가 터지기 일보 직전까지 물을 마셨다. 붓고 피 나는 발을 물에 담그니 아픔이 한결 덜했다. 물가의 둔덕 아래로 갔다. 봇짐 위에 아이를 올려두었다. 며칠 사이에 아이의 몸피가 많이 줄어든 것 같았다. 아이의 손이 아래로 툭 떨어졌다. 아이의 손을 잡아보려던 찰나 몸에 차고 있던 엽전꾸러미 하나가 다리 사이로 흘러내렸다. 마치 살아 있는 것처럼 데굴데굴 굴러 물속으로 들어갔다. 사주전 묶음일까, 진짜 상평통보일까. 나는 아이와 봇짐, 엽전을 주울 힘도 없어 그대로 둔덕에 널브러졌다.

그러는 동안에도 젖은 잘도 뭉쳤다. 뭉친 젖을 털렁이며 다시 뛰어갈 엄두가 나지 않았다. 옷고름을 풀어 헤쳐 젖을 주무르다가 조금 말랑해지자 최대한 끌어당겨 스스로 빨았다. 젖이 도는 방향대로 사기 조각이 생살을 긁어대는 것 같았다. 젖이 빠지니 숨쉬기가 한결 편안해졌다. 귤을 안고 입에서 입으로 젖을 넣어주었다. 귤은 절반은 토하고 절반은 꿀떡 삼켰다. 그 소리를 위안 삼아 나는 몇 번이나 그렇게 했다. 지금은 이것밖에 아이에게 해줄 수 있는 것이 없었다. 등뒤에 뜬 달이 가만히 우리 모자를 비추었다. 엽전과 귤을 이고 지고 안고 달려온 곳이었다. 얼마나 더 많은 길을 가야 하는지, 앞으로 무슨 일이 벌어질지 알 수도 없었다. 한참을 그렇게 젖을 먹던 귤이 갑자기 토악질을 하며 울었다. 한 번이라도 아이가 마음껏 울도록 내버려두고 싶었다. 그러면서 나도 따라 울었다.

언제고 곧 선택의 순간이 올 거였다. 나는 아이와 봇짐, 내 몸 중에서 어떤 것을 가장 먼저 버려야 하는지에 관하여 골똘해졌다. 그러다 달 부스러기가 자지러지는 물 표면을 물끄러미 내려다보았다. 여기도 잠시 머무는 곳일 뿐이었지만 조금만, 조금만 더 쉬었다가 엽전을 꺼내러 가고 싶었다. 멀리서 날아온 반딧불이들이 크게 일렁이며 물가를 배회했다. 반짝, 서방이 새 엽전을 손에 쥐고 함박웃음을 짓던 날의 그 빛이었다. 귤의 맑은 눈도 물 표면의 달빛도 모조리 같은 빛이었다. 내 곁으로 다가든 반딧불이를 손으로 휘휘 저었다. 눈앞의 것들이 순식간에 사라지고 커다란 횃불이 움직이는 것이 보였다. 어느새 몰려온 횃불들이 물가를 감싸고 있었다. 나는 다시 아이를 꼭 안았다. 물에 그림자라도 비칠까 두려워 상체를 수그리고 무릎으로 기었다. 울음 끝이라도 새어나갈까봐 손바닥으로 아이의 얼굴을 틀어쥐었다. 귤의 목이 뒤로 꺾였다. 시렁 위의 귤처럼 둔덕의 봇짐이 가만히 우리를 바라보았다.

횃불이 사라지면 이 못을 다 뒤져서라도 엽전을 찾아볼 요량이었다. 어디선가 호드기 소리가 길게 들려왔다. 반딧불이들이 소리가 나는 방향으로 우르르 날아간 뒤에도 나는 한동안 움직이지 않았다. 몸을 만 채로 숨을 쉴 때마다 엽전꾸러미들이 몸에서 달그락거렸다. 나는 다시 한번 엽전이 떨어진 곳을 눈짐작으로 가늠해보았다. 한 손으로 아이를 안고 한 손으로는 물밑을 더듬으며 엽전꾸러미를 찾기 시작했다. 이쯤이었던 것 같은데…… 여기였나? 이제는 그것만이 우리의 살길이었다. 기필코 찾아내어 어디로든 가볼 작정이었다. 내가 손을 휘젓는 대로 물결이 파르르 떨리면서 달빛을 퉁겼다. 할 수만 있다면 저 달을 잡아다 물속에 처넣고 싶었다. 그렇다면 엽전꾸러미를 찾고 또 운좋게 달로 올라간 귤 아비가 나타날지도 모를 일이었다. 달빛을 잔뜩 품은 물가가 갑자기 낯설지 않았다. 아예 귤을 내려놓고 두 손으로 물밑을 헤집었다. 달빛을 따라, 달빛을 찾아. 한참이 지나서야 겨우 흘린 것이 만져졌다. 그러느라 그만 내가 허리를 펴고 물가에 오두마니 서 있다는 것도 몰랐다. 물위에 뜬 내 그림자가 길게 늘어지며 물결을 따라 조각조각 바스라졌다.

달을 되비추는 물의 빛이 희뿌옇게 변해갔다. 그 위로 우뚝한 그림자 하나가 나타났다. 나는 엽전을 손에 쥔 채로 그가 내 쪽으로 휘적휘적 다가오는 것을 바라보았다. 다시 귤이 자지러졌다. 이리저리 물결이 출렁댔고 엽전을 쥔 내 손에서 빠드득빠드득 소리가 났다. 패랭이를 쓴 이가 제 눈앞을 뒤지던 지팡이 대신 내 옥비녀를 손에 들고 철벅철벅 물살을 가르며 다가왔다. 그러다 아이 우는 소리가 거슬렸던지 귤 쪽으로 갔다. 패랭이가 한 발을 성큼 들어올려 귤의 배를 짓눌렀다. 아이의 입이 벌어지며 작은 혀가 흘러내렸다. 나는 비명도 지르지 못하고 바들바들 떨었다. 자라처럼 목을 움츠려 몸에 넣었다. 그 모든 것을 달이 밝게 비춰주었다. 패랭이가 내게 더 가까이 다가오자 물에 깔린 달이 잘게 부서지며 허공으로 솟구쳤다. 달 부스러기들이 둥글게 둥글게 원을 그리며 날아오르는 소리로 가득찬 물가였다. 원 속의 모든 것들이 단도의 빛에 얼어붙었다. 옥비녀 속의 단도가 원을 가르며 내 앞에 섰다.

내 엽전들이 물위의 달빛 속으로 떨어져내렸다.

쉿물의
온도
—도주 2

천 석이요!

두 손으로 의원의 눈을 열었다. 천남성을 섞은 막걸리 두 동이에 취한 뒤라 어지간해서는 일어나기 어려울 터였다. 약방을 드나들며 약초의 효능을 익혀둔 것이 꽤나 요긴했다. 입때껏 맹인 행세를 해온 의원이 이제 진짜 맹인이 될 차례였다. 나는 지체 없이 의원의 눈에 쇳물을 부었다. 두 눈이 파이고 얼굴은 형체를 잃고 터져버렸다. 입이 있던 자리에도 꼼꼼하게 쇳물을 부었다. 눈은 나의 아들 귤 대신, 입은 나와 문이의 몫이었다. 의원의 사지가 경련을 일으켰지만 이미 죽은 것이나 진배없으므로, 천 석.

나는 서둘러 부엌으로 갔다. 쇳물이 끓는 솥을 지키던 문이가 일어나 자리를 내어주었다. 부뚜막에 놓인 엽전과 은자들을 손에 잡히는 대로 솥에 쏟았다. 아궁이에 장작을 더 넣었다. 한 무더기의 열기가 내 가슴에서 등뒤로 넘어갔다. 거센 화기에 얼굴이 지져지는 것 같았다. 그러나 아직 성에 차려면 어림도 없는 양이었다. 내 새끼, 귶을 그렇게 만든 사람이었다. 이만한 열기 가지고 누굴 어찌해보려 여기까지 온 것은 아니었다. 사주전을 만들어 유통시킨 것이 서방의 죄목이었다. 그야말로 하루아침에 역적의 아내가 된 셈이었다. 오래전부터 역적이었으나 내가 이제야 안 것일 수도 있었다. 몸과 마음이 사금파리를 떠안은 듯이 잘근잘근 부스러지는 것 같았다. 실제로 부서진 것들도 많았다. 우리의 가정, 애써 일군 살림살이, 서방의 목숨, 그리고 내 새끼…… 아이를 안고 있는 내게 봇짐마저 떠넘기며 북쪽으로, 무조건 북쪽으로 가야 한다는 것이 서방의 마지막 말이었다. 끝이 그러했으므로 시작을 짚어보기 두려워졌다. 우리가 만나지 않았더라면, 내가 서방의 씨를 품지 않았더라면, 않았더라면. 후회의 마음은 나중에야 들었다. 그 밤에는 우선 도망쳐야 했다. 북쪽으로 조금 더 전진하여 북쪽으로. 엽전 뭉치를 배에 묶은 뒤 아이를 안고 내달린 북쪽의 산길이었다. 몸이 찢어지고 발목이 부러지는 한이 있어도 그 밤에는 그 산을 벗어났어야 했다. 아무리 많은 걸음을 걸어도 북쪽이 어디인지 모르게 걷고 또 걸어도 목 잘린 서방과 연못에서 의원에게 배를 밟혀 죽은 내 새끼를 되살려낼 방법은 떠오르지 않았다. 뒤늦은 후회가 쇳물 속에서 들끓었다.

산에서 의원에게 잡혀온 그날부터 나는 외부의 반응에 두어 걸음씩 늦게 반응하며 바보가 되어갔다. 아이를 잃은 어미라니 처음에는 의원댁 사람들 모두 그런가보다 하는 것 같았다. 나는 가만히 속으로 때를 헤아렸다. 하루 혹은 사나흘 정도 더 기다리면 방법이 찾아지겠지, 생각이 떠오를 거야. 그러다 보게 된 것이 귤의 기포였다. 빈 솥에서 튀어올라 눈앞에서 폭 하고 터지던 내 아들 귤. 새콤한 냄새들이 얼굴 위로 내려앉았다. 서방이 탐라에 가서 구해다 줬던 푸릇한 귤의 그 냄새였다. 오래 두어 익혀 먹던 노란 것의 기미였다. 나는 새삼스러운 눈으로 끓는 물이 가득 담긴 솥과 아궁이를 번갈아가며 바라보았다.

아무리 많이 끓여도 부족하게만 보이는 쇳물에 다시 엽전 뭉치를 던지며 나는 내 곁을 맴돌다 뜨거워진 기포에게 말을 건넸다. 조금만 기다려, 다 했어. 나도 곧 따라갈게. 곁에서 일을 도와주던 문이가 저한테 하는 말로 알아듣고는 고개를 주억거렸다. 내 왼쪽 귓바퀴쯤에서 다시 기포가 터지는 소리가 들려왔다. 몸과 마음이 모조리 터져버리기 전에 일을 마무리하기로 마음먹었다. 살이 타는 냄새가 부엌까지 흘러왔다. 새 장작을 머금고 화르륵 일어난 불이 아궁이 바깥으로 퍼져나오며 그 냄새를 잡아챘다. 문이가 밖에서 장작을 더 가져왔다. 밖에 눈이 오는가. 문이의 머리에 쌓인 눈이 삽시간에 물방울로 바뀌었다. 이번에도 문이는 내게 별다른 말을 건네지 않았다. 궁금한 것이 가득한 표정이었지만 굳게 입을 봉해두었다. 지금은 오로지 이 일만이 전부인 사람들인 채로, 밖에서 누군가 의원을 찾아대는 소리도 들려왔지만 촛농으로 귀를 메워버린 것처럼 고요히 우리의 할 일에만 집중을 가했다. 이렇게 밤이 지나면 모든 것들이 제자리로 돌아갈 수 있는 것일까. 우리는 무사히 이곳을 빠져나갈 수 있을까. 내 새끼를 다시 안아볼 수 있을까. 밖에는 눈이 쌓였다고 했다. 하지만 불을 때느라 눈물인지 땀인지 모를 것들이 줄줄 흘렀다. 쇳물이 끓으려면 장작을 더 넣어야 했다. 이번에는 문이 대신 내가 밖으로 나왔다. 발목까지 쌓인 눈에다 얼굴을 박고 찬 공기를 들이마셨다.

나는 쉬지 않고 장작을 땠다. 화염이 깊어지고 쇠가 더 끓으면 그 속에서 내 아들이 살아 돌아오기라도 할 것처럼, 서방의 목이 다시 몸에 붙기라도 하는 양 불을 지피는 일에만 열중했다. 불길이 조금이라도 약해질세라 아궁이가 미어터지도록 장작을 밀어 넣었다. 불 앞에서는 한숨도 가려 쉬었다. 집안 곳곳을 뒤져온 문이가 눈에 익은 보퉁이를 내게 가져다주었다. 노파의 방에서 나온 것이라고 했다. 산속의 연못에서 의원에게 빼앗겼던 내 보따리가 어째서 노파에게 가 있던 것일까 궁금했지만 물어볼 길이 없었다.

보퉁이를 가뿐히 받아들었지만 속에 든 것 때문에 손이 축 처졌다. 서방이 내게 마지막으로 안겨준 낡고 차가운 천 보퉁이에서 어렴풋하게 우리집의 냄새가 났다. 나는 그것이 귤이라도 되는 것처럼 꽉 그러안았다. 의원에게 빼앗기기 전까지 내 몸에 두르고 다니던 것들이었다. 귤을 그 위에 눕히고 잠시 쉬기도 했고, 그것을 베고 잠든 적도 있었다. 봇짐장수가 된 서방과 함께 전국을 떠돌다 돌아온 낡은 거적때기였다. 그저 바라만 보았는데도 우수수 떨어지는 생각들 때문에 자꾸 눈이 매웠다. 생각만으로도 나를 어디론가 데려갈 수 있다면 보따리와 함께 돌아오곤 하던 서방의 품으로 가고 싶었다. 한 팔로는 나를 안고 다른 팔로는 우리 아들을 안던 서방이 보따리에서 슬그머니 꺼내주던 옥비녀도 떠올랐다. 보통이는 우리가 신접살림을 차린 집의 벽장에 은밀하게 매달린 채, 내 뱃속에서 점점 커가던 아이와도 같은 크기로 몸집을 불려갔다. 이번에는 봇짐을 메고 길을 떠나던 서방의 뒷모습이 아른거렸다. 집으로 돌아오지 마! 나도 모르게 새된 소리를 내지르자 옆에서 결연한 표정으로 앉아 있던 문이가 화들짝 놀랐다. 손을 뻗어 눈물을 지우면 장작이 타는 아궁이가 보였고 벌건 쇳물이 눈에 들어왔다. 눈물을 그대로 두면 허공의 기포가 젖는 것 같아 이러지도 저러지도 못했다. 나날이 느는 살림이 흥에 겨워 더 큰 보따리, 아니 궤짝이라도 사두어야 하는 것은 아닌가 고민한 흔적도 가슴에 남아 있었다. 제 서방이 어디 가서 무슨 일을 하는지 제대로 알지도 못한 채 그저 느는 살림만 흥에 겹던 철부지 아낙이었다. 그 시절들이 아스라이 내 몸을 훑자 오른쪽 눈가에서 기포가 터졌다. 엉겁결에 눈가를 손으로 짚었더니 내가 우는 줄 알고 문이가 다가와 어깨를 감싸주었다. 문이도 울고 있었다. 앞으로 남은 시간이 얼마나 되는지 몰랐다. 보퉁이의 매듭을 풀어 헤쳤다. 갓 태어난 귤의 배냇저고리를 갈아입힐 적에도 이렇게 손이 떨렸다. 해산구완해주던 이웃집 칠포댁이 그때처럼 내 곁에서 웃고 있는 것만 같았다. 우리가 이렇게 되지 않았더라면 냄새가 이토록 사무치는 것인 줄도 모르고 살아갔겠지. 보퉁이에서 나는 냄새가 없어질세라, 숨도 조심스럽게 끊어 쉬었다.

아이를 안고 겨우 흘러든 주막에서 날이 샐 때까지 손에서 놓지 않았던 엽전들이었다. 옆방의 들병이가 밤일하는 소리에 잠시 넋을 놓았다가 얼른 체머리를 흔들었다. 서방이 이것을 만들다가 그렇게 되었다고 생각하니 이가 갈렸다. 마치 우리 귤이 아비의 죄를 뒤집어쓰고 죽은 것만 같았다. 그토록 찾아 헤매던 것을 발견한 것이 또 하필 지금이라니. 이것으로 쇳물을 조금 더 끓일 수 있을 것이었다. 사주전과 엽전 뭉치를 무쇠솥에 부었다. 들끓는 쇳물이 엽전을 머금다가 사방으로 튀어나갔다. 문이의 다리와 내 팔에도 쇳물이 들러붙었다. 문이가 제 몸에 물을 끼얹고 바깥에서 눈을 뭉쳐와 내 팔에 문질러주었다. 나는 아픈 줄도 모르고 장작을 더 집어넣었다. 화기와는 다른 어떤 열기가 내 몸을 통제하고 마음을 단아주었다. 오늘밤 안으로 이것들을 해결해야만 했다. 더욱 서둘러 일을 끝마치리라 다짐했다. 쇳물에 녹은 살점과 핏물이 팔꿈치를 타고 흘렀다. 눈앞에서 들끓는 쇳물의 화기와 내 심중의 열기가 덴 곳의 통증을 압도했다. 나는 대장간에서 얻어온 주물

국자로 쇳물을 퍼올린 후에 의원이 편하게 누워 있는 방으로 갔다. 벌건 쇳물이 차가운 공기와 맞닿아 흰 연기를 내뿜었다. 행여나 넘칠세라 마음과 손을 단속하며 의원에게 다가갔다.

천 석.

이천 석이요!

두번째 쇳물은 배에 부었다. 푹 파인 의원의 뱃구레에서 쇳물이 들끓었다. 새카맣게 탄 내장이 허공으로 튀어올랐다. 방안 곳곳에 의원이 몸부림친 흔적이 역력했다. 온갖 금은보화가 아무리 많이 쌓여도 부족하게만 느끼던 내장이, 막걸리를 아무리 들이부어도 다음날이면 또 그 짓을 하게끔 재생되던 간이, 콩팥과 심장이 한꺼번에 들끓었다. 내 새끼가 네 발에 터져 죽었으니 너는 더 아프게 가야지. 나는 성심을 다하여 최대한 골고루 쇳물을 부었다. 방에까지 따라 들어온 귤의 기포가 그제야 기분좋게 둥둥 떠다녔다. 기포를 데리고 밖으로 나오니 아직도 눈이 내리고 있었다. 한가로이 눈구경을 할 새가 없었다. 아직 의원의 발이 멀쩡하지 않은가. 저 발을 볼 때마다, 발이 내 몸을 스칠 때마다 얼마나 소스라치게 경기를 해댔던가 상기하며 나는 부엌에 있는 문이를 재촉했다. 주물 솥이 얼마나 더 쇳물을 버틸 수 있을지 몰라 마음이 급했다.

대장간 주인은 이 솥이 여기서 가장 두꺼운 것이라고 자랑하며 펄펄 끓는 쇳물도 거뜬히 담을 수 있을 거라는 말을 덧붙였다. 쇠

침처럼 귓속에 박힌 그 말을 나는 다시 확인하듯 물었다. 쇳물을 넣어도 된다고요? 의원의 심부름을 전한 끝에 흘리듯 물어본 말이었다. 농처럼 되묻는 것이었으나 주인은 제 일에 대한 자부심을 덧대어 진지하게 일러주었다. 진짜 쇳물을 녹여도 끄떡없다니까요! 오죽하면 저치들이 대장간에서 사주전을 다 만들었겠습니까? 아니, 그리고 이 대장간에서 저 주물 솥으로 사주전을 만들지 그럼 어떤 솥이 그 펄펄 끓는 쇳물을 견딘답디까? 나는 서둘러 고개를 끄덕이며 주물 솥도 하나 주문했다. 가장 단단하고, 가장 두꺼운 솥으로 최대한 빨리 만들어줄 것을 요청했다. 지금 쓰고 있는 것도 좋다며 겸연쩍은 눈으로 다시 말을 건네오기에 얼른 엽전꾸러미를 건넸다. 상평통보였다. 대장간 주인은 금세 사람 좋은 얼굴로 되돌아가서 선심을 쓰듯이 의원 댁까지 가져다주겠노라 다짐을 박아주었다. 주인이 턱끝으로 가리켰던 벽보에 신경을 쏟느라 의원의 침통을 받아들지도 못한 채 벽보판 쪽으로 다가섰다. 다리가 후들거리는 것을 간신히 참으며 벽 쪽으로 가고 있는 내 어깨를 주인이 잡아챘다. 나도 모르게 비명을 지르며 주저앉았다. 뭘 그리 놀라오? 물으며 건네준 것은 미리 주문해두었던 의원의 침통이었다. 오늘따라 내가 이상해 보였던지 정신 단단히 챙기고 돌아가라는 말을 덧붙이는 주인을 뒤로하고 돌아섰다.

장터에 붙어 있던 벽보와 같은 것이었다. 사주전을 만들어 유포한 자들의 이름과 얼굴이 그려진 종이였다. 참수형에 처해진 사실이 글 대신 그림으로 상세하게 묘사돼 있었다. 나는 매우 익숙한 얼굴이 그려져 있는 것을 바라보다가 잠깐 중심을 잃었다. 하마터면 쇳덩이들 위에 주저앉을 뻔했다. 알고 있는 사실에도 다시 받고야 마는 충격들이 고스란히 내 내장을 훑었다. 벽보가 자꾸 눈앞에 어른거려 장터의 모든 벽에 내 서방의 얼굴이 새겨진 것 같았다. 땅만 보고 걸어도 의원 댁이었다. 부엌으로 돌아와서야 눈물이 나왔다. 새 침을 찾는 의원의 소리도 듣지 못한 채 나는 계속 울다가 화가 난 의원의 타박을 들었다. 오후 늦게 심부름으로 찾아왔던 문이가 침통을 들고 의원과 함께 주막으로 되짚어갔다. 눈이 내릴 조짐이었다.

겨울이 오고 나서도 나는 장작을 구하러 다녔다. 굳은 어깨가 쇳덩이처럼 무겁게 느껴질 때도 도끼를 질질 끌어다 나무를 패고 잔가지들을 그러모았다. 새로 온 사람이 일을 아주 잘한다며 병자를 데려왔던 이들이 의원에게 칭찬하는 소리가 내 귀에까지 들렸다. 눈이 먼 의원의 살림집이었다. 용하다고 소문났지만 괴팍한 성정 탓에 붙어 있는 몸종들이 없다는 것도 알게 되었다. 이곳에 온 지 달포가량이 지나서야 의원은 내게 부엌 출입을 허락했다. 안살림을 도맡던 노파가 급작스레 비명횡사를 한 까닭이었다. 짠지는 잘 무쳤지. 얼결에 부엌의 일을 떠맡게 된 내가 술상을 차려 들어간 의원의 방에서 듣게 된 말이었다. 의원은 노파의 관에 넣으라며 엽전 닷 냥을 꺼내주었다. 한눈에 봐도 사주전임을 알았지만 내색하지 않았다. 오래 쓴 티를 급히 내느라 거친 빗금이 여기저기 나 있는, 단번에 서방이 만든 것임을 알아차린 동그란 쇳조각. 나는 부엌으로 돌아와 가짜 엽전을 부뚜막에 숨겨둔 그릇에 담았다. 의원에게 돈을 타내어 장에 갈 때마다 손끝으로 세심하게 구별해두었던 상평통보 다섯 냥을 꺼냈다. 죽은 노파의 얼굴을 싸맨 천을 풀었다. 그리된 지 하루도 지나지 않았지만 몸은 이미 단단하게 굳어 있었다. 앙다문 입을 힘주어 벌리자 나뭇가지 부러지는 소리가 났다. 내가 내민 비상이 든 수정과를 마신 검은 입술이었다. 장례라도 정성껏 치러주고 싶었다. 탄 혀가 말려들어간 입속 가득 엽전과 흰쌀을 부었다. 노파의 홉뜬 눈과 벌어진 입을 겨우 여민 후에 얼굴을 무명천으로 감쌌다. 미안하다는 말을 어디에다 해야 노파가 들을 수 있는 것일까 생각했다. 그런데 평생을 남의 맥을 살피고 산 의원이 죽어가는 노파의 맥을 짚고 안색을 확인하고도 아무 말 하지 않은 까닭은 또 무엇이었을까. 환자들이 모두 돌아간 다음에 저녁밥 대신 막걸리를 마시던 의원이었다. 내가 노파에게 수정과를 건네는 것을, 뒤늦게 찾아온 환자 때문에 눈을 흩뜨리느라 보지 못했던가. 어찌된 일이냐 묻지 않는 의원의 심중을 알 수가 없어서 마음이 탁해졌다. 어서 이 주검을 내 집에서 내가라는 투로 노잣돈 몇 냥을 던져줬을 따름이었다. 수정과처럼 검은 노파의 입술이 자꾸 어른거렸다. 얼핏 스쳐가는 이 마음이 후회라고 깨닫고 싶지 않았다. 내겐 앞으로 해야 할 일들이 남은 까닭이었다. 그 마음을 방패 삼아 더 미안하다는 말은 하지 않았다. 노파의 방에서 뒤처리를 하는 동안 의원은 평소보다 더 오랫동안 환자에게 침을 놓고 부항을 떴다. 겉보기에는 멀쩡해 보이는 환자를 중환자 대하듯이 돌보았다. 나는 서둘러 노파의 몸을 수습했다.

노파를 보내고 들어선 부엌에서 허드렛일을 한답시고 깜깜한 밤이 될 때까지 자리에 한 번도 앉지 않았다. 의원이 술을 더 청했을 때만 빼고 한 번도 손에서 행주를 놓지 않았다. 닦은 데를 계속 닦으며 정신을 가다듬으려고 노력했지만 이상하게 손과 생각과 마음이 따로 헛돌았다. 문밖에서 의원을 찾는 사람이 온 것도 모르고 청소만 해댔다. 한참을 그러다가 부엌문을 열고 조심스럽게 나를 부르며 서 있는 사람이 문이라는 것도 알아차리지 못했다. 반주 삼아 막걸리를 들이켜던 의원이 귀찮다는 듯이 얼굴을 찌푸리며 다시 눈빛을 흩뜨렸다. 그가 왜 사람들 앞에서만 맹인 행세를 하는지 알 수 없었지만 이 근방에서 그를 최고라고 치켜세우는 사람들이 많았다. 특히 나와 귤이 잠시 묵었던 주막에서는 하루가 멀다 하고 의원을 찾아왔다. 외부인의 기척이 느껴지면 부릅뜨고 돈을 헤아리던 의원의 눈은 삽시간에 초점을 잃었다. 의원이 밖에 나갈 채비를 하는 동안 나는 그의 눈이 되어줄 지팡이를 가져다주며 재빠르게 길을 트거나 문을 열어주었다. 몇 번 하다보니 오래전부터 손발을 맞춰온 사람들 같았다. 대문 밖으로 억울한 죽음에 대한 말이 새어나가는 대신 노파의 주검이 실려나갔다. 엽전 두 냥에 사람을 사서 세 냥을 더 얹어주고 대숲에 파묻었다. 늙은 종 한 사람의 죽음에 대해서는 어떤 말도 새어나가지 않았다. 단지 부엌살림을 도맡을 사람이 바뀌었을 따름이었다. 어떤 죽음은 이렇게도 조용했다.

주막에서 온 어린 들병이가 대문 앞에 서 있는 날이 잦아졌다. 얼마 전에 왔을 적에 내가 먼저 그녀에게 이름을 물었다. 누군가가 제 이름을 묻는 것이 어색하다는 듯이 한동안 쭈뼛대던 그녀가 '문文'이라 적으며 말했고 나는 무늬로 들었다. 그러자 의원이 "글월 문이 아니냐"며 나를 가르치려 들었다. 글자를 보고 말을 한 의원보다 내가 더 놀라 몸을 움츠리는 사이에 문이가 얼른 땅 위에 그려놓은 제 이름을 두 손으로 박박 지웠다. 헛기침을 하며 지팡이를 더듬거리던 의원이 재빨리 고샅길로 벗어났다. 무늬, 아니 문이가 내게 공손하게 인사를 한 뒤에 의원을 따라갔다.

앓는 아이를 안고 미친듯이 도망치다가 들어선 낯선 마을의 주막이었다. 그곳에서 만난 문이가 한두 걸음씩 내게 다가와 도움을 주었던 것을 잊지 않았다. 문이가 일러준 내 아이의 이름, 귤. 귀한 한자로 이름을 지어 부정을 탄 것일까. 부르기만 해도 톡 터질 것 같던 그 이름 탓이었을까. 차마 혀끝에 궁굴리지도 못하고 마음속으로만 애를 끓이듯이 아프게 아이의 이름을 불러보았다. 그 뒤로도 문이는 자주 의원을 찾아왔다. 주모가 탈이 나서, 주막에서 누군가 싸움을 하고, 누군가가 배앓이를 한다는 이유를 대며 거의 매일 밤 의원의 집으로 올라왔다. 어느 날은 두 번이나 얼굴을 본 적도 있었다. 적막한 의원의 집에서 글자를 읽고 쓸 줄 아는 어린 문이가 나의 유일한 말벗이었다. 그런데 끝내 문이는 내 아이의 신상에 대해 캐묻지 않았다. 주막에서 호시탐탐 내 보퉁이를 노리던 주모로부터 도망칠 수 있도록 뒷문을 가르쳐준 이가 바로 문이였다. 그러나 아이를 안고 산으로 도망친 내가 왜 이곳에 와 있는지에 관해서는 묻지 않았다. 간혹 의원의 행방이나 비행을 넌지시 알려주는 것도 사려 깊은 문이가 내게 해주는 일이었다. 열 두엇쯤 되었을까. 나는 어린 나이에 주막에 팔려와 있는 문이의 처지를, 문이는 나의 신산한 모습을 곁에서 안쓰러워만 할 따름이었다. 서로를 어찌해볼 수 있다는 생각을 해본 적은 없었다. 이만큼이라도 얼굴을 맞댈 수 있는 것이 다행이라면 다행이었다. 더 바란다면 무리수를 두어야 할 일이 한두 가지가 아니었다. 짐짓 조용히 서로를 위할 수만 있다면 그만이라 여겼다.

주막에서 병자를 보고 올 때면 의원은 내가 차려낸 술상에 한 움큼씩 엽전을 내려놓았다. 엽전을 세어 묶으며 나는 어쩔 수 없이 떠오르는 서방의 기억에 함몰되었다. 눈을 두는 곳마다 엽전이 그려지고, 가운데 동공으로 서방과 귤의 얼굴이 번갈아가며 드나들었다. 엽전에 새겨진 네 개의 글자마다 서방의 목소리와 땀이 배어 있는 것 같았다. 이제 나는 어떻게 해야 하는가에 대한 생각과 조금만 더 기다리거라 아가야, 하는 다짐이 엽전 한가운데로 모여들면 날이 밝았다. 나는 밤새 세고 또 센 엽전을 사주전과 가려 묶었다.

그러다 더 참지 못하고 대장간으로 갔다. 사주전을 제조, 유통시키면 이렇게 된다는 것을 세세하게 알려주는 그림에 내게 농처럼 말해주던 대장간 주인의 목소리가 덧붙으니 눈길이 닿는 모든 곳이 형장처럼 느껴졌다. 서방을 죽게 한 것들이 그곳에 있었다. 풀무질을 하는 아궁이와 주물 솥, 주전판을 제조할 수 있는 대장장이까지 모두 다 있었다. 그리하여 대장간 담벼락에는 필히 그 벽보를 붙여야 한다고 했다. 벽에 붙은 채로 고스란히 비바람과 햇빛을 맞은 터라 서방의 얼굴은 가까운 이가 아니면 알아볼 수 없을 정도로 낡고 바랜 채였다. 그러나 아무리 해지고 찢어졌어도 내 서방의 얼굴 하나 못 알아볼까. 차라리 알아보지 못했으면 하는 심정으로 벽보를 눈으로 쭉 따라갔다. 죄인들이 어떤 모습으로 죽어갔는지 똑똑히 보았다. 글을 읽지 못하는 사람들을 위해서 그림으로 자세히 설명해놓은 관아의 벽보였다. 마을을 단속하려는 수령의 뜻이었지만 나에게는 서방의 마지막 얼굴이 담긴 귀한 벽보였다. 차마 머리가 떨어져 있는 그림 쪽으로 가지 못했다. 언제나 맨 처음 붙었을 것으로 보이는 벽보에만 수백 번도 더 눈을 두었다. 다음 생에 또 만난다면 궁핍하게 살더라도 이런 짓 하지 말고 오랫동안 같이 지내자고 몇 번이나 속으로 빌었다. 서방과 귤이 내 양쪽 어깨에 올라앉은 까닭에 의원의 집으로 돌아오는 길은 몸이 무거웠다. 옆에 찬 침통에서 차락차락 쇳소리가 났다. 의원의 의심을 피하기 위해서 집을 나설 때부터 차고 간 것이었다. 그 순간에도 나는 내가 해야 할 일과 그 일의 맺음에 대해 잊지 않았다. 침통에서 침들이 부대끼는 소리가 멈추면 의원의 집이었다. 나는 의원의 방문 앞에 침통을 내려놓았다. 침통이 마당으로 굴러 떨어졌다. 침들이 튀어나와 해를 받았다. 크고 작은 쇠가 눈을 찌르는 것만 같아 그것을 주워 담을 수가 없었다.

대장간에 다녀온 뒤로 나는 한동안 아무것도 하지 못했다. 장을 보러 나가거나 나무를 하러 산에 가지도 않았다. 다시 맨 처음에 부엌으로 들어왔을 때처럼, 막 잡혀와 아무것도 모르는 사람처럼 굼떠졌다. 굼벵이처럼 몸을 둥그렇게 말고 앉아만 있었다. 누구의 붓질인지는 몰라도 툭 불거진 광대뼈와 째진 눈매는 참 잘도 그려놨다 싶었다. 사주전을 만든 일당 중에서 서방의 얼굴은 가장 끝에, 그러니까 두목의 얼굴 가까이에도 가지 못한 변방에 있었다. 아무리 졸개라 하더라도 참형은 피하지 못한 모양이었다.

대체 어쩌자고 엽전을 만든 것인가.

너희들의 두목이 누구냐. 바른대로 대렸다?

그것의 시작은 언제였을까. 나와 혼인하기 전이었을까, 아니면 그다음이던가.

네 이놈! 네가 그러고도 살기를 바라느냐!

그때 서방과 함께 도망칠 수는 없었을까.

저놈들을 당장 군문효수에 처하라! 엽전을 위조한 손가락들을 하나하나 잘라 온 고을 백성들이 돌려보게 하라.

나는 의문이 들 때마다 대장간에 붙은 서방의 얼굴을 보러 갔다. 나를 쏘아보던 의원의 눈빛이 조금 누그러진 뒤였다. 장에 나올 때마다 찾아와 아무 말도 없이 벽보만 쳐다보는 나에게 대장간 주인은 별다른 관심을 두지 않았다. 벽보를 바라보는 척하며 넌지시 대장간을 건너다보았다. 대장장이들이 쇠를 녹이고 쇳물을 옮기는 모습을 하나하나 눈에 새겼다. 장작을 넣고 얼마나 기다려야 쇠가 달궈지고 쇳물이 되어 흐르는지 자연스럽게 알게 될 때까지 쉬지 않고 대장간으로 갔다. 의원 댁에서 온 것을 알게 된 대장간 사람들도 더이상 내게 추근대거나 관심을 두지 않았다. 서방도 사주전 패거리들을 따라다니며 쇠 녹이는 법을 배운 것일까. 벽장의 보따리에 엽전이 가득 들어찰 때까지도 왜 내게 단 한마디의 언질을 주지 않은 것일까. 도대체 언제부터였을까.

나는 거의 매일 벽보판에 붙어 있었다. 때마침 주막에서 의원을 찾는 일이 잦았다. 새로운 침을 구하는 횟수도 그만큼 늘었다. 의원이 그려준 종이를 대장장이에게 전하면 그만인 일이었지만 나는 되도록 오랫동안 대장간 주변에 머물렀다. 나는 대장간과 의원의 집을, 문이는 주막과 의원의 집을 재게 오갔다. 크고 작은 침통을 챙겨 나갔던 의원은 새벽녘에 피 묻은 옷을 입고 돌아왔다. 나는 매일 핏자국을 지우는 빨래를 했다. 장에 간답시고 대장간 담장에 붙어 있다가 몇 번이나 문이의 손에 이끌려 집으로 돌아오기를 수차례. 넋이 나간 듯 제 손에 이끌려 오는 나를 문이가 답답하다는 듯이 꾸짖었다. 이러면 안 돼요. 장터에 보는 눈이 많아요, 언니.

언니라고 부르는 문이의 입을 가만히 쳐다보았다. 귤이 내 젖을 빨려고 입을 벌리던 그 모양과도 같았다. 그때로 돌아갈 수만 있다면, 다시 한번 귤을 살려내어 내 젖을 빨릴 수만 있다면. 서방이 살아오는 것까지 바라지는 않더라도 귤만은, 백 일도 제대로 못 살고 배가 터져 죽은 내 새끼만은 되살려낼 재간이 있다면 지옥에라도 찾아가고 싶었다. 대장간의 쇳물에라도 젖을 담글 수 있을 것 같았다.

되살릴 수 없다면 여한이라도 없애야 하는 게 아닌가.

그것은 이 어미의 몫이었다.

내 손으로, ***이천 석.***

삼천 석이요!

쇳물을 더 떠왔다. 최대한 뜨겁게, 더 끓을 수 없을 지경까지 끓은 것으로 붓고 싶었다. 내 아이를 죽인 발이었다. 내 새끼를 터뜨려 죽인 이 발이야말로 그냥 둘 수가 없지 않은가. 쇳물에 뚝 끊어진 발이 모양을 잃고 희고 검은 연기를 내뿜으며 요란하게 타들어갔다. 살 타는 냄새가 구수했다. 덧창을 닫지 않은 까닭에 방으로 쉴새없이 눈이 들이쳤다. 눈발들이 방안의 열기를 이기지 못하고 흔적없이 사라졌다. 부엌에서 쇳물이 장국처럼 끓고 있었다. 쉬지 않고 장작을 때도 녹을 기미가 보이지 않던 것들이었다. 어느 순간이 되자 쇳덩이들이 솥 안에서 사정없이 허물어졌다. 나는 집안의 모든 쇠가 녹아 흐를 때까지 불을 땔 작정이었다. 오늘을 위해 밤낮을 가리지 않고 장작을 그러모았다.

장터에 자유롭게 드나들어도 주막 쪽으로는 가지 않았다. 주막에 가면 자연스레 내가 귤을 안고 빠져나오던 뒷문이, 산을 오르던 그 밤이 언제나 내 곁을 스치기 때문이었다. 가만히 날아온 귤의 기포가 내 몸에 닿아 터졌다. 그러자 숨을 쉬고 걸음을 걸을 때마다 아이를 안고 돌 위를 내달리고 바람이 불어오는 것에도 소스라치게 놀라며 나무 뒤로 숨던 내가 보였다. 나뭇잎이 스칠 때마다 아이가 우는 것만 같아 귀를 닫고 입을 다물고 눈을 감고 살았다. 최대한 굼떠지는 것이 의원과 여러 사람들의 시선에서 벗어날 수 있는 유일한 길이었다. 천치가 되어 있는 내 겉모습과 달리 속에는 어떤 마음이 들끓고 있는 줄도 모르고 의원이 나를 범하려 들었다. 그래, 마음껏 들어오오. 원하는 대로 갖고 노시오. 내게 양껏 몸을 풀어도 좋지만, 이것이 끝은 아니오. 내 모든 걸 가졌다고 오해 마소. 나는 한 번도 저항하지 않았다.

의원이 취해 잠든 밤마다 나는 쥐새끼처럼 빠져나와 조용히 집안 여기저기를 훑었다. 그가 내게서 빼앗아간 엽전, 내 서방의 보퉁이를 찾을 수만 있다면 얼마든지 이런 욕지거리 나는 일쯤은 견딜 수 있었다. 나는 최대한 몸을 낮추어 마당과 집안의 모든 것을 뒤졌다. 술에 취하기만 하면 허술해지는 의원도 돈에 관해서만큼은 꼼꼼했다. 그러나 나는 다른 것들은 필요 없었다. 내 서방의 보퉁이, 내 아이의 체취가 담긴 것이면 됐다. 나는 그것만 가지면 되었다. 그렇게 한참 동안 골똘히 집을 뒤지던 때였다. 누군가 찾아왔다. 순간 몸이 굳어서 재빨리 굼떠지질 않았다. 최대한 무표정한 얼굴을 하려고 애를 썼다.

문이였다. 내 이웃, 내 은인, 내 동생 문이가 문 앞에 쓰러져 있었다. 나는 황급히 그애를 떠안고 부엌의 곁방으로 들어갔다. 등잔불을 켜려는 나를 문이가 만류했다. 제대로 말을 할 수도 없는 지경이면서 심지에 불을 댕기려는 내 손목을 잡고 놓지 않았다. 알았어, 알았다고. 왜, 왜 이런 거니? 문이는 내가 의원을 깨우러 가는 것도 결사적으로 막았다. 하는 수 없이 조용히 나가서 두부를 데우고 가마솥에 남은 미지근한 물을 가져왔다. 벽장에 있던 깨끗한 수건으로 피가 흐르는 사타구니를 닦고 기저귀를 채워주었다. 남에게 이런 것을 해준 적이 없었지만 내 손은 이미 어떻게 해야 하는지 익숙하게 알고 있다는 듯이 거침이 없었다. 칠포댁이 해주었던 것처럼은 아니지만 나 역시도 얼마간은 익숙한 일이었다. 귤의 기저귀를 갈 때처럼 깨끗한 천으로 조심스럽게 문이의 엉덩이와 다리를 감쌌다. 문이는 적삼만 입고 있었다. 건넛방에서 이불을 가져다 덮어주었다. 그래도 덜덜 떠는 문이를 꼭 안고 누웠다. 문이는 아이처럼 내 품을 파고들어왔다. 덩달아 내 몸도 들썩거렸다.

낮에 의원이 장침으로 거침없이 아이의 아랫도리를 후볐다고 했다. 지금 문대지 않으면 나중에 더 큰 꼬챙이로 쑤셔야 한다고 말한 것은 주모였다. 문이가 저항하자 양쪽에서 다리를 잡고 놓아주지 않은 것은 그때까지도 언니 언니 하며 따랐던 같은 주막의 들병이들이었다. 모두가 한 번씩은, 아니 앞으로도 계속 겪게 될 일들이라 말하며 문이를 차갑게 대했다는 소리를 들으니 내 아랫도리에서 피가 철철 흐르는 느낌이었다. 귤이 태어났을 적에 내 몸에서 나오는 것들을 어쩌지 못해 당황하자 칠포댁이 보드라운 천으로 그것을 다 받아주었다. 이것들이 다 나와야 새댁이 건강해지는 거라며 부끄러워하지 말라는 말이 무척 위로가 되었다. 그것과 문이의 상처는 얼마나 다른 것인가. 아비가 누구인지도 모르는 아이를 낳겠다고 버틴 문이가 안쓰러워서 새벽이 올 때까지 안아주었다. 게다가 저를 이리 만든 사람의 집으로 찾아들 수밖에 없는 신산함은 또 어찌해야 풀리는 것인가 싶어서 말문이 막혔다. 문이의 출혈은 밤새도록 계속되었다. 나는 더 큰 수건을 가져다 피가 흐르는 아랫도리를 막아주었다. 동이 트기도 전에 주막에서 사람이 왔다. 작정을 한 것은 아니었지만 입에서는 미리 준비해둔 것처럼 말이 흘러나왔다. 무슨 일이세요? ……온 적 없는데요.

주막 사람들을 보내고 방으로 돌아오니 문이가 일어나 있었다. 핏기가 가신 얼굴에 귤의 기포가 소복하게 내려앉았다. 그때부터 나는 집에서는 시력이 돌아오는 의원의 눈을 피해 문이를 숨기느라 바빠졌다. 밤마다 의원에게 약초 섞인 막걸리를 먹여 곯아떨어지게 만들었다. 의원은 매일 주막에 가서 주모의 부탁을 들어주면서도 문이가 제집에 있을 것이라고는 전혀 짐작하지 못했다. 의원의 약방을 드나들며 어깨너머로 여러 약재의 효능을 익혀둔 것이 꽤나 요긴했다. 문이는 내가 달여준 약초를 마시고 어느 정도 회복은 했지만 여전히 하혈을 하는 중이었다. 내가 할 수 있는 것은 매일 밤 깨끗한 수건으로 문이의 아랫도리를 닦고 기저귀를 갈아주는 일뿐이었다. 그러나 내 몸은 마치 귤을 어르던 때로 돌아간 듯이 기묘한 활기를 띠었다. 이 변화가, 피비린내 나는 뒤처리가 싫지 않았다. 귤도 살아 있었더라면 하루에도 수차례 내게 아랫도리를 맡기고는 여기저기 기어다니고 또 걸음마를 했을 나이였다. 문이는 나날이 수척해져갔지만 나는 의원의 눈속임을 하는 일이 급급해 더이상 어떻게 해줄 방법을 찾지 못했다. 술상에 올라갈 고기를 떼어 죽을 쑤거나 약방을 청소하다가 몸에 좋은 약재를 조금씩 빼돌렸다. 암죽을 끓여 아이를 먹이듯 세심하게 약을 달였다. 칠포댁이 서방 없이 혼자 해산을 하고 누워 있던 나에게 해주었던 것처럼, 내가 주막에서 며칠을 묵을 때 문이가 귤에게 쑤어주었던 암죽같이 따뜻하기만을 바랐다.

일은 두 배로 늘어났지만 전혀 힘들지 않았다. 혼자라는 생각을 잠시 벗어날 수 있어서 좋았다. 이곳에 와서 한시도 파국을, 죽음을 생각하지 않은 적이 없었다. 문이가 있어 잠깐이나마 그 마음을 눅여주는 것을 상기하며 죽을 쑤는 손에 힘을 주었다. 나는 누워 잠든 문이를 가만히 내려다보았다. 얼마간 정말이지 사는 것처럼, 누군가를 보살피며 외롭지 않게 살았다는 느낌이 들었다. 그러다 온기가 불러온 상념에 잠시 해야 할 일을 잊고 있었다는 자각이 찾아왔다. 날카로운 침이 내 가슴을 긁는 것 같아서 등을 다시 꼿꼿하게 폈다.

내 안색의 변화를 가장 먼저 살핀 것은 다름 아닌 의원이었다. 술 취해 잠든 줄 알고 등잔불을 끄려던 참이었다. 물끄러미 나를 바라보는 검은 눈동자에 그만 숨이 막혔다. 그 눈을 더 피하지 않기로 몇 번이나 마음을 고쳐먹고서야 비로소 궁금한 것을 물을 수 있었다. 왜, 왜 맹인 행세를 합니까? 의원은 한동안 아무 말 없이 내 얼굴을 빤히 쳐다보다가 대수롭지 않다는 듯이 말을 던졌다.

……살으야지.

나는 가만히 불을 끄고 의원의 방을 나왔다. 이해를 해서도 안 되고, 그러고 싶지도 않은 이였다. 나는 찬바람에 정신을 차리며 다시 의원에 대한 마음의 날을 세웠다. 이것은 모두 문이 때문이었다. 저 아이를 보듬어주지만 않았어도 이런 마음을 알지 못했을 것이 아닌가. 나는 그간 너무나 외로웠던 탓이라며 스스로를 다독였다. 그리고 허공에 떠서 물끄러미 나를 바라보고 있는 귤의 기포를 터질세라 조심하며 두 눈으로 감쌌다. 보름달이 뜬 밤이었다. 달이 대장간의 벽보도 환하게 비추고 있을 것이라 생각하니 마음이 더 차분해졌다. 낮에는 해에 빛나고 밤에는 달빛이 되쏘는 빛에 어른거릴 죄인의 얼굴이었다. 그 얼굴과 보름달 사이에서 오도 가도 못하는 내 새끼 귤을 떠올려보려 했지만 어쩐 일인지 환한 달밖에 그려지지 않았다. 기포 하나가 눈앞에서 터지기 직전처럼 부풀어 올랐다.

달을 뒤로하고 부엌으로 돌아왔다. 부싯돌을 꺼내 등잔에 불을 붙이니 오도카니 앉아 있는 문이가 보였다. 품에 보퉁이를 안고 있었다. 서방의 것인 줄 알고 잽싸게 빼앗아보니 문이의 누더기 옷가지가 담긴 보퉁이었다. 보퉁이를 내려놓으며 문이의 머리를 부둥켜안았다. 글을 아는 어린 들병이 문이의 곡절에 다시 한번 마음이 메었다. 문이가 양쪽 귀를 틀어막았다. 아이의 울음소리가 들린다고 했다. 더이상 주막 일 따윈 하기 싫다는 말을 할 때에는 울음이 목소리를 덮어 제대로 알아듣기 어려웠다.

나는 따라 울지 않았다. 동이 터오는 대로 대장간에 가서 벽보를 일별한 뒤에 주문해두었던 주물 솥을 옮겨왔다. 그때가 지금이 될 줄 몰랐지만 오랫동안 생각해온 일이었다. 문이라면 손발을 맞춰줄 수도 있을 것이라고 믿었다. 나는 밤이 오기만을 기다렸다. 그사이에 의원은 주막으로 두어 차례 왕진을 갔다. 의원이 진맥을 하러 갈 때마다 얼굴도 모르는, 태어나지도 않은 아이들의 배가 터져 죽는 것만 같아 견딜 수 없었다. 나는 쉬지 않고 장작을 팼다. 도끼질을 하는 내 기세에 눌린 문이가 가만히 숨을 죽이고 곁방으로 돌아갔다. 주막에서 사람이 찾아왔으나 설마 의원의 집에 도망친 들병이가 있을 거라 생각하지 않는 듯했다. 맹인 의원이 용하다는 소문을 듣고 멀리에서까지 병자들이 찾아온 날이었다. 마당 가득 장작을 패고 있는 나를 보면서도 사람들은 별다른 의심을 하지 않았다.

아궁이에 주물 솥을 내걸었다. 쇳물이 끓으려면 장작을 하루 하고도 반나절가량 쉴새없이 밀어넣어야 한다는 것은 대장간의 담 너머로 이미 익혀두었다. 문이는 내가 하려는 것이 무엇인지 모르면서 나를 도왔다. 계속된 하혈 탓에 핏기가 사라진 아이의 얼굴을 손으로 쓸어주었다. 배시시 웃는 모습이 영락없는 어린애였다. 나는 힘을 더 짜내 장작을 팼다. 손바닥이 파여 피가 흘렀지만 아프지 않았다.

그동안 집을 수색하며 보아두었던 곳곳의 보물 창고에서 엽전과 은자, 구리 들을 싹 쓸어왔다. 가장 먼저 은자가 녹았다. 그뒤를 이어 수저가 녹고, 사주전이 가장 늦게까지 형태를 유지하다가 쇳물 속으로 사라졌다. 때를 기다렸다는 듯이 귤의 기포가 나와 문이 사이에 머물렀다. 말린 천남성을 섞어 거른 막걸리 두 동이에 취한 의원이 드디어 상 옆으로 널브러졌다. 귤의 기포가 터지는 것과 동시에 나는 침통에서 크고 작은 침들을 모조리 꺼내들고 부엌으로 갔다.

이 침에 찢겨 죽은 수많은 목숨 대신, ***삼천 석.***

만 석이요!

아궁이 위에 엽전이 가득 쌓였다. 주막에서 그 짓을 하며 대체 얼마나 그러모았나 헤아려보니 치가 떨렸다. 약재보다 확실하게 아이를 지워주는 의원을 찾는 것은 주모의 몫이었다. 그런 일을 하기에는 맹인인 것이 더 신뢰가 갔던 것인가. 여인들의 다리 사이에 장침을 꽂아넣고 대체 무슨 짓을 한 것인가. 들병이들한테는 그래도 된다는 말인가. 나는 이런저런 생각을 하며 문이가 노파의 방을 뒤져서 가져온 보퉁이를 끌어안았다. 균의 기포들이 그 위에서 떨고 있었다. 의원의 침을 모아 모조리 솥에 넣었을 때였다. 주물 솥이 갈라져 장작불 위로 쇳물이 흘렀다. 아궁이에서 넘쳐 나온 불이 여기저기 쌓여 있던 장작에 들러붙었다. 나는 잽싸게 엽전 뭉치를 허리에 차고 서방의 보퉁이를 든 후에 문이의 손을 잡아끌고 집을 빠져나왔다. 이번에는 산길로 가지 않을 작정이었다. 배가 정박한 곳이 어디쯤인지 오래전에 알아둔 터라 길을 잡는 것은 어렵지 않았다. 다만 제대로 뛰지 못하는 문이가 걱정스러웠다. 떠나는 길에 약방에 들러 삼蔘을 한 움큼 집어 문이에게 안겨주었다. 머지않아 집 쪽에서 큰불이 일어나는 것이 보였다. 내가 억지로 먹인 삼을 입에 물고 절룩거리는 문이를 앞에서 끌고, 뒤에서도 밀며 나루로 갔다.

문이가 숨을 헐떡이다 앞으로 고꾸라졌다. 정신을 찾아 준 후에 내가 업었다. 문이가 귤처럼 가벼웠다. 숨막힐 정도로 뛰고 있다고 여겼지만 마을로부터 얼마 벗어나지 못한 상태였다. 등뒤에서 솟구친 불기둥이 보이지 않을 때쯤에야 나는 문이를 내려놓고 잠시 쉬었다. 산중턱의 연못가에서 귤을 내려놓고 쉬다가 의원에게 붙잡혔던 것이 머리를 스쳤다. 불에 덴 듯 일어나 다시 문이의 손을 이끌고 나루가 있는 쪽으로 걷고 또 걸었다. 곧 혼절할 것만 같은 얼굴을 하고도 문이는 나를 잘 따라와주었다. 우리 둘 다 쇳물에 데어 손과 발이 성치 않았다. 진물이 흐르고 있었지만 일단은 달아나는 것이 더 급했다. 공기마저 되직한 묵덩이처럼 무거운 밤이었다.

귤의 혼백이 이제 편안히 높은 곳으로 올라가기를, 기포로 어미 곁에 떠돌지 말고 죽은 이들의 길로 가만히 날아가기를 빌었다. 서방의 목과 몸이 덜렁대며 그 뒤를 따라준다면야 더 바라는 것이 없을 황천길이 될 듯싶었다.

뱃길이 열리려면 축시丑時는 되어야 한다고 했다. 우리가 조금 이르게 도착했던 터라 나루에는 다른 사람들이 보이지 않았다. 나루지기가 우리를 몹시 귀찮아하는 것이 역력했다. 나는 예전의 주막에서처럼 선불리 엽전을 꺼내지 않았다. 더 비루해 보이기를,

더 불쌍해 보여서 우리를 거지처럼 여겨도 좋으니 달리 쳐다보지 않기만을 바랐다. 눈치 빠른 문이가 내 오른팔에 찰싹 달라붙었다. 나루지기가 성가시다는 투로 여기서 오 리쯤 올라가면 조금 일찍 출발하는 배가 있음을 일러주었다. 우리는 다시 걸었다.

가까스로 도착한 곳에서 바람이 잦아들지 않아 배가 뜨기 어렵다는 말을 들었을 적에는 그만 주저앉아 땅으로 꺼지고 싶었다. 누군가 피워둔 불 주변으로 이미 사람들이 모여 있었다. 나와 문이는 주변에 대한 경계를 늦추지 않으며 그곳으로 갔다. 허공을 향해 날름거리는 장작불 빛이 의원의 집에서 일어난 불더미와는 달랐다. 얼었던 몸이 녹으면서 깜빡깜빡 잠이 쏟아졌다. 잠든 문이를 가만히 놓아두고 나는 진물이 흐르는 다리를 부여잡으며 배가 뜨기를 기다렸다. 우리가 걸어온 곳에서 사람들이 몰려오는 것이 보였다. 아래 나루터에서 우리처럼 바람을 맞은 사람들일까. 배가 뜨기만 한다면 이제 어디라도 갈 수 있겠지. 나도 모르게 눈물이 났다. 갑자기 몸이 덥혀진 탓이었다. 언제나 내 곁에 머물던 귤의 기포도 보이지 않았다. 원풀이를 해주었으니 이제 갈 길로 들어섰는가. 내세에는 부디 좋은 부모를 만나 천수를 누릴 수 있기를 바랐다. 바라고 또 바랐다.

깜빡 잠에 빠졌다가 주변의 소란에 눈을 떠보니 사내 두엇이 문이의 양팔을 억세게 잡아 비틀고 있었다. 문이는 소리도 지르지 못하고 끌려갔다. 나루로 올라온 이들이 주막에서 본 사람들이라는 것을 알았을 때는 이미 늦은 뒤였다. 끌려가는 문이를 속수무책으로 바라보다가 화들짝 정신을 차리고 보퉁이에 있던 엽전을 꺼내주었다. 그들의 눈이 대번에 달라졌다. 하지만 그 자리에서 아이의 몸값을 초가 한 채 값으로 올리는 이들을 당해낼 재간이 없었다. 말이 이어질수록 금액은 더 올라갔고 급기야는 허리춤에 찬 엽전 뭉치까지 풀어주어야 할 지경이었다. 나는 잠시 망설였다. 그러는 동안 바람도 잦아들었다. 내가 고민하는 사이에 주막의 사내들도 잠시 긴장을 놓고 엽전 보퉁이를 들여다보았다. 그 뒤로 배가 막 떠나려는 것이 보였다. 나는 문이의 손을 잡고 뛰었다. 문이가 사력을 다해 내 팔에 매달렸다.

배 위로 내가 먼저 오른 것이 화근이었을까. 반죽음 상태의 여인 둘이서 아무리 힘껏 뛰어봤자 그들의 손아귀 안인 것을 왜 몰랐을까. 끝내 한쪽 다리를 붙잡힌 문이가 우악스레 끌려갔다. 이쪽의 사정을 봐주지 않고 배가 출발했다. 한동안 멍하게 주저앉아 있던 나는 거센 파도 탓에 이리저리 굴러다녔다. 뱃전으로 나가 나루를 쳐다보았지만 일렁이는 횃불 두어 개가 멀리 산속으로 떠나가는 모습만 보였다. 들짐승의 안광과도 같은 그 빛도 곧 사라졌다. 파도가 소리를 먹은 탓인지, 배가 바람을 가르는 소리 때문인지 문이의 목소리가 들려오지 않았다. 해가 뜨고도 한참이나 배가 요동을 쳤다. 중심을 잃고 쓰러진 사람들이 배 위를 굴러다녔다. 사공이 온 힘을 다해 노에 매달렸다. 돛을 고정시키려 애를 쓰는 사람도 보였으나 거개가 배의 난리에 휩쓸렸다.

파도는 잦아들 기미를 보이지 않았고 돛은 쉴새없이 펄럭거렸다. 끝내 놓치고 만 문이의 손이, 내 몸에 가득 밴 문이의 비린내가 안타까워 눈물이 났다. 이대로 어디까지 흘러가야 목숨이 끝날 것인지 알지 못한 채로 나는 허리춤에 묶어둔 엽전 뭉치를 만졌다. 이것을 문이를 구하는 데 쓰지 않았다는 자책이 온몸을 휘감았다. 어찌하여 망설였던가. 나는 파도가 더 세게 치기를, 뱃전이 이 풍랑에 산산조각 나기를 바라며 배의 난간을 붙들었다. 사람들이 모두 납작 엎드렸지만 선수船首는 아랑곳없이 솟구쳤다. 배의 모든 것들이 물에 부딪치는 소리로 뒤덮였다. 우레 혹은 들짐승이 우는 것보다 더 큰 소리였다. 뒤집히려던 배가 가까스로 내려앉았다. 두어 살쯤 되어 보이는 아이가 배 밖으로 튕겨나갔다. 그 아비는 정신을 잃고 뱃전을 굴렀다. 차마 아이가 사라진 쪽을 보지 못했다. 가슴 깊이 박힌 단도가 배의 요동을 따라 내 몸을 헤집었다. 살이 튀고 뼈가 뜯겨도 헤어날 수 없는 단도의 중심 혹은 들끓는 물의 한가운데였다. 그 속에서 문이가 우는 소리가 쇠침처럼 튀어 올랐다. 그 소리에 내 몸과 마음이 갈기갈기 찢어졌다.

전보다 더 센 바람이 큰물을 몰아와 배를 뒤흔들었다. 사방팔방으로 떠밀리며 손으로 바닥을 긁었다. 손톱 두 개가 훌렁 뒤집혔다. 나는 배가 흔드는 대로 흔들리며 뱃전을 밀고 들어온 바닷물이 손등을 덮는 것을 바라보았다. 다시 선수가 높이 올라갔다. 눈

속으로 한껏 날을 세운 너울이 쳐들어왔다. 몸에 차고 온 엽전들이 뿔뿔이 흩어지는 소리가 났다.

만석.

파도의
온도
—도주 3

배가 하늘 깊이 올라갔다. 파도를 따라 몇 번 내려앉은 뒤로 계속 솟구치는 중이었다. 뱃전의 모든 것이 들썩이며 튀어오르고 흩어지거나 사라져버렸다. 아기를 안은 아비의 몸이 난간에 부딪쳤다. 강보에 싸인 아기가 배 밖의 파도에 휘말렸다. 배 한쪽으로 뒤엉킨 사람들 속으로 아비가 처박혔다. 뱃전에 남은 물이 일순간에 사라지며 배가 갈라지기 시작했다. 뱃바닥이 터지려는 조짐이었다. 그 틈에라도 나는 죽어야 했다. 죽을힘을 다해 배 끝으로 다가갔다. 갈라진 곳들이 터지는 소리가 났다.

어서 나를 죽여라. 내 몸을 흩어놓아라. 나만 거둬라.

엽전들이 부딪치는 소리를 내며 파도가 다가왔다. 쇳물 식는 소리를 날리며 파도 거품이 몰려왔다. 거품 속에서 자글자글 타들어가는 것들은 사람의 얼굴인가 배의 파편인가. 파도에 잠겨 있던 것들이 일제히 솟구쳤다. 나는 파도를 따라 물속으로 들어가며 있는 힘껏 물을 들이마셨다. 눈알이 튀어나오고 혀가 말려들어갔다. 물속의 물이 동그랗게 일어나 배의 모든 것을 안아 쥐었다.

물숨이었다.

해를 등지고 선 사람이 이따금씩 내게 말을 걸어왔다. 내가 겨우 눈을 깜빡이자 이번에는 노를 젓던 검은 얼굴이 무어라 말을 했지만 들리지 않았다. 갓 잡은 생선들 위로 토악질을 하느라 나는 아무 대답도 할 수가 없었다. 몸속 가득 들어찬 바닷물을 날숨으로 게워냈다. 노를 젓다 말고 내게 다가온 검은 얼굴이 팔을 잡아 몸을 일으켜주었다. 배에 찬 엽전꾸러미가 걸려 일어나지 못했다. 맞은편에서 그물을 걷던 한 사람이 더 다가왔다. 속을 다 비워내야 한다며 내 등을 쳤다. 그때 파도처럼 허공을 가르는 노가 보였다. 그 와중에도 엽전꾸러미가 신경이 쓰여 두 손으로 배를 움켜쥐었다. 몇 번 더 짠물을 토했다.

나는 그물에 싸인 생선 더미와 함께 정박한 배들 사이에 부려졌다. 얼굴을 가까이 대고 숨을 확인하던 젊은 어부가 내게 집과 고향을 물어왔지만 어쩐지 혀는 말을 굴리지 못했고 입조차 떼지 못했다. 함께 배에 탔던 이들은 어찌되었는가 궁금해 물어보려고 해도 말이 나오지 않았다. 나는 모래밭 어귀에 죽은듯이 누워 있다가 해가 질 무렵에야 겨우 몸을 털고 일어났다. 쇳물에 데고 짠물에 파인 살갗에 화농이 고였다. 한두 방울씩 떨어지기 시작한 빗방울이 농에 닿자 입이 쩍 벌어졌다. 살점이 파여 흰 뼈가 드러난 곳도 있었다. 환부를 잊으려고 습관처럼 배를 만졌다. 이것부터 버렸어야 했나. 그러면 죽을 수 있었을까. 나는 툭 튀어나온 배를 손으로 밀어냈다. 또다른 몸같이, 달수 지난 태아처럼 배에 품던 것들이었다. 쉽게 죽어지지도 않는 몸처럼 버릴 수도 없는 이 쇳덩이들.

임부요? 어찌 그리되신 겁니꺼? 고향이 어데……? 어둠이 온 모래밭으로 이어진 숲의 어귀였다. 나무에 가려진 상체 때문에 딛고 선 다리에서 사람 말소리가 나는 듯했다. 바다에서 육지로 돌아오는 동안 내게 말을 붙여 정신을 들게 하려고 애를 써주던 그 어부였다. 가까이 다가온 어부를 피해 옆으로 비켜앉았다. 내가 몸을 피하자 어부는 더 다가오지 않았다. 겉모습은 젊어 보였으나 말투에는 조심성이 가득해 쉽게 나이를 가늠할 수 없는 이였다. 나도 모르게 두 손으로 배를 가리며 몸을 움츠렸다. 비바람이 거세졌다. 어찌할 바를 모르고 우두커니 앉아만 있던 참이라 사람의 인기척이 반가우면서도 또 그가 어떤 이일지 몰라 눈에서 힘을 풀지 않았다. 한참을 더 그러고 있다가 조심스럽게 말을 건네는 어부의 팔에 이끌려 누옥으로 왔다. 떠날 때 떠나더라도 일단 비는 좀 피해 가시라는 말이 도롱이를 덮은 것처럼 든든했다. 마을 어귀에 있는 빈 초가집이었다. 오랫동안 비어 있었는지 안팎의 냉기가 별반 차이 나지 않을 정도였다. 어부가 손으로 대충 티끌을 쓸어 앉을 자리를 마련해주었다. 나는 고맙다는 말도 못하고 몸과 발끝에 힘을 잔뜩 주며 앉았다. 그러는 동안에도 배에 찬 것들에서 손을 떼지 않았다. 잠시 밖으로 나갔던 어부가 등잔을 가져와 심지에 불을 댕겼다. 함께 들고 온 보따리에서 누룽지를 꺼내서 내게 건넸다. 표주박에 담아온 물도 등잔 옆에 놓아주었다. 누룽지를 받아들고 머뭇거리는 나를 한 번 힐끔 쳐다본 후에 밖으로 나가 문을 단속했다. 한참이 지나도 어부는 돌아오지 않았다. 나는 그제야 등잔 곁으로 다가가 손을 녹였다. 표주박 한가운데 귤처럼 떠 있는 등잔불을 들이켰다. 비어 있던 뱃속에서 짐승 우는 소리가 났다.

누옥에서 죽은듯 잠만 자는 나를 깨워 미역죽을 들이밀던 것은 어제 오후였나. 어부가 물과 간장에 비빈 죽을 내게 권했다. 나는 매일 종류가 바뀌는 세심한 죽사발과 간장종지와 물잔이 담긴 소반을 곁에 두고 누워만 있었다. 내게 무엇을 원하며 저리하는가. 나는 왜 여태까지 살아 예서 이러는가. 혼자 묻는 물음으로도 하루가 지나가고 밤이 되면 몸이 꺼질 듯 아팠다. 살아 있다는 것조차 믿을 수 없어서 자꾸 몸을 확인하려고 손으로 쓸다가 겨우 아물어가는 상처를 덧나게 만들었다. 새끼와 문이를 그렇게 보내고, 의원을 죽이고 탄 배가 갈라져도 살아서 나온 내가 과연 사람인

가. 배가 고파 윗배를 움켜쥐는 게 정말 짐승이 아니고서야 가당키나 한 일인가. 배에 찬 엽전을 떼어놓지도 못한 채였다. 들이쉰 숨이 엽전같이 무거웠다.

방문이 거의 부서질 듯 열리며 무서운 눈매를 한 아낙이 들어왔다. 마침 겨우 일어나 죽을 두어 번쯤 떠먹고 있을 때였다. 나는 상체만 방에 들여놓은 아낙을 피해 다급히 벽에 몸을 붙였다. 몸을 둥글게 말며 나도 모르게 화농이 흐르는 팔뚝을 움켜쥐었다. 손바닥 가득 썩은 내 나는 농이 묻어났다. 나를 훑는 아낙의 눈길을 피해 망연히 손바닥만 들여다보았다. 뒤이어 어부가 들어왔다. 거지같은 들병이 년 하나 때문에 여서 이러오? 어부를 향해 하는 소리였지만 들병이라는 말이 내 속에 걸려 눈물이 차올랐다. 어부가 몇 푼의 엽전을 아낙에게 쥐여주었다. 받는 쪽과 주는 쪽의 손이 엇갈려 엽전 몇 닢이 땡겅땡겅 떨어졌다. 하는 말로 미루어 보아 어부의 아내는 아닌 듯했다. 아낙이 마뜩잖은 눈으로 나를 쳐다보다가 겨우 돌아갔다. 어부가 내 쪽으로 아낙이 가져온 보퉁이를 밀어주었다. 나는 그때까지도 벽에 붙은 채였다.

필요하실 것 같아서. 어부가 보퉁이 쪽을 쳐다보며 말했다. 그러면서 딱히 내 대답을 기다린 것은 아니었다는 듯이 방문을 닫아주었다. 방안에 어부의 호의가, 아낙의 날 선 말이 가득해서 숨이 막혔다. 어부가 닫아두었던 문이 비죽 열렸다. 나는 그제야 벽에서 떨어져나와 문을 단단히 걸어 잠갔다. 한동안 문 앞에 앉아 문

설주에 목을 매달 수 있을까, 문고리가 나를 견딜 정도로 튼튼한가만 생각했다. 얼마 지나지 않아 문밖에서 사람의 형상이 스쳐지나갔다. 나는 한 손을 배에 얹고 다른 한 손으로 문을 열어젖혔다. 아무도 없었다. 동이 틀 때까지 그 짓을 몇 번이나 했다. 아예 방문을 열어둘까 고민하다가 보퉁이를 열었다. 여기까지 오느라 다 해져버린 옷을 새 옷으로 갈아입었다. 배에 차고 있던 엽전 몇 냥을 빼서 옷가지 밑에 놓아두었다. 엽전 보퉁이를 다시 배에 단단히 동여매고 막 방을 나서려던 때였다. 대체 언제부터 어부가 거기에 있던 것일까.

몸이라도 다 추실르거든 가입씨더.

벗어둔 옷을 사이에 두고 어부와 마주앉았다. 차마 눈을 마주볼 염치가 없어 고개를 숙이고 죽 소반만 내려다보았다. 고맙습니다. 겨우 용기를 내어 입을 뗀 내 인사는 받지도 않고 어부가 갑자기 화를 냈다. 벗어둔 옷가지를 방 한쪽에 모아두려던 그가 옷 밑에서 엽전을 발견한 것이었다. 사주전이 아닌 상평통보였으나 어부는 그것을 거들떠보지도 않았다. 나와 어부 사이에 놓인 엽전 열 냥이 열 개의 눈을 한 채 이편과 저편을 번갈아가며 쳐다봤다.

화를 누그린 어부가 내게 몇 가지를 물어왔지만 나는 입을 꽉 다물었다. 입을 열자마자 쏟아져나올 단어들이 내 혀를 말리고 입술을 꿰맸다. 위조, 망나니, 엽전, 의원, 문이, 귤. 내가 말할 수 있는 전부의 단어들 속에 빠져 죽지 않기 위하여 나는 입을 닫아야 했다. 채 말이 되어 나오지 못한 그 말들이 몸을 움직였다. 처음에는 내 몸을 거부하던 어부가 차분히 나를 다독거렸다. 어부는 말없이 내 팔뚝에서 흐르는 화농을 닦아주었다. 스물여덟. 나보다는 여덟 살이 많았고 바다에서 부모를 모두 잃었다. 사고무탁인 처지는 나와 같았다. 엽전을 위조하다 걸려서 죽어버린 서방에게는 이제 받을 수 없는 것들을 어부는 가지고 있었다. 엽전을 녹이던 화기와는 전혀 다른 온기였다. 그것은 사람에게서만 느낄 수 있는 온도였다.

그 밤에 누옥에서 어부의 집으로 거처를 옮겼다. 어부는 곁방에 불을 지펴 내가 누울 곳을 마련하고 매 끼니를 세심하게 챙겨주었다. 조금씩 회복이 된 몸이 혀를 말캉하게 녹여 하마터면 서방의 일을 발설할 뻔했다. 죽은 아이의 이야기를 꺼내기 직전에 화농이 묻은 손바닥으로 입을 막았다. 이 썩은 내 나는 고름이 내 입에서 나올 이야기보다 지독하지 않으리라 생각하니 구역질이 멈추었다. 그러나 귤을 밟아 죽인 의원의 발끝을 어떻게 처단했는가에 관하여 언젠가 기회를 봐서 꼭 이야기하리라 다짐했다. 나쁜 사람을 한 번 죽인 일이 있다고, 내가 죽을 작심을 하고 그를 죽였노라 말해볼 작정이었다. 차츰차츰 거동을 할 수 있게 되었다. 처음으로 어부의 부엌에 나갔다. 사내 혼자 하는 살림인 터라 부족한 것 투성이였지만 성의껏 저녁밥을 준비했다. 내 손으로 차린 첫 밥상을 받은 어부가 조금 울먹거렸다. 젓갈 종지의 젓갈을 남기지 않고 싹 긁어먹고 간장도 마저 마셨다. 설거지를 할 것도 별로 없어서 금방 방으로 들어갔더니 어부가 담뿍 내 손을 잡아 밖으로 이끌었다. 우리는 저녁 내내 손을 잡고 여기저기를 거닐었다. 어부는 누구냐고 짓궂게 물어오는 치들을 아랑곳하지 않았다. 아낙들의 손가락질에 고개를 숙인 채 걷는 내 어깨에 손을 얹어주었다. 그다음날에는 일을 가지 않고 산으로 가서 약초를 캐왔다. 짓이긴 약초 뿌리를 내 팔뚝에 얹었다. 상처가 금방이라도 다 나은 느낌이었다. 낡고 단출한 살림이었지만 나는 어느 고관대작의 집보다 더 좋았다.

나는 어부에게 이귤이라는 이름을 일러주었다. 어부는 나를 귤아, 라고 부르고 나는 어부를 서방이라고 칭했다. 나는 귤껍질처럼 포근하게 안아주는 서방이 눈물나게 고마웠다. 서방이 뱃일을 갔다 돌아올 때면 마당에 그물을 채 내려놓기도 전에 내가 먼저 매달렸다. 서방의 배가 돌아오지 않으면 나는 마당을 서성대며 밤을 꼬박 지새웠다. 귀가한 서방이 상한 내 얼굴을 보고는 역정을 내며 잡아온 생선 중에서 가장 커다란 것을 구워주었다. 함께 생선살을 뜯어먹으며 다시 어부의 얼굴을 쳐다봤다.

귓전에 매일 울려오는 파도 소리가, 바다 곁의 집이 더이상 무섭지 않게 되기까지 꼬박 다섯 해가 걸렸다. 한 번도 꿈을 꾸지 않아 다행스러워하며 잠에서 깨는 아침들이었다. 체머리를 흔들어보아도 더이상 물소리가 들리지 않았다. 입을 벌려도 짠물이 나오지 않았다.

어물전에 말린 생선을 내다팔고 오는 길이었다. 웬 거지 같은 아이 하나가 익히지도 않은 생선을 뜯어먹는 모습을 보고 나도 모르게 뒤로 물러섰다. 때 탄 손으로 그 비린내 나는 것을 먹는 꼴이라니. 무턱대고 화가 났다. 가던 길을 되짚어가서 아이에게 강정 하나를 쥐여주었다. 부모가 없는 아이인가. 쌀쌀한데 이렇게 얇게 입고서는! 나는 장터에 즐비한 노점으로 가서 인절미 두 쪽을 더 샀다. 아이가 있던 쪽으로 가보았으나 이미 어디론가 사라진 뒤였다. 콩고물이 내 발치께로 떨어지는 것을 마냥 바라만 보다가 집으로 향했다. 그러는 동안에도 여기저기서 놀고 있는 아이들을 유심히 살펴봤지만 그 아이는 아니었다. 서방이 집에 일찍 돌아와 있었다. 장터에서 사온 인절미를 내밀자 이게 웬 떡이냐는 농을 하며 떡을 받았다. 이미 내 손아귀에서 짓이겨질 대로 짓이겨진 떡을 서방은 맛있게 먹어주었다.

귤아! 서방이 나를 부르는데도 돌아서지 못했다. 장터에 나가 호떡을 사서 돌아온 길이었다. 차게 식은 호떡을 받아들던 서방이 대체 누굴 그리 찾는 거냐고 물었다. 나는 한 번 스친 아이에 대하여, 그 아이가 입고 있던 얇고 때 탄 저고리에 관하여, 강정을 허겁지겁 베어 물던 입술의 모습에 대하여 숨기지 않고 상세히 말해주었다. 아이를 갖고 싶소? 식은 호떡을 소반에 내려둔 서방이 물었다. 나는 섣불러지지 않기 위해 입에 문 호떡을 혀로 녹이며 아무 말도 하지 않았다. 서방에게 자세히 말하지 못한 나의 아이와 엽전들에 관련된 말을 꺼내볼 마음이었다. 하나 그 아이를 잃고 보낸 시간은 또 어떻게 설명해야 하는 걸까. 서방은 밤새 잠을 이루지 못하고 뒤척인 나를 염려하며 갯일을 나가지 않았다. 나는 벽을 보고 모로 누웠다 서방 쪽으로 돌아누우며 간신히 말을 시작했다. 내내 굳어 있던 혀가 겨우 풀어진 아침이었다. 내게 비밀로 한 채 엽전을 위조하다 걸려 죽은 서방과 아이를 안고 관군을 피해 도망치던 밤. 나를 따라와 잡아간 의원과 그 의원의 발에 밟혀 배가 터져 죽은 내 아이 귤. 나를 도와준, 글자를 알던 어린 들병이 문이와 배까지 쫓아와 그애를 잡아가던 주막의 사람들에 대하여 소상히 털어놓았다. 이야기를 듣는 내내 서방은 두 손으로 내 몸을 가만히 잡아주었다. 짙은 화상 흉터에 손바닥을 얹어 따뜻하게 덥혀주었다.

자신은 아이를 낳을 수 없는 몸이라고 말하던 서방이 조심스럽게 내 눈치를 살폈다. 나는 놀라움을 내색하지 않기 위해 서방의 두 손을 꼭 잡아주었다. 그후로 우리의 하루하루는 전과 다름이 없었지만 나는 조금 더 세심하게 서방을 돌보았다. 매일 햇빛에 말린 이불을 덮게 하고 갓 지은 밥을 매 끼니마다 먹게 해주었다. 살림에 보탬이 되기 위하여 삯바느질을 하고 어물전에서 생선을 떼어와 내장을 발라 말려 파는 일을 계속 이어갔다. 나를 알아보는 이가 없더라도 먼저 조심하여 몸을 낮추었다. 꼭 필요한 경우에는 서방이 도맡아 일처리를 해준 덕분에 사람을 많이 만나지 않고도 생활을 할 수 있었다. 시간이 지나가는 것을 다행으로 여기며 이곳에서 이렇게 평생을 지내고 싶었다.

장터에서 그 아이를 만나지 않았더라면, 내가 아이에 대하여 궁금증을 품지 않았더라면 우리는 그 시간을 언제까지고 이어갈 수 있었을 것이었다. 귤아. 서방이 아무리 나를 반복해 불러도 대답하지 못하는 날들이 이어졌다. 함께 지내게 된 뒤로 처음 있는 일이었다. 내가 밤마다 잠을 자다 말고 일어나 앉아 헛소리를 한다고도 했다. 아이를 데려오고 싶다는 나의 말에 이번에는 서방이 밤새 잠을 이루지 못하고 뒤척였다. 어디에 사는지, 어디로 갔는지도 모르는 여자애였다. 나는 그로부터 몇 날을 더 장터에 나가서야 아이를 발견했다. 처음 봤을 때와 같이 때가 탄 얼굴이었다. 대체 그 어미가 누구인지, 왜 아이를 이렇게 방치하는가 싶어 부아가 치밀었다. 아이는 나를 보자마자 손부터 잡고 늘어졌다. 그애를 데리고 다니며 노점에서 떡과 강정 같은 주전부리를 사주었다. 변변한 옷이라도 한 벌 장만해주고 싶었지만 부모가 어찌 생각할지 알 수 없어 그만두었다. 자그마한 몸피의 아이가 먹기도 참 많이 먹었다. 옷소매에 들러붙은 호떡의 설탕물을 빨아먹는 아이를 보며 또 귤을 생각했다. 살았더라면 내 새끼도 이만큼 컸을까.

아이는 처음 보는 서방을 스스럼없이 잘 따랐고 내게 아예 찰싹 붙어 팔에 난 흉터를 장난처럼 매만졌다. 서방이 아이를 어르며 사는 곳을 물어보았다. 아이가 거침없이 가리킨 데를 따라가니 주막이었다. 여기 주모나 들병이의 아이인 듯싶었다. 아이와 함께 주막으로 향했다. 다음에 또 만나자고 약속을 하고 돌아선 우리가 주막을 채 벗어나기도 전에 주모인 듯한 여자가 나와서 아이를 마구 다그쳤다. 하는 말투로 보아 어미는 아닌 듯했다. 아이는 누군가의 화가 익숙하다는 표정으로 태연히 마당에서 딴청을 부렸다. 나는 대체 누가 그리 모지락스럽게 아이를 혼내는가 하여 유심히 얼굴을 쳐다보았다. 처음 이곳에 왔을 때 내게 옷을 구해다준 그 아낙이었다. 서방도 아는 얼굴을 만나자 급히 인사를 하며 아이를 더 혼내지 말라고 당부를 했다. 그때 쪽방 문이 열리며 큰 머릿수건으로 얼굴을 거의 다 가린 여자가 나와 아이를 방으로 데리고 들어갔다. 저고리 한쪽이 헐렁하게 늘어져 있었다. 팔 한쪽이 없는 것인가 싶어 자세히 쳐다보려고 했지만 이미 들어가버린 후였다. 들병이들이 거처하는 곳은 예나 지금이나 구조가 엇비슷했다. 내가 잠시 묵었던 주막에도 이런 모양의 방들이 많았다. 방에서 아이 우는 소리가 들렸다. 온 신경이 다 그쪽으로 쏠렸지만 나는 서방을 재촉하여 얼른 주막을 빠져나왔다. 주모가 서방을 붙들고 아이는 이십 냥이라는 말을 했다.

우리는 곧바로 집에 가지 않고 이곳저곳을 오래 걸었다. 다녀온 길을 다시 걸어가보기도 했다. 서방도 생각이 많아 보였다. 물론 돈은 큰 문제가 아니었다. 그동안 우리가 생선을 팔아 모아둔 돈이 제법 되었고 또 벽장에는 생사의 고비를 넘나들며 배에 차고 있던 엽전꾸러미가 고스란히 놓여 있었다. 서방도 나도 엽전꾸러미에는 손을 대지 않았기에 어느 날부터인가 아예 없는 돈처럼도 여기던 참이었다. 여러 가지 생각을 하며 어두운 밤이지만 물가의 모래밭에도 나가보았다. 여기가 어디쯤인가, 내가 살던 곳으로부터 얼마나 떨어진 곳인지 물었지만 서방은 말하지 않았다. 조금 더 지나서야 예의 그 사람 좋은 입매를 하며 그곳을 들어는 봤다고 말해주었다. 내가 처음 누옥에 온 밤에 옷을 구해온 곳이 주막이었느냐 물으니 밤에 급히 옷을 구할 만한 데가 딱히 생각이 나질 않더라며 고개를 주억거렸다. 풍랑이 이리로 데려오지 않았다면, 당신이 나를 건져주지 않았다면 원하는 대로 죽어버렸을까 물으니 서방이 그것 참 고마운 풍랑이라고 맞받아쳤다. 더할 나위 없이 믿음직한 사람이지만 어쩐지 아이를 만난 뒤로는 전처럼 서방에게만 마음을 쏟지 못했다. 게다가 오늘은 여러모로 힘겨운 날이 아니던가.

달의 모양이 저렇게 되었을 때에 내 새끼가 죽었다. 언젠가부터 달을 아무리 들여다보아도 귤의 얼굴이 떠오르지 않았다. 어떻게 생겼는지 생각하느라 내가 울고 있다는 것도 몰랐다. 서방이 가만히 내 눈물을 닦아주었다. 그때 모래밭 주변에서 누가 날렸는지 모를 풍등이 바람을 타고 솟구쳤다. 서방을 졸라 풍등을 파는 상점으로 갔다. 막 문을 닫고 나서려던 주인이 한 냥에 세 개를 다 가져가라고 채근했다. 풍등을 사고 집에 들러 어제저녁부터 삭혀 둔 식혜 한 사발을 가지고 나와 바다로 나갔다. 첫번째 풍등은 내 새끼 귤과 목이 잘려 죽은 서방의 명복을 빌며 날려주었다. 그들을 위해 식혜도 한 사발 부었다. 귤의 아비가 그토록 좋아하던 막걸리를 챙겨오지 못했다는 생각이 뒤늦게야 들었지만 올해는 식혜만 붓기로 했다. 조금 지난 후에 날린 풍등에는 지금 내 곁에 있는 서방의 평안을 빌어주었다. 나머지 하나는 주막의 그 아이를 위해 불을 붙였다. 점점 강해진 바람에 풍등도 휘청거리고 파도가 거세졌다. 마지막 풍등이 파도 속으로 사라졌다. 풍등의 흔적 때문에 눈이 시렸다. 집으로 돌아오는 내내 왼쪽 가슴이 저렸다. 제상 한 번 차려주지 못하는 내 새끼의 기일이 그렇게 지나가고 있었다.

아침 일찍 서방의 배가 마을에서 멀어지는 것을 보고 돌아선 길이었다. 정신을 차려보니 주막으로 가는 쪽이었다. 아이가 주막의 어귀에서 해찰을 피우다 나를 발견하고 반색을 하며 뛰어왔다. 한참을 아이와 놀아주며 시간을 보냈다. 주막으로 가는 길에 팔이 하나 없는 여인과 마주쳤다. 이번에는 머릿수건을 쓰고 있지 않았다. 나도 모르게 주저앉아 이름을 불렀다. 갑자기 눈이 보이지 않았다. 가슴이 누가 꽉 쥐어짜기라도 하는 것처럼 막혀버렸다. 주막에서 쳐대는 주모의 악다구니가 길가에까지 들려왔다. 주모의 악다구니가 장터를 가득 울려댔다. 서둘러 주막으로 들어가는 모녀를 뒤로하고 집으로 걸어오다가 멈춰서 속엣것을 게워냈다. 서방이 돌아오려면 며칠은 더 있어야 했다. 습관처럼 배를 만지니 차고 다니던 엽전꾸러미의 감촉이 생생하게 되살아났다.

그 밤에 아이와 어미가 우리집으로 찾아왔다. 아이가 나를 따라다니며 집을 익혀둔 덕분이었다. 미처 어서 오라는 말도 못했는데 모녀는 늘 오던 곳을 방문한 사람들처럼 당당하게 들어왔다. 나는 어미인 여자를 부둥켜안은 다음에 무엇을 어찌할 바를 몰라 허둥거렸다. 온몸이 다 심장인 것처럼 귓전이 둥둥 울렸다. 나는 한 팔을 잃은 어미의 어깨를 오랫동안 다독였다. 얼굴에 온갖 풍파가 가득해 바라보는 것만으로도 내 손이 시렸다. 여기까지, 어이 온 게야. 어찌 이리되었니. ……살아 있었구나. 차마 대답도 못하는 문이의 얼굴도 눈물범벅이었다. 주막에서 보낸 자들이 사정없이 문이의 몸을 배 아래로 패대기치던 때로부터 여기까지 오는 동안 문이의 얼굴에는 화인火印이 생겨났다. 한쪽 팔을 잃었다. 그날 문이는 주막으로 돌아가지 않았다. 아침이 되어 약속된 시간에 맞춰 주막으로 돌아가야 하는 문이에게 나는 벽장의 보퉁이에서 엽전을 꺼내 쥐여주었다. 언제든지 힘들 때마다 찾아오라는 당부도 잊지 않았다. 돈을 보고 화색이 도는 문이의 얼굴을 나는 두 손으로 조심스럽게 보듬었다. 여러 가지 생각과 지난 일들을 이야기하느라 문이나 나나 한숨도 자지 못한 상태였다. 잠이 다 깨지 않아 칭얼대는 아이의 손을 잡고 문이가 대문을 빠져나갔다. 나는 그들이 더이상 돌아보지 않을 때까지, 돌아보지 않는 모녀가 아예 보이지 않을 때까지 손을 흔들었다. 멀리서 보니 어미의 잃어버린 팔 한쪽이 아이의 어깨에서 자라고 있는 것 같았다.

며칠 후 뱃일을 마친 서방이 돌아왔지만 나는 자리를 털고 일어나지 못했다. 문이의 모습이 자꾸 떠올라 죄에 죄를 더하는 느낌이었다. 배에서 끌려가던 문이의 뒷모습이 내가 눈을 두는 곳곳에서 튀어나왔다. 아이의 꺾인 팔을 도끼로 내리치는 얼굴은 의원인가 망나니인가 주모인가. 나는 떨어져나온 문이의 팔을 받아 안은 채 목놓아 울었다. 내 이야기를 듣고 얼마간은 체념한 듯이 앉아 있던 서방이 밖에 나가 한참이 지나도 돌아오지 않았다. 동틀녘이 다 되어서야 흠뻑 취해 돌아왔다. 술기운에 들뜬 서방이 내 이름을, 아니 내 아이의 이름을 부르며 몸을 뒤척였다.

홍합죽으로 해장을 한 서방과 내가 조심스럽게 주막으로 향했다. 다섯 살 난 여자아이를 사오는 데는 배 한 척의 값이 들었다. 스무 냥이라고 속삭이던 주모가 그사이에 아이의 몸값을 올려둔 탓이었다. 어미까지 같이 데려가려면 백 냥이라고 했다. 그간 우리가 모아둔 돈으로 두 사람은 사올 수 있다고 여겼지만 작은 아이 하나를 빼오기에도 빠듯했다. 문이도 데려오려고 여기저기에 돈을 꾸러 다녔지만 역부족이었다. 홀아비가 바다에서 건져온 여자와 살림을 차리더니 이제는 새끼와 들병이를 사러 다닌다는 소문이 작은 마을 곳곳에 퍼져 있었다. 갑작스레 돈을 융통하려면 고리대금업자를 찾아가야 했다. 그것은 하지 말라고 내가 말렸다. 문이와는 머지않은 훗날을 기약했다. 문이는 아이를 잘 부탁한다고 말하면서도 품에 안은 아이를 놓지 않았다. 엽전꾸러미를 세고 있던 주모가 나와 문이의 팔을 풀었다. 아이를 안기에도 힘겨운 한 팔은 드센 주모의 두 팔을 이겨내지 못했다. 방문 안쪽에서 문이가 소리를 죽여 우는 소리와 놀란 아이가 우는 소리가 한 뭉텅이로 내 등을 떠밀었다. 우리는 서둘러 주막을 빠져나왔다. 계속 이어지는 매듭같이 긴 하루였다.

서방이 주모에게 가서 문이를 하룻밤 사왔다. 아이가 온 지 두어 달 만의 일이었다. 단 하루라도 편히 지내다 가라는 우리의 호의였다. 엽전 다섯 냥으로 사람의 하루를 살 수 있다는 주막의 계산법이 참 야박하다 싶으면서도 그것밖에는 달리 방도가 없었다. 아이의 손을 잡고 장터에 나가 제 어미가 좋아하는 것을 물어 이것저것 사왔다. 아이가 대부분 제 입맛에 맞는 것으로 골랐지만 개의치 않고 다 사주었다. 오후 내내 준비를 해서 기름진 찬으로 밥상을 마련했다. 이것저것 가리지 않고 허겁지겁 먹어대는 문이에게 이 아이만큼은 배를 곯지 않게 하겠다는 약조를 했다. 문이가 친어미인 자신보다 나에게 더 매달려 있는 아이를 굳은 얼굴로 노려보았다. 아이가 잠들자 서방이 벽장문을 열어 미리 준비해 둔 돈을 내밀었다. 꼭 위급할 때에만 쓰라는 당부도 잊지 않았다.

사주전도 섞여 있었지만 문이는 개의치 않아했다. 서방이 생선을 팔고 갯일을 하고 받아온 일당 중에서도 심심찮게 섞여 있는 사주전이었다. 아무리 많은 엽전들 틈에 섞여 있어도 이상하리만치 내 눈에 잘 띄었다. 그때마다 내 몸의 어느 한쪽이 뎅겅 잘려나간 느낌이었다. 엽전을 차고 뛰느라 멍이 들었던 옆구리를 쓰다듬었다. 여러 해가 지나는 동안 멍은 사라졌지만 벽장 속의 엽전꾸러미를 생각하면 늘 그곳이 검게 변하는 것 같았다.

아이는 옆 마을의 절로 글공부를 하러 다녔다. 아이를 데려오자마자 서방이 제안한 것이었다. 아이에게 글자를 가르쳐주자는 말이 어찌나 반가웠던지 그날 바로 서당에 가보았다. 그러나 마을의 서당에서는 우리 아이를 받아주지 않았다. 우리 가족에 대하여 많은 소문이 돌아다니는 모양이었다. 속이 상해 돌아오는데 아이가 연을 사달라고 졸랐다. 전에 풍등을 샀던 상점이었다. 그곳에서 비구니들만 사는 절의 어떤 스님에게 글공부를 할 수 있다는 말을 전해들었다. 우리는 다시 쌀 서 말을 준비해 절에 찾아갔다. 그곳의 스님으로부터 선善이라는 이름을 받았다. 선이가 글자를 배워와 우리에게 가르쳐주는 밤이면 등잔불의 심지를 여러 번 돋워야 했다. 서방도 나도 조금씩 글자를 익히고 쓸 줄 알게 되자 새로운 세상이 열리는 느낌이었다. 장터에 나가 셈을 할 적에도 숫자를 읽고 글자를 쓰니 장사치들이 함부로 바가지를 씌우지 않았다. 훗날 아이에게 '귤'이라는 글자는 어찌 쓰는 것인지 배워보리라 다짐했다. 제 친어미도 사실은 글자를 아는 사람이었다고, 문이는 이미 여러 가지 글자들을 읽고 쓸 줄 안다고 말을 해주었더니 선이가 나를 의아한 눈으로 쳐다봤다.

글자를 배우느라 애를 쓰는 선이가 대견해서 엿가락을 사주고 돌아서니 멀리 주막이 보였다. 문이에게 조금만 더 기다리라고, 돈을 모아 빼내어주겠노라고 단단히 약조를 한 지 근 일 년이 다 되었다. 선이는 주막의 어미와 나를 함께 엄마라 불렀다. 따뜻한 밥을 지어 선이를 먹이고 보드랍고 깔끔한 옷을 해 입히니 전에 볼 수 없던 귀티가 났다. 우리만 쳐다보기에 아까운 얼굴이었다. 나는 서방이 뱃일을 가서 돌아오지 않는 밤이면 아이를 안고 잤다. 누구라도 옆에 있지 않으면 잠을 자지 못하는 불안병은 몇 해가 지나도 도무지 고쳐질 기미가 보이지 않았다. 밥상을 물리고 등잔 밑에 앉아 글자를 쓰는 선이와 그 선이의 저고리를 짓는 나를 볼 때마다 서방은 이제야 집이 완전해졌다며 반가워했다. 한동안 우리가 초대를 하지 않자 내게서 받아간 엽전으로 제 시간을 사서 집으로 찾아온 문이가 우리를 낯설어했다. 동짓날을 핑계로 제 손으로 직접 쑤어온 팥죽을 선이에게 먹이려고 들었다. 선이 역시 엄마라고 부르며 매달렸지만 전 같지는 않았다. 선이가 팥죽 한 그릇을 겨우 비우자 문이가 돌아갔다. 이번에는 돈을 쥐여주지 않으니 샐쭉해진 얼굴로 형부는 언제 돌아오느냐 물었다. 제 어미가 잠깐 머물다 돌아갔을 뿐인데 선이는 오랫동안 몸을 씻었다. 내가 씻겨주겠다는 것도 마다한 채 부엌에 오래 들어가 있었다.

우리가 돈을 구하지 못하고 머뭇거리는 동안에도 문이의 몸값은 천정부지로 치솟았다. 주막에서도 외팔이 들병이가 골칫거리긴 했지만 사겠다는 사람들이 나타났다는 것을 안 이상 몸값을 흥정해줄 리 만무했다. 나와 서방이 감당할 수 있는 액수가 아니었다. 집 혹은 배를 다 팔고도 빚을 내야 할 지경이었다. 차일피일 미루던 것이 지금이 되었다. 급기야 주모가 문이를 두 달 안에 데려가지 않으면 다른 마을로 팔아버리겠다는 반협박조의 조건을 내걸었다. 서방에게는 또 뭐라고 이야기를 꺼내야 할지 막막했다. 나는 벽장 안에 놓인 사주전 더미를 생각했다. 야금야금 문이에게 쥐여준 돈만 해도 쉰 냥 가까이 되었다. 나를 잘 따르면서도 몸이 아프거나 밤에 잠을 잘 때면 간혹 제 어미를 찾는 선이를 두고 멀리 떠날 수도 없었다. 선이를 찾는 어미의 심정을 모른 체할 재간이 있는 것도 아니었다. 서방의 근심과 나의 초조함은 날로 그 진동을 더해갔다.

예고도 없이 갑자기 나타난 문이가 연을 날리고 돌아와 내가 해둔 김치전을 찢어 먹던 선이의 등짝을 후려쳤다. 손으로 사정없이 제 아이를 때리면서도 입으로는 나를 힐난했다. 나는 미안하기도 하고 무안하기도 해서 주머니에 있던 엽전을 모두 털어주었다. 식은 전을 먹다 매를 맞은 아이가 안쓰러워 다시 부엌으로 가서 솥

뚜껑에 들기름을 둘러 전을 부쳐주었다. 돼지비계 몇 점과 저민 문어 살을 넣어 버무린 전을 다시 해갔지만 아이는 먹지 않았다. 때마침 돌아온 서방이 전을 찢어 달게 먹었다. 서방은 문이와 나의 기색을 살피다가 애써 우스갯소리를 해가면서 막걸리를 마셨다. 문이가 돌아가야 할 시각이었다. 선이가 잠이 든 까닭에 내가 나설 수가 없었다. 술에 취한 서방이 문이를 바래다주러 갔다. 나는 삼경이 되어도 돌아오지 않는 서방을 기다리다 선이 곁에서 깜빡 잠이 들었다. 밤새 홀로 뱃일을 하는 문이 꿈을 꾸었다. 꿈에서 마주친 것만으로도 가슴이 짓눌린 듯 답답했다.

눈을 뜨니 서방이 와 있었다. 나는 잠든 식구들이 깰까봐 조심스럽게 방문을 열고 나오다 급히 벗어둔 웃옷에 꿰매주었던 주머니가 뒤집어져 있는 것을 보았다. 텅 비어 있었다. 생선값을 받는 날이라 돼지고기를 끊어다 찌개도 끓였는데 어찌된 일인가. 서방이 깨어나면 물어보려고 했지만 공부하러 가는 아이를 데려다주어야 할 시간이었다. 숙취에 시달리던 서방은 내게 식혜만 한 사발 받아먹고는 다시 자리에 누웠다. 나는 술에 전 서방의 냄새가 꼭 주막 냄새 같아서 옷이라도 갈아입으라고 채근했다. 겨우 일어나 옷을 벗는 서방의 등에 가만히 매달렸다. 까닭 없이 불안한 마음이 들어 서방의 몸을 더 살살이 보듬었다. 오래간만에 몸을 섞고 겨우 마음을 털고 일어나니 밖에 선이가 와 있었다. 주막에서 나고 자란 까닭인가. 선이는 어미 아비의 벗은 몸을 보고도 놀라지 않았다.

겨우 옷차림을 수습하고 나가 밥상을 차렸다. 강된장에 두부를 얹어 먹는 것을 특히 좋아하는 아이를 위해 뚝배기를 올려놓고 두부를 사러 나서던 길이었다. 또 문이가 찾아왔다. 부르지 않아도 자꾸만 찾아오는 문이의 얼굴을 볼 때마다 놀라곤 했다. 왜 자꾸만 오는가. 이제 엄마에게 인사도 안 하느냐는 힐난에 아이가 어깨를 움츠렸다. 제 아비 곁으로 바짝 다가가 앉은 선이가 안쓰러웠다. 왜 애한테 화를 내누? 나도 모르게 새된 소리가 나왔다. 보리밥 한 공기를 더 가지고 들어갔다. 문이는 이달 안에 빼주지 않으면 서방의 애첩이라도 되겠다며 어깃장을 놓았다. 서방이 헛기침을 하며 서둘러 밥을 먹고 나가버렸다. 아연실색한 나를 아랑곳하지 않고 벽장을 뒤져 내 옷을 꺼내 입었다. 언니는 장신구 하나도 없이 사냐며 뜬금없이 비아냥댔다. 내가 서둘러 벽장을 닫았다. 어젯밤에는 말야, 하며 이야기를 꺼내려는 것을 내가 다른 말로 막았다. 서방이 옷을 사주었다는 소리가 자꾸 마음에 걸렸다. 부엌에서 생선을 찌거나 빨래를 하는 동안에도 내내 그 옷 따위가 뭐냐며 혼잣말을 되뇌었다. 내게도 옷을 구해주었던 친절한 서방이었다. 불쌍한 문이의 처지를 생각하면 충분히 그럴 수도 있는 일이었다. 그쯤은 아무것도 아니었다. 옷이야 뭐 돈만 주면 백 벌은 더 사는 것이 아닌가. 누구에게랄 것 없이 애정을 갈구하는 문이의 착각이 되레 안쓰러웠다. 옷을 사줬으면 사줬지 그것을 굳이 여기에 와서 이야기하는 삿됨은 또 무엇인가. 이제는 돈을 쥐여주어야만 주막에 가는 문이, 동정을 애정으로 착각하고 싶은 문이, 제 아이에게까지 냄새나는 엄마가 된 문이, 도장 찍힌 화냥년, 팔도 없는 병신.

우리는 사나흘이 멀다 하고 찾아오는 문이를 거부하지도 못하고 내내 속을 앓았다. 밤중에 술이 잔뜩 취한 채로 찾아와 선이를 제가 안고 자겠다며 어깃장을 놓았다. 나는 서방에게 미안하고 아이에게도 못 볼 꼴을 보이는 것 같아 화를 내며 돌아가라고 소리 질렀다. 나는 아직 서방이 사줬다는 옷에 대해서도, 팔이 왜 그리 되었는지도 묻지 못했는데 속수무책으로 문이의 방문을 당하고 있었다. 언젠가는 또 밤이 깊어도 돌아가려 하지 않아 주모가 보낸 남자들이 우리에게 직접 돈을 받아갔다. 우리 이사가면 안 되느냐고 말을 꺼낸 것은 묵묵히 제 어미의 행동을 지켜보던 선이였다. 놀란 서방과 내가 그러면 안 되는 거라고 말은 했지만 계속 그 말이 마음에 남았다. 문이의 처지와 우리의 옛일이 겹쳐 여러모로 휘청거리는 날들이었다. 조금씩 살이 오르던 나는 처음 이곳에 왔을 때처럼 말라갔다. 매몰차게 제 청을 거절하자 휙 돌아서는 문이의 저고리 왼쪽이 이리저리 흔들렸다. 서방이 모든 것을 체념한 얼굴로 나를 바라보았다. 나는 괜스레 서방에게도 화가 났다. 나를 걱정하면서도 문이의 어두운 길을 염려해 주막에 데려다주고 온 직후였다.

이녁은 친절이, 병이오.

마음과 달리 말이 튀어나와 적잖이 당황했지만 이미 뱉은 말이었다. 거둘 수 없는 것은 말이 아니어도 많았다. 이를테면 문이 같은 것. 그러나 나를 만나지 않았더라면 겪지 않았을 일들을 겪는 서방에게 못할 짓이라는 생각에 서둘러 이사라도 가야 할 판이었다. 가장 거두지 말았어야 하는 것은 사실상 내가 아니었나 싶은 생각이 목젖까지 차올랐다. 서방의 친절을 가장 먼저 받은 사람이 바로 내가 아니던가.

집을 팔아서라도 문이를 꺼내주고 우리는 이사를 갈 작정이었다. 나는 선이를 데리고 밖에 나갈 때마다 일부러 주막 쪽은 피해 갔다. 서방이 이리저리 돈을 융통해보려 했지만 녹록잖았다. 이제는 들병이 아이까지 데려와 산다는 소문이 마음껏 부풀려져 서방을 운신하지 못하게 했다. 어부들이 모여 일하는 곳에서도 제외되기 일쑤였다. 우리가 가족을 만들어 사는 일이 이토록 어려운 것이냐며 서방이 내 앞에서 울음을 쏟아냈다. 나날이 막걸리를 마시는 횟수가 늘었다. 그 옛날 이웃에 살던 칠포댁으로부터 막걸리 빚는 법을 배워둔 것이 이렇게 쓰이게 될 줄은 몰랐지만 내가 빚는 술이 제일 맛있다고 치켜세워주던 서방이었다. 때마침 또 찾아와 이자 받으러 온 고리대금업자처럼 구는 문이를 으름장을 놓아 내쫓았다. 내가 부르기 전까지 오지 말라고, 여기가 너희 집이냐며 새된 소리를 내질렀다. 그러나 문이는 끝내 나를 아랑곳하지 않고 내 등뒤에서 술 취해 잠든 서방만 뚫어지게 쳐다보았다.

처음 보는 나의 기세에 아무 말 없이 돌아선 문이의 치맛자락이, 저고리 한쪽이 바람에 미친듯이 나부끼는 것이 눈에 들어왔다. 노기가 아니었어도 나는 진즉 문이에게 그런 말을 했을 터였다. 대체 내가 너에게 무슨 죄를 그리 많이 지어 이러고 살아야 하느냐고 덧붙이려다가 선이가 보고 있는 눈을 의식해 더는 말하지 않았다. 닫아둔 방문에 바람이 스치는 소리만 들려왔다. 가쁜 숨을 고르느라 서방이 깬 것도 몰랐다. 잠결인 듯 돌아눕는 그의 눈매가 사나웠다. 서방이 먹다 남긴 막걸리잔을 들었다. 긴 한숨이 나와 술이 눈동자에 튀었다. 잠결에 엄마를 찾는 선이의 이불을 끌어올려주었다. 잠들었는가 싶어 서방의 얼굴을 들여다보니 눈매가 다시 선하게 풀어져 있었다. 서방도 사람인데 당연히 한계가 있을 것이었다. 우리는 이미 그 한계를 넘어섰는가. 비칠비칠 걸어나와 눈 쌓인 마당에 오줌을 누었다. 오줌 눈 자리에서 뿌연 김이 올라왔다. 달이 구름에 가려졌는데도 환한 밤이었다. 여기가 꿈속인지 마당인지 헷갈렸다. 어느새 선이가 엄마를 찾으며 마루까지 나와 있었다. 나온 김에 누고 들어가라고 채근해 아이를 요강에 앉혔다. 마당가에 다시 오줌을 버리고 돌아서는데 문이가 보였다. 요강을 버리고 선이에게 달려가 꼭 그러안았다. 아이를 안은 채 돌아보니 문이가 없었다. 잘못 본 것인가. 무섭다고 칭얼대는 아이를 방에 들여놓고 돌아섰을 때였다. 구름이 가시고 달이 나와 눈 쌓인 곳을 환하게 비추어 대낮 같았다. 그 흰 천지를 횃불이 갈랐다. 눈을 비비고 다시 자세히 그곳을 응시했다. 먼 데서 가까이로 둥둥 떠 오는 일군의 횃불들이었다. 장침이 온몸을 훑는다면 이런 느낌일까.

짚신을 신은 채로 방에 뛰어들어가 서방을 깨우고 아이를 이불째 돌돌 말았다. 미친듯이 서두르는 내 기세에 놀란 서방이 무슨 일이냐 물으면서도 잽싸게 나와 아이의 손을 잡아끌었다. 그 와중에 서방이 벽장 속의 보퉁이를 챙겼다. 우리 배까지 뛰어가는 동안 짚신이 벗겨지고 버선이 찢어졌다. 우리는 언 발로 뛰고 또 뛰었다. 서방이 자꾸 넘어지려는 선이를 아예 들쳐업었다. 비틀거리면서도 선이와 내 손을 놓지 않으려고 애를 쓰는 서방에게서 엽전 보퉁이를 건네받았다. 나는 엽전 보퉁이를 다시 배에 차고 뛰었다. 서방과 아이를 놓치지 않으려 이를 악물고 달렸다. 횃불이 집 주변에서 일렁이며 사라지고 다시 나타나기를 거듭했다. 횃불을 받은 마을의 지붕들이 환하게 타올랐다.

바다 쪽으로 다가들던 횃불이 사라졌다. 내가 선이를 건네받다가 넘어졌다. 서방이 선이를 잽싸게 다시 안고 뛰었다. 잠시 사라졌던 횃불이 우리 앞에 나타나 일렁거렸다. 나는 그것이 관군인지 주막의 사람들인지 구분할 수가 없었다. 배에 찬 엽전들이 뛸 때마다 출렁거려 명치가 아파왔다. 바다로 가는 길은 험하고도 멀었지만 그렇다고 이렇게 포기할 수는 없었다. 이제 나에게는 서방과 선이가 있지 않은가. 횃불 하나가 바투 날아와 내 등 쪽에 내리꽂힐 뻔했다. 서방이 횃불을 집어올려 휘둘렀다. 초가지붕에 불티가 옮겨붙었다. 눈이 쌓이지 않은 지붕 쪽이 활활 타올랐다. 우리는 멈추지 않고 달려갔다. 이불에 둘둘 만 선이와 엽전 보퉁이를 배에 던져두다시피 하고 서방과 내가 배를 밀었다.

밀물이 오는 때였다. 파도를 따라 언 것들 사이로 버석버석 걸어가 배를 밀었다. 언 바다에 박힌 배를 움직이는 일은 한 사람의 힘으로 어림도 없었다. 나와 서방이 힘을 합하니 겨우 배가 움직이기 시작했다. 먼저 나를 배에 태우고 서방은 조금 더 배를 밀다가 올라왔다. 아이의 몸도 차갑게 식어 있었다. 횃불이 바다 지척에 다가왔다. 우리 식구를 전부 태운 배가 조금씩 물살을 탔다. 징그럽게도 환한 달과 곳곳에 쌓인 눈에서 반사된 빛이 우리 모두를 비추었다. 저 횃불들 사이에 있을 얼굴들을 생각하자 저 불마저도 쩽겅쩽겅 얼려버리고 싶었다. 선이는 어미 아비가 모두 배에 타 저를 안아주니 그제야 울었다. 배를 미느라 급히 던져두었던 엽전 보퉁이가 내 발치께로 떨어졌다. 서방과 내가 쉬지 않고 노를 저었다. 언 노에 손바닥이 쩍 하고 들러붙었지만 떼어내지도 못한 채 계속 노를 움직였다. 손바닥이 찢어져 피가 흘렀다. 얼음이 둥둥 떠 있는 바다에 노가 척척 내리꽂혔다. 마을에서 한껏 멀어지자 서방이 노를 놓고 나와 선이를 안았다. 귤아. 오래간만에 서방이 나를 부르는 소리를 마지막으로 챙겨 들었다. 껍질처럼 우리를 감싼 서방이 가장 먼저 얼었다. 얼마 지나지 않아 내 품에 안겨 있던 선이가 엄마, 하며 나를 흔들었다. 새파란 아이의 입술에서 말이 새어나올 때마다 흰 김이 서렸다. 우리가 탄 배가 사정없이 흔들리며 얼음 사이를 빠져나가다 다시 파도를 만났다.

배가 하늘 깊이 올라갔다. 파도를 따라 물에 내려앉았다가 다시 솟구쳤다. 배가 몇 차례 뒤집히려다 제자리를 찾는 동안 우리는 한없이 들썩이다 튀어오르며 제자리로 돌아왔다. 정신을 놓은 서방을 불러보려 했지만 입이 떨어지지 않았다. 아이를 안느라 깍지를 낀 내 두 손도 풀어지지 않았다. 눈꺼풀이 얼어 눈이 반만 감겼다. 배 위에 뜬 달이 꼭 우리 선이 얼굴 같았다. 죽은 귤 같았다. 거대한 엽전 보퉁이처럼 둥글게 몸을 만 파도가 이쪽으로 몰려왔다. 허공에서 언 파도가 쇳소리를 내며 배 위로 부서졌다. 내 새끼들이 나를 계속 부르는가.

파도를 받은 달빛의 기포가 차가웠다.

커피
다비드

Open, 10:00 AM.

*

케냐 피베리

두 쪽의 생두가 들어 있는 일반적인 커피콩과는 다르게 통생두, 이른바 'Hole Bean'이다. 둘로 나뉘어야 할 영양소가 하나로 뭉쳐져 있다 하여 커피의 에센스라고도 부른다. 달고 신 맛이 응축되어 있으며 진한 재스민 향이 난다. 커피나무 열매 중 약 칠 퍼센트 정도의 비율을 차지하며 가지 끝에 주로 매달려 커피의 진주라는 별칭도 있다. 볶는 시간과 숙성 기간이 일반 콩보다 길다.

진하게 좀 부탁드려요. 네, 그거요. 엊그제는 끝맛이 약간 알싸했는데 오늘은 좀더 익었겠죠? 배 보내고 오는 길이에요. 잘 갔어요. 가는 거 보고 바로 돌아서려고 했는데 어째 발이 잘 안 떨어지데요. 늘 가던 길로 아예 갔어요, 우리 배. 그 사람이 키를 잡을 때도 배가 항상 수평선 쪽으로 죽죽 나아갔는데 오늘도 그랬어요. 한참 보고 있으니까 마치 남편을 배웅하러 온 것 같더라고요. 아, 감사합니다. 향이 좋네요. 같이 한잔하세요. 다비드 님 커피는 제가 살게요. 괜찮아요, 드세요. 오늘 뱃값도 받았는걸요.

내가 여기 온 걸 알면 또 잔소리 엄청 해댈 텐데, 하면서 왔어요. 그 사람이 집에 오게 되면 언제 다시 일하러 나가나 기다리는 것도 일이었는데 이제 그것도 옛말이네요. 아마 아직도 이해 못할 거예요. 이 건물이 자기가 잡아온 생선들 팔아주던 횟집에서 카페로 변한 것도, 제가 여기 단골이라는 사실도 말예요. 그 사람은 오로지 봉지 커피밖에 몰랐잖아요. 원두커피가 쓰기만 하고 뭔 맛이 있냐고 투덜대면서도 제가 커피값 좀 달라고 하면 두말없이 주곤 했어요. 사실 그 사람이 알고 있는 것보다 저 꽤 자주 왔는데, 그쵸? 그 사람한테 말 안 하고 올 때는 여기서 나쁜 짓 하는 것 같기도 했어요. 언젠가 한번은 우리 배 들어오는 거 보고 놀라서 커피 마시다 말고 나간 적도 있잖아요. 기억하시죠? 네, 그날요.

처음에 이 원두를 권해주셨을 때는 이게 뭔가 싶었는데 이제 다른 것은 못 마시겠어요. 뭔가 꽉 들어찬 맛인데 아무튼 제가 표현을 잘 못해서…… 그 사람 배까지 갔으니 이제 진짜 아무것도 없네요. 아까 배 보내고 돌아서는데 왜 그렇게 눈물이 나던지. 누구랑 무슨 말이라도 좀 하고 싶어서 왔어요. 오늘 커피가 특히 맛있네요. 그이는 제가 원두커피를 마시면서 달다고 말하는 걸 끝내 이해 못했어요. 제가 설탕 덩어리 같은 봉지 커피를 열 개쯤 탄 물병을 배에 실어주면 그 사람이 조타실로 들어가서 시동을 걸었어요. 어떻게 저 먼 데까지 가나 싶은 지점에서도 그 사람 배는 꼭 돌아오곤 했어요. 제가 너무 보고 싶었다나? 아무튼 누군가 실종이 되기도 하고 전복된 배 밑에서 시신으로 건져지기도 하는 이 바다에서 그이는 언제나 제게 와주었어요. 노을이 짙은 수평선을 가르면서 늠름하게 물살을 헤치고 오는 배라니! 잡아온 것을 하역하고 나면 거의 한밤중이었는데 그때부터는 참 좋았어요. 일하고 와서 정말 피곤했을 텐데도 절 다 받아줬거든요. 제가 막 내린 원두커피 한 모금을 머금었다가 그 사람 입에 넣어주면 정말 두말없이 받아먹었어요. 오늘 커피 어땠어? 하고 물어보면 자다가도 좋았다고 이야기해주던 사람인데. 그러고도 또 새벽같이 일어나 배를 몰고 나갔어요. 천성이 부지런한 사람이라 오래 누워 있는 것도 못했어요. 밤새 내 속에 있던 그이가 바닷바람 가르면서 수평선 쪽으로 쭉쭉 나아가는 것은 또 얼마나 멋졌는지 아세요? 어둠 속으로 끌고 들어간 배 위로 떠오르는 그 둥근 해라니! 저한테는 늘 해 떠오는 수평선 위의 우리 밴데, 이젠 누군가 그걸 지켜보겠죠? 우리처럼 그 배를 아껴주겠죠?

이 넓은 바다 어딘가에 그 사람이 떠 있다고 생각하면 겨울 해는 정말 따뜻했고 여름 해는 진짜 시원했어요. 시원한 해 맞아보셨어요? 바람 많이 불 때 두 팔 벌리고 서서 해를 바라보면 엄청 시원하거든요. 제가 여기 이사와서 처음으로 이름을 붙인 시원한 해예요. 그렇게 해맞이하다 마시는 핸드 드립 아이스커피는 정말 환상이었어요! 시원한 생맥주에도 커피를 부어 마시면 또다른 신세계였죠. 그렇게 제가 그 사람 기다리면서 낮밤 상관없이 마셔댄 커피를 다 합치면 이 앞바다는 차지 않을까요?

무인도 모래사장에 좌주坐洲됐다는 전화를 받은 게 새벽 두시쯤이었는데, 밀물 때 맞춰서 배를 꺼내면 된다는 말을 하더라고요. 저는 걱정돼서 밤새 안절부절못하다가 봉지 커피가 보이길래 닥치는 대로 털어넣고 마셨어요. 단게 들어가니 마음이 좀 눅었어요. 남편 냄새가 나는 것 같기도 했고요. 근데 이 바보 같은 사람이 자기 몸 다친 줄도 모르고 배를 끌어오다 바다 한가운데서 그냥 그렇게 가버렸어요. 배가 표류하고 있는 걸 라라호 선장님이 발견했대요. 해경이 올 때까지 심장 마사지를 했다는데, 그래서 그런지 나중에 염할 때 보니까 가슴팍이 다 멍들어 있더라고요. 대체 무슨 일이 있었는지 온몸에 커피 얼룩이 잔뜩 묻어 있었는데 영안실에까지 커피 냄새가 나더라니까요. 엉망이 된 그 사람 옷매

무새를 바로잡아주다가 살을 만져봤는데 정말 차가웠어요. 그뒤로 자꾸 손끝이 저려요. 장례 끝나고 배에 들어가보니까 조타실에 커피병이 엎질러져서 아주 난장판이더라고요. 그 냄새가 참 슬펐어요. 걸을 때마다 쩍쩍 달라붙던 굳은 커피도 참 뭐랄까, 아무튼요. 이장님이 배 그냥 놔두면 안 된다고, 배 상하니까 빨리 팔라고 해서 팔긴 팔았는데 잘한 일인지 모르겠어요. 마을 사람들이 입으로는 저를 위로하는 척하면서 헐값에 가져가려고들 아주 난리였어요. 그래도 이장님이 주선을 잘해주셔서 좋은 분께 넘긴 것 같아요. 아까 새 주인이 조타실 문 앞에다 막걸리 한 병을 붓더라고요. 당신 나름대로 배에 인사하는 것 같았는데 그걸 보고 나니까 마음이 놓였어요. 배만 보면 그 단 커피 냄새가 났는데 막걸리 쉰내가 진동하는 걸 보니 기분이 좀 이상하더라고요. 이제 어찌될지 잘 모르겠네요. 당분간은 좀 이것저것 정리하느라 바쁘겠죠 뭐.

원두 좀 싸주세요. 숙성된 거 백 그램, 지금 볶고 계시는 거 이백 그램이요. 집에 가서 내려볼게요. 남편은 한 잔도 제대로 못 마셨는데, 이럴 줄 알았더라면 억지로라도 권해볼 걸 그랬어요. 이거라도 많이 먹고 가지…… 맨날 그 설탕물만…… 피베리 한 잔 더 주세요. 잔도 바꿔주세요. 그 러시아 잔에다가요. 네? 아, 그럼 그냥 여기다가 주세요. 이번엔 좀 연하게요. 오늘따라 입에 향이 오래 남네요.

*

에티오피아 예가체프 G1

산미가 풍부하여 여러 사람들에게 두루 사랑받는 커피다. 시큼한 향과 다채로운 허브 향을 동시에 품고 있으며 보디감이 가벼운 것이 특징이다. G1은 1등급이라는 표시다.

사장이 러시아 여행 갔다가 사온 잔이래요, 이게. 귀한 손님한테만 내주는 거라는데 지은씨를 위해 특별히 주문했어요. 컵 문양이 마치 러시아의 그 여름 궁전 같지 않습니까? 이 커피도 역시 우리 지은씨를 위한 거예요, 예가체프 G1. 이르가체페라고도 읽지만 제게는 지은씨 커핍니다. 자, 한번 드셔보세요. 어떠세요? 오늘따라 산미가 아주 풍부한 것이 프리지어 꽃 한 움큼 입에 머금은 것 같지 않으십니까? 커피맛이 마치 우리 지은씨 웃는 모습처럼 좋네요. 하하, 요새는 뭘 봐도 지은씨밖에 생각이 안 납니다. 어제는 여기 와서 커피 마시는데 이 향미가 꼭 우리 지은씨 입술, 아니 그 향…… 여튼 그랬습니다. 저는 요즘 뭐든 다 지은씹니다. 제 할 일도 지은씨고 제 생각도 지은씨고 제 꿈도 지은씹니다. 그리 웃어주시니 더 아름답습니다. 한 잔 더 하시겠습니까? 저는 지은씨가 드시는 것만 봐도 행복하네요.

어제는 문득 이 해변을 걷다가 평생 우리 지은씨와 함께 걷고 싶다는 생각을 했습니다. 제가 조금 많이 미련한 편이라 한 사람 밖에 못 봅니다. 이제 제 눈은 오로지 지은씹니다. 부담을 드리려는 것이 아니라 저는 그런 놈입니다. 지은씨, 저 바다와 해와 모래사장과 커피잔에 맹세합니다. 그리고 이 커피는 이제 앞으로 쭉, 평생, 우주가 끝날 때까지 영원토록 지은씨 겁니다. 제가 카페 하나 차려서 예가체프지은이라는 메뉴를 만들게요. 이 상큼한 꽃 커피 한 잔이면 인생이 참 풍부해질 것 같지 않으십니까? 지은씨, 저 한번 믿어주세요. 우리 당장 다음주에라도 결혼합시다. 아무것도 필요 없어요. 지은씬 몸만 오면 됩니다. 제가 준비 다 할 테니까 지은씬 마음만 열어주세요. 제가 그 안에 들어갈 테니. 하하하! 저는 이미 지은씨 겁니다. 절 마음대로 해주세요. 당장 혼인신고부터 할까요, 우리?

다름이 아니라 그때 이야기한 상가 임대 건 말인데요. 아버님이 저를 탐탁잖게 여기신다면 저는 더 무리할 생각이 없습니다. 일에 대한 아쉬움을 접고 지은씨만 바라볼 겁니다. 그렇게 말씀하시진 마시고요. 아버님이 무슨 잘못이십니까. 제가 부족한 탓이지요. 인감 하나만 있으면 되는데 그게 참…… 우리 사이의 장벽을 없애기 위해서라도 상가 임대 건을 마무리지어야 하는데 저는 이 시련이 우리의 사랑을 더욱더 공고히 하는 것이라 받아들이고 있습니다만, 만일 일이 성사가 안 되면 그냥 저 혼자만 마음을 접으면 되는 거 아니겠습니까? 어차피 지은씨와 지은씨 아버님은 저를 못마땅하게 여기시니. 아니라고 말씀하지 마세요. 그냥 깨끗하게 포기하겠습니다. 예? 아아, 그래주시겠습니까? 그럼 조금 더 기다려보지요. 지은씨도 너무 무리하지 마세요. 여기, 예가체프지은 한 잔 주세요! 그런데 우리 지은씨 얼굴이 왜 이렇게 상하셨나요. 아아, 피곤하세요? 저도 요즘 강원도 리조트 투자 건으로 정신없이 여기저기 다니다보니 너무 고단하네요. 그래도 우리 지은씨 보고 싶어서 밤새 달려왔습니다. 정 힘드시면 그냥 나갈까요? 지은씨 피로가 풀리실 때까지 저기 옆에 가서 잠깐만 쉬었다 가죠, 우리! 걱정 마십시오, 방은 두 개를 따로 잡아 우리 지은씨를 지켜드리겠습니다. 네에? 하나면 된다고요? 그, 그럴까, 아, 안 됩니다. 혼인 전까지는 지켜드리겠습니다. 아아, 왜 이렇게 갑자기 얼굴이 갑자기 피곤해 보이시나요. 우리 얼른 나갑시다.

사장님, 여기 커피 취소요. 지은씨, 가시죠!

*

멕시코 알투라&과테말라 우에우에테낭고

멕시코 알투라는 단조로운 맛과 마른나무 향이 일품이다. 숙성기간이 짧고 생두와 로스팅 상태에 따른 맛의 차이가 거의 없다. 과테말라 우에우에테낭고는 과테말라 원두 특유의 거칠고 진한 맛을 가지고 있다. 입에 머금었을 때의 보디감이 매우 중후한 편이며 매캐한 향이 특징이다.

아저씨, 오늘 멕시코 생두 볶는 날이람서요? 어제 아저씨가 그랬잖아요. 그 촌스런 아줌마들한테 하는 얘기 다 들었어요. 아니 뭐 학교 가기 싫은 건 초딩 때부터 그런 거고 뭐 이게 하루이틀 일인가요. 아저씨 내가 온 게 싫어요? 갈까요? 진짜? 근데 저 배고파요. 이따 짜장면 콜? 근데 멕시코 생두는 어떻게 볶는 거예요? 전에 무슨 피베린가 그거는 한참 볶는 거라고 했잖아요. 제가 수첩에 적어놨어요. 여기 보세요. "통으로 된 생두라 볶는 시간과 숙성되는 시간이 다른 생두에 비해 두 배는 더 걸린다." 제가 이해를 잘 못해서 그렇지 받아 적는 건 잘해요. 네? 아니, 제가 뭐가 시끄러워요?

아, 알았어요. 가만히 있을게요. 수첩에 적기만 할게요. 네? 다시 불러주세요. 자갈자갈 콩 돌아가는 소리 때문에 잘 안 들리거든요. 또박또박 말씀해주세요. 풉. 아저씨 발음 오지게 새네요. 네? 아녜요. "멕시코 원두는 단조로운 보디감이 일품이다. 마른나무맛이 난다"라고 적으면 돼요? 이런 말이 어딨어요, 세상에. 아저씨 나무 씹어봤어요? 아, 알겠어요. 그냥 적기만 할게요. "멕시코 알투라는 숙성 기간에 상관없이 볶아서 바로 마실 수 있는 품종 중 하나다." 아저씨 숙성 기간에 상관없다는 게, 볶자마자 갈아 먹는 거예요? 이거 볶은 거 지금 바로? 한 알만 줘보세요. 저번에 아저씨 이렇게 먹는 거 한 번 본 적 있어요. 그리고 얼마 전에 우리 국어 쌤이 그러는데 그 왜 그 엄청 유명한 그 작가 그, 그…… 아, 맞다. 메밀꽃! 그 작가도 옛날 옛날에 커피 엄청 많이 마셨대요. 강원도 산골에서도 커피를 구해서 마셨대요. 커피가 되게 오래전에도 있었나봐요? 그래가지고 그 메밀꽃 글 쓸 때도 커피 마시면서 썼대요. 그럼 소설 제목도 바꿔야 하는 거 아닌가? 커피 마실 무렵 이런 거로. 아무튼 커피를 넘넘 좋아해서 서울에 있는 백화점에서 커피 가루를 사서 전철을 타고 돌아오는 동안에도 가방에 머리를 박고 냄새를 맡았대요. 전차라고요? 뭐 암튼 그거요. 그 작가 되게 웃기죠? 커피 중독자야 중독자. 작가들이 커피를 마시면서 글을 쓰면 더 잘 써지나? 간지 나서 그런 건가? 나도 그럼 커피 마시면서 공부하면 메밀꽃 작가처럼 될까요? 아저씬 이 얘기 아세요? 대박. 다 아는 얘기를 뭐하러 끝까지 듣고 있대요? 참 나, 얼척없고요, 오지고요, 지리고요. 근데 이 콩은 아몬드맛 나는데요? 아우, 써. 이걸 어케 한 주먹씩 집어먹은 거지? 설탕도 안 넣고. 아저씨 근데 또 뭘 볶는 거예요? 수첩에 적게 이름 말해주세요.

투에투에데남? 뭐라고요? 아저씨가 써주세요. "과, 테, 말, 라, 우, 에, 우, 에, 테, 낭, 고?" 이게 다 한 가지 이름이에요? 헐. 아저씨는 이걸 다 외워요? 아 맞다, 맞다. 전에 커피 이름은 다 생산지 이름이라고 아저씨가 말해줬었는데. 지난달에 인도네시아 파란 달 원두 볶을 때요, 그 파란 달 이름이 너무 이뻐서 제가 또 적어놨잖아요. 어? 저 오빠 또 왔다. 내가 태운 원두 다 줘버린 그 멍청한 오빠요. 탄 거요? 왜 탔냐면요…… 제가 아저씨 손님 받을 때 볶던 원두 태웠는데요, 아저씨 안 보실 때 그 원두 다 줘버렸거든요. 미리 말 못해서 죄송해요. 태운 걸 알면 아저씨가 뭐라고 할까봐 그랬어요. 근데 자꾸 저를 쳐다봐요. 좀 찐따같이 생겨서 별론데. 아저씨, 손님이 계산해달라는데요? 아 참, 아까 저 아줌마가 왜 여기는 이름이 다비드냐고 저한테 물어봤거든요. 제가 알반 줄 알았나봐요. 그래서 아저씨가 다비드같이 잘생겨서 그렇다고 했어요. 대충 뭐 그렇게 둘러댔는데 괜찮죠? 아, 진짜라고요? 와, 아저씨 그렇게 안 봤는데 좀…… 네? 미켈란젤로? 미술시간에 들어는 봤어요. 다비드 상? 잠만요, 검색 좀 해보고. 대박. 아저씨 이거 진심이에요? 아저씨가 이렇게 잘생겼다고? 다비드가 장딴지는 굵고 거긴 좀 작네요? 아오, 제가 너무 크게 말했나요. 조용히 다시 말해드려요? 헐. 그렇게 잘생긴 다비드가 이 코딱지만한 섬에 올 이유가 없잖아요? 아저씨가 정말 잘생겼고 멋지면 티브이에 나오지 여기 있겠어요? 참 나, 말도 안 돼. 네? 제가 왜 나가요? 근데 과테말라 이거는 오늘 왜 볶아요? 비싼 거예요? 그럼 아저씨 이거 팔면 돈 많이 벌어요? 나도 돈 벌어야지. 이 원두는 어떤 특징이 있나요? 왜요, 적어놓으면 좋잖아요. 저 필기는 잘한다니까요? 스모키 화장은 아는데 원두도 스모키예요? 아무튼 스모키한 향이 특징이고, 네? 잘 안 들려요. 보디감이 묵직하다고요? 바디샵? 아저씨는 뭐가 제일 맛있어요? 비싼 거? 바디샵 향 나는 거? 아저씨 내가 스모키 화장 해줄까요?

아, 알았어요. 죄송해요. 인제 말 안 시킬게요.

*

오늘의 커피

주인의 취향과 숙성된 원두의 상태에 따라 블렌딩한 커피. 어떤 원두를 조합하느냐에 따라 맛이 다르다.

카톡 자냐? 왜 톡 안 보냐? 내 톡 좀 빨리 보라니까. 아, 이 새끼 진짜. 그 고딩이 여기 옴. 오늘도 날 자꾸 쳐다봄. 나를 의식해서 자꾸 이쪽을 쳐다보는 게 분명함. **문자** 너데이터켜고빨리톡봐 **카톡** 뭐하냐? 새꺄, 내 말 좀 들어봐. 그 발랄한 고딩이 있지? 아니 터미널 걔 말고 카페에 있다는 애. 쟤 또 왔는데 전에 나한테 원두 선물하고 이젠 날 쌩까네? 밀당인가봐. 아니긴, 야, 뭔가 마음이 있으니까 준 거 아니겠어? 지려. 내 느낌이 맞아 새꺄. 너 같으면 생판 모르고 관심도 없는 사람한테 선물을 주겠냐? 나랑 쟤랑 여기서 마주친 게 얼만데. 쟤 눈웃음으로 막 홀리는데 내가 아주 그냥. 너 같은 새끼나 몰라보지 난 한 번에 알 수 있어. 야, 섬에서는 귀하디귀한 원두를 선물해줄 정도면 쟤가 나한테 폭 빠진 거야.

그렇지 않고서는 그럴 리가 없잖아? 아, 썅. 자꾸 아니라고 할래? 너 어디서 커피 한 봉지 받아본 적 있냐? 분명해, 그린 라이트! 김범, 너 왜 답 안 함? 한 번만 더 읽씹하면 조져버려 아주. 어어어어어! 재, 재 지금 카페 사장 팔짱을 끼네? 헐. 나 보라고 저러나? 진짜 나 보라고 저러는 걸 거야. 당황스럽네? 오늘 내가 아주 끝장을 본다. 후려서 물 뺀다. 야, 나중에 톡. 아 ㅅㅂ 나 커피 쏟음 ㅠㅠ.

*

파나마 게이샤

이른바 스페셜티로 불리는 최상 등급의 커피다. 커피 열매를 대량생산하기 어려운 높은 고도에서 자연 재배로만 수확할 수 있는 품종이다. 보디감은 가벼운 편이며 재스민 향과 시트러스류의 산뜻한 신맛을 가지고 있다.

어이, 다사장. 나 왔네. 거시기 그 콩 찌끄리느라 겁나 바쁜 거 같은디 쫌 이따 나올랑가? 내 여그서 기다리께잉. 옴마? 물이 솔찬히 떨어져붓네. 안 쓰는 봉다리 하나 있음 쪼깐 주쑈. 고맙소잉. 나는 일 없응께 사장님 일 다 보고 보세. 아이고, 여수댁 여그요. 아, 싸게 싸게 오랑께. 나도 시방 왔구먼. 갯것 다 혔고? 욕봤소야.

아, 우덜 목소리가 그로코롬 크다요?

허구한 날 바다에서 소리만 질렀쌍께 그라제. 거시기 여그 앉으씨요. 비싸기는. 오늘은 그래도 되야라. 이거? 아, 비니루도 찢어져부렀네. 다사장님, 여그 오봉 한나만 주씨요. 으잉? 이게 누구여? 아, 그 일수 찍는 김사장 딸? 아따, 너 많이 컸다이. 근디 시방 니는 공부 안 허고 여서 자빠져 자부냐? 어릴 때부터 그라고 대그빡 야물다고 김사장 자랑해싸트만 여그서 이라고 있구마니. 낯짝은 더 반반해졌다야. 아따, 이년 팔뚝 굵네. 그래도 시집은 가야제. 거시기 이 봐라, 고뿌도 지 받침이 있다는디 지금 과년한 처자가 여그서 이럼 쓴다냐? 헐 얘기제 그람. 야도 알 건 알아야 한당께. 집에 돈 쪼깐 있다고 여그서 이러는 거 같은디 그람 안 된다잉. 거시기 빨리 갈 길 가야 느그 엄니도 맘을 편히 묵제.

아, 이럴라고 온 거시 아니고. 다사장 안녕하셨어라? 이것은 아침에 나가 물질 쪼까 했소. 자연산 전복잉께로 다사장 보신허소잉. 이게 그 여그서 젤로 비싸고 좋은 커피다 이거제? 왐마, 향 조은 그! 냄새 쪼까 맡아봐야. 이런 걸 이 슴에서 보게 될 줄은 꿈서도 몰랐당께. 여수댁아, 니 이거 한 잔 찌끄려봐라. 거 다사장도 한 잔 드씨고. 내가 살 텡게. 아따, 말리지 말어. 오늘은 그러고 싶어라우. 내가 여그서 이것도 못해불고 떠나믄 뭔 재미여. 으미, 근디 이거 오지게 쓰네잉. 설탕 없소? 아니 이걸 뭔 맛으로 마신당가? 고것 참 허벌나게 쓰네잉. 혹시 여기 믹스커피는 없소? 내가 입맛이 영 그라구만, 거시기 함 먹어는 보께. 뭔 쐬주맛도 나는 것 같고 그라제만 뒷맛은 깨운하구먼. 싸게 싸게 찌끄려봐. 돈은 얼마든지 있응께 한 잔 더 마셔부러도 돼야, 여수댁. 괜찮여. 오늘은 그러고 싶단 말이여. 여기 츰 앉아보네잉. 폴새 가분 사람들 생각도 나고 뭐 그라구만. 이 큼큼한 슴에 이렇게 뽀얀 가게가 들어설 줄 어케 알았당가. 시상이 변해부렀어. 인자 여그도 문화적인 거시기가 있는 거시기랑께.

엊그제 핀지가 왔어. 핀지. 출소허믄 엄니 모시고 효도한디여. 츰 받아봤어. 생각해봉께로 오늘이 갸 생일이여. 귀빠진 날 멱국 한 그릇도 제대로 끓여주지 못허는 이게 다 뭔가 싶당께. 더 마셔도 돼야. 술도 아니고 커핀디 뭐. 이…… 거시기 항암은 다 끝났는디, 또 옮겨붙었나벼. 암땡이가 질기기도 혀서 도통 떨어져불 생각을 안 허네잉. 여수댁. 내 할말이 있어서 열로 불렀어야. 우리가 허구한 날 요 앞바다에서 물질은 혔지만 여그 들어와본 적이 없었잖여. 나가 아무리 심들게 살어도 하나 있는 새끼 그 감옥소에 넣고 사는 인생이니 한시도 편케 산 적이 없어야. 니, 알제? 밖에 나와 돌아댕기면 전복 넣어서 멱국 한 사발 찐허게 끓이줬을 껀디 인자 나가 언제 또 그래보겄소. 요새는 밥도 잘 안 넘어가는 것이 조시가 션찮어. 그래서 기운 있을 때 여그도 함 와보고 여수댁헌티 청헐 것도 있고 혀서.

거시기가 오래 감옥소에 있어붕께 아마 시상 물정 모를 거여. 그때 좀 잘 갤쳐주소. 내 여태 한스러운 것이 그노무 새끼 그라고 싸돌아댕길 적에 머리라도 확 밀어서 어디 들여보냈어야 했는디. 갸가 머리가 겁나 좋은 애였잖여. 노력을 안 해서 그라제 허믄 쩌, 그 높은 디까지는 아니더라도 어디 선생 자리 하나는 혔을 애여. 친구 잘못 사겨서 그렇지. 만기가 내후년인디, 아마 나는 쪼깐 어려울 거시여. 아헌티 말은 안 혔어. 몰르는 것도 괜찮고. 면회는 지난달에 다녀왔는디 자꾸 엄니 어디 아프냐고 물어봐싸서 그만 가야겄네. 영치금이나 쪼까 더 넣어돌라 캐쌓기나 허고 안직도 철이 없드란마씨. 여수댁, 내 앞으로 된 거시기가 이게 다여. 나가 믿을 만한 사람이 여수댁밖에 없응께. 부탁 좀 혀. 조합 돈 비밀번호는 즈 아부지 생일 네 자리라고 허믄 갸도 알아들을 겨. 그거로 터 잡을 때까지만 보살펴주소. 내 죽어서도 잊지 않으께잉. 이 말 헐라고 불렀소.

다사장 같은 이런 번듯한 가게는 못 차리더라도 지가 하고 싶은 거라도 함서 살 수는 있을 겨. 그 뭐시냐 이장이랑 같이 가서 공증인가 하는 것도 받아놓은 유언장이여. 금사님이 봐주싱께, 아, 빈호사님. 아무튼 그 높은 분이 봐주셔서 법적인 효력도 있다네. 부탁혀. 어메 아배 잘못 만나갖고 갸가 그런 거제 심성이 아주 나쁜 아는 아녀. 왜 울고 그려. 눈물도 싸. 울덜 말어.

거시기가 갸들 신세 조졌을 때 나도 같이 따라 죽었으야 하는디 목숨이 질기더랑께. 물질을 험서도 가끔 돌고래 같은 게 옆이서 말 걸 때마다 갸들 얼굴이 생각나는디 그때마다 캭 물숨 쉬고 죽어불락 했던 게 한두 번이 아녀. 몇 번인가는 여수댁이 나 건져줬잖애. 디지고 싶었음서도 살고 나면 다행이라고 한숨이 셔졌당께. 새로 옮겨붙은 암땡이가 사실은 말기랴. 항암도 더 못 받는다는구만. 그래서 엊그제부텀 다 정리혔어. 물질도 오늘로 인자 안 헐라고. 그래도 전복 한나는 여그 다사장 주고 싶었네. 사람이 참 좋았당께. 내 아들넘보다 더 나헌티 살가운 것이…… 내 맘적으로는 여그가 잘되기를 바람서도 커피 한 잔 팔아주지 못한 거시 늘 걸렸어. 오늘은 내가 낼라네. 안 받지 말어. 다사장 그리고 행여라도 울 아덜이 와서 커피 맹그는 거 갈쳐달라고 하면 돈 받고라도 꼭 갈쳐줘잉. 소지하는 애로 써도 돼야. 여러모로, 부탁허네. 내가 유언장 뒤에 핀지로 다 썼어. 이게 여그서 젤 좋고 비싼 커피라고? 나 이거 한 잔 마셔봤응게 됐네. 소원이 읎어. 나도 색시 적엔 이런다도 같은 것도 해보고 유행가도 듣고 외국 그 깽깽이 소리도 들음서 살고 싶었다네. 아덜 하나 있는 거 죄인 맹글어놓고도 살아지는 게 인생인디 여태 이거 한 번 못 묵어보고 가는 것도 도리는 아닌께로. 내 맘은 그랬당께. 거시기 오늘 내가 소원 풀이를 한 번에 몽땅 해부렀네. 이렇게 존 디 와서 음악도 들어보고 세상에서 젤로 비싼 커피도 마셔불고 아덜 같은 사장헌티 전복도 따주고. 핑생 친구헌티 할말도 허고. 인자 거시기 죽어도 원이 없네야. 다사장, 한 잔 더 줘보게. 내 한 잔 더 팔아주께.

행? 그건 뭐여. 여튼 같은 거 한 잔 더 해주랑께. 아녀, 아녀. 내가 낸당께 왜들 그랑가. 오늘만큼은 나 허고 자픈 대로 허게 냅두쏘야.

다사장 이 노란 등 밑에서 일케 커피 맹그는 게 바다에서도 보이는디 그게 글케 따땃하게 보일 수가 없었으. 물질허다 보믄 여기 불빛이 꼭 오징어 배같이 보이는디 사람들이 막 오징어떼만치로 몰려오고 가는 게 보일 정도였으. 내가 눈은 좋아서 누가 오가는지도 다 봤당께는. 아덜 감옥소 간 뒤로 이 존 눈으로 눈치만 보고 살었어야. 긍게 자꾸자꾸 눈이 더 좋아져부렀어. 여그 다사장을 내가 많이 훔쳐봤당께. 젊은이가 열심히 사는 모습이 참 좋드라고 나는. 타관 사람 왔다고 동네서 속삭거릴 때도 나는 젊은이가 여서 이런 일 헌다고 헐 때는 뭔가 다 뜻이 있거니 했어야. 그봐, 여가 지금은 동네 명소자네. 늠사람덜만 복닥이다가 다사장이 여그다 불 밝혀놓은 뒤로는 외지 사람덜도 맘 가찹게 댕겨가고 그라다봉께 횟집덜도 다시 열기 시작했자네. 얼마 전에는 테레비두 나오데? 섬에서 문화를 꽃피우는 커피 향기 어쩌고. 내가 거시기 그 말도 다 외워놨으. 을매나 자랑스러웠는지 아요. 유세허러 왔던 대통령이랑 악수할 때만치로 가슴이 콩닥거렸당께. 고마웠소. 노란 불빛만으로도 내 마음 다잡고 물질하러 들어간 때가 한두 번이 아니오. 사람이 홀로 고독허믄 이런 불로도 마음을 뎁히고 그러고 사는 거시제라. 내 그리 살았소. 꼭 우리 아덜 같어서 볼 때마다 맘이 그렇게나 좋트라고. 앞으로도 열심히 사소. 거시기 전복 이빨은 꼭 잘라내야 해. 안 그럼 속 긁어. 안다고라? 오매, 똑똑한 그.

뭐여? 쩌 학상은 여태 안 갔구만. 저, 저저 입은 꼬라지 봐라. ……그려, 저것도 다 한때여. 뭐든 다 좋아 뵌당께, 여그는. 진즉 와서 한 잔 더 팔아줬어야 한디 그노무 돈이 뭐시라고. 나가 여기는 하늘같이 비싼 덴 줄만 알았당께. 여그 커피값이 얼만지 모르제만 다 받으소. 한 잔 그냥 준 것도 셈해서 받으소. 그리고 우리 아덜 좀 잘 부탁허네. 꼭 부탁하요. 두 잔째 마신 거는 어째 별로 안 쓰네 그랴? 같은 거라고? 매실 엑기스 향도 나는 것도 같고. 그려, 이런 맛에 먹는 거구먼. 나중에 나 가거들랑 내 빈소에 이 커피 한 잔 올려주소. 그 값도 여기 놓고 가요. 잘들 지내소. 어허, 안 받기는! 사람 성의 그렇게 무시허는 거 아니요잉. 내가 본디없고 배운 바 없어 이러고 살었지마는 셈 하나는 칼같이 하는 사람이오. 다 받으요. 그리고 복도 다 받고 다사장 여그서 앞으로는 꽃길만 걸으소. 내 많이 고마웠네잉. 오다가다 짐 들어준 것도, 가끔 과일주스 맹글어 내준 것도, 어깨 주물러준 것도 안 잊었소. 다사장은 심성이 착혀서 앞으로도 잘살 거여. 페트병 뚜껑 안 열릴 때마다 갖고 와서 미안하요. 물질로 손가락이 상해서 그런 걸 못 연디 다사장이 한두 번 돌려준 게 아녀. 안 열려서 심퉁난 병 모가지 비틀어줄 때마다 내 속이 다 션했당께. 슴에 살러 온 걸 첨 볼 때처럼 거시기가 참 내 맴이 거시기했당께.

모든 게 다, 고맙소야. 우리 아덜 나오믄 잘 좀 부탁하요.

부탁만 하고 가서 내 미안하요. 여수댁 이거 한 잔 더 찌끄릴랑가?

부디 다덜 장수하소.

*

인도네시아 블루문

인도네시아 커피 특유의 묵직하고도 강한 보디감이 있다. 블루문은 특히 달콤한 꿀 향이 난다. 숙성될수록 그 향이 짙어지고 화산재 지형에서 자란 생두 특유의 매캐한 맛이 독특하게 변화되어 보디감이 묵직하고 끝맛이 달다.

인도네씨아 블루문 주씹시오. 감싸합니다. 또 말 배웁니다. 싸장, 썬생님. 고향, 홈타운 인도네씨아. 저는 푸띠라이입니다. 스물세 살입니다. 남편 있습니다. 결혼입니다. 커피 좋습니다. 우리 인도네씨아 커피, 싸랑합니다. 한쿡말 배웠습니다. 바다 일 합니다. 남편입니다. 시어머니 좋습니다. 딸 이입니다. 두? 둘? 딸 뚤입니다. 엄마 보고 싶니다. 인도네씨아 생각합니다. 커피 마십니다. 싸장님이 친절합니다. 이제 바다 사람들 나 안 놀립니다. 친구들 보고 싶니다. 그리고 커피 마십니다. 답니다. 씁니다. 산이 폭발합니다. 산에 불이 흐릅니다. 연기 올라옵니다. 인도네씨아 화산맛입니다. 바다에는 빠란 달이 뜹니다. 커피가 끔습니다. 한쿡 커피 비쌉니다. 인도네씨아 커피 쌉니다. 매일 마시고 싶습니다. 보고 싶니다. 엄마는 인도네씨아에서 커피 끓입니다. 아침 밤까지 마십니다. 계속 빨리 보고 싶니다. 엄마. 나는 한쿡, 이 썸 싸장님만 친절합니다. 남편 매일 바다 갑니다. 무섭습니다. 집에 매일 안 옵니다. 외로웁니다.

*

탄자니아 킬리만자로 AA

산도가 강하고 보디감이 묵직한 편이며 군고구마 향이 난다. AA라는 표기는 최상 등급의 생두를 나타낸다.

저 사람 우리 양식장 강씨 아저씨 부인 아냐? 나보다도 어리다는. 근데 여긴 웬일이지? 뭐라고 하는지 난 잘 못 알아듣겠던데 다비드는 말을 참 잘도 받아주네. 저 할머니는 또 뭐래? 근데 이 좋은 데 와서 왜들 울고 난리야. 다비드가 저 외국인 쳐다보는 게 신경 쓰여서 공부를 못하겠다. 아까는 어떤 아줌마가 저러더니 이젠 외국인에 이어 할머니들이 다비드를 차지하네. 와, 이젠 내 팔뚝 살까지 뭐라고 하는 저런 사람들 별로 보고 싶지 않지만 나도 올

데가 여기밖에 없다. 도시 애들은 별다방이니 콩다방이니 하는 데서 공부한다는데 나라고 못할 게 뭐 있나 싶어서 와본 데가 여기니까. 이곳으로 말할 것 같으면 섬을 통틀어 유일한 로스터리 카페가 아니던가. 처음에 여기 와서 드라마에 나온 대로 아메리카노에 베이글을 시켰는데 다비드가 "아메리카노"가 아니라 "핸드 드립 커피"라고 말해주었다. 그게 뭔지 모른다는 걸 들키지 않기 위해서 좋다고, 베이글에 크림치즈 좀 듬뿍 얹어달라고 부탁을 했다. 베이글 위에 작은 섬처럼 크림치즈를 쌓아 먹는 것은 어느 영화에 나왔더라. 치즈가 입가에 묻었다고 핑계대며 뽀뽀해대던 애들은 김우빈이랑 써니였나? 아무튼 그렇게 드나들기 시작한 지 이 년째다. 엄마는 매일 내가 여기서 공부를 하는지 마는지 관심도 없다. 매일 양식장 점검하고, 군청에 민원 접수하고, 횟집들 순서대로 돌며 일수 찍기 바쁘다. 나는 두 달 전까지는 9급 공무원 시험공부를 했고 지금은 한국어 강사 공부를 하고 있는 중이다. 엊그제 밤에는 엄마가 뜬금없이 공부 잘되냐고 물어봐서 인강 들어야 한다고 했더니 오늘 노트북을 새거로 바꿔줬다. 매일 카페에 나와 공부를 하니 남들이 보기에는 되게 열심히 하는 것처럼 보이겠지만 허송세월중이다. 한 가지 는 건 있다. 커피맛을 구분할 줄 알게 되었다는 것.

내 입에는 탄자니아 커피가 제일 맞는 것 같다. 몇 번인가 핸드 드립 하는 걸 다비드가 가르쳐줬는데 재미가 없었다. 신기하게 생긴 커피 기구를 좀 사고 싶긴 했지만 그랬다간 엄마한테 혼날 것 같아서 마음을 접었다. 핸드 드립 커피는 내리는 사람마다 맛이 다르다고 했는데 내가 몇 번 내려봤던 커피는 쓰기만 했다. 그러니까 손 커피겠지. 뭐니뭐니해도 우리 다비드가 내려준 커피가 제일 맛있다. 그리고 다비드 옆에서 알짱대는 저 고딩이, 나 쟤 안다. 육지에서 학교 다닐 적에 일진 생활을 해서 여기 학교로까지 쫓겨난 애. 처음에는 그냥 화장을 좀 짙게 하는 여고생인 줄 알았는데 백수인 나보다 여기 더 많이 오는 것이 이상했고, 다비드 모르게 친구들이랑 통화하는 걸 듣고 구글 검색을 해봤다. 내가 이어폰을 끼고 있어서 못 듣는 줄 알았겠지만 그것이야말로 큰 착각. 난 다비드가 하는 말을 듣기 위해 아무것도 듣고 있지 않았다고. 역시나 내 예상이 맞았다. 정말 유명한 애였다. 교복 입고 카페에 매일 출근하는 것부터가 심상찮았는데 알고 보니 학교 폭력 가해자였다. 캐보면 더 나오겠지만 뉴스에 나올 정도라면 정도가 좀 심각할 거라고 짐작만 했다. 더 봐봤자 눈만 버리지 않겠나 싶어서 구글링을 그만두었다. 고등학교 때 내 뒤에 앉아서 압정으로 등을 찌르던 년들이 생각났기 때문이었다. 소년원에 들어갔다는 기사가 저애 얼굴 위로 매번 겹쳤다.

혜정이 엄마는 전날 밤에도 우리집에 찾아와서 굽실대며 돈을 꿔갔는데 걔는 매일 내 뒤에 앉아서 등을 찔렀다. 엄마한테 확 일러서 혜정이네 이자 폭탄이라도 때리라고 말할까 하다가 인생이

불쌍해서 그냥 놔뒀는데 나중에는 지네 엄마가 우리집에서 돈 꿔 간 걸 알고도 나를 괴롭혔다. 돈 없는 애들은 쉽게 난폭해졌고, 제 힘으로 안 되면 세를 불려서 타인을 괴롭히는 데도 월등한 실력을 발휘했다. 그래놓고도 내 답안지를 베껴서 중간 정도의 성적을 유지했다. 반이 두 개만 되어도 어떻게 도망가보겠는데 우리 학교는 학년당 한 반씩이라 중학교 고등학교 육 년을 붙어 있었다. 그래서 내 성격은, 이렇게 됐다. 속으로 생각은 많이 하는데 입으로 내뱉지 못하는 바보. 멍청이. 걔들은 진작에 모두 섬을 떠났지만 나는 그냥 여기에 있었다. 엄마는 내가 폭식을 하는 이유가 다 공부 스트레스 때문일 거라 믿을 뿐, 뒤에서 압정을 찔러대는 애들 때문이라는 걸 끝내 알지 못했다. 혜정이 엄마가 야반도주를 했다. 불어난 이자를 감당하지 못하고 우리 엄마 앞에서 횟집 양도 각서를 쓴 혜정이 아빠가 얼마 후에 바닷가에서 발견되었다. 바다 위를 둥둥 떠다니는 것을 해녀 할머니들이 건져왔다고 했다. 그러니까 섬사람들이 흔히 택하는 투신. 지 엄마가 그렇게 떠날 때까지만 해도 끈질기게 나를 괴롭히던 애가 아빠마저 그렇게 되자 실어증 걸린 사람처럼 말을 잊었다. 내 등에 압정을 꽂는 일도 하지 않았다. 그러니 좀 안쓰러웠다. 나를 괴롭히던 혜정이한테 복수할 생각은 안 하고 대체 왜 이런 생각을 하는 건가 싶었지만, 여하튼 괴롭힘당하고 속으로 저주하다가 걔를 그만 좋아해버렸다는 사실을 알아버린 순간의 멍함이란. 아무튼 나는 늘 하던 대로 티를 내지 않았다. 다만 걔가 화장실 갔을 때 내 지갑에 있던 만원짜리 열 두 장을 모두 걔 가방에 넣어주었다. 내가 가방에서 손을 빼는 것과 동시에 혜정이가 교실로 들어왔지만 서로 알은척을 하지 않았다. 걔가 그날 저녁에 섬을 떠났단 사실은 나중에 선생님한테 들었다. 인사라도 하고 가지, 개년. 처음으로 타인에게 욕을 해봤지만 하나도 후련하지 않았다. 그뒤로는 압정에 찔리지 않고 졸업을 했고 육지에 있는 대학을 다니다 말았다. 대학 졸업장 따위는 공무원이 되는 것에 비하면 아무것도 아니라는 생각은 엄마의 것, 흥미에도 맞지 않는 공부 따위는 안 해도 된다는 것은 나의 생각, 그래도 졸업장 정도는 있어야지가 아빠 생각이었다. 엄마는 오로지 내가 공무원이 되기만을 원했고 나는 오래 앉아 있는 것 외에는 별로 잘하는 게 없었다. 그래서 시작한 공부일 뿐인데 엄마는 당연히 내가 9급 공무원 정도는 될 거라 착각하고 있다. 또 여기 살 적에는 몰랐는데 육지 그 냄새나는 시멘트 건물 속에 갇혀서 스물네 시간, 한 달, 꼬박 일 년 내내 생활하다보니 소화가 잘 되지 않았다. 지긋지긋해도 어쩔 수 없이 나는 내 눈앞이 탁 트여 있어야만 마음이 놓이는 바닷가 사람이었다. 그리움이 커져서 위궤양으로 발전했다. 남자친구 정도는 데리고 내려올 줄 알았던 내가 궤양을 데려오자 엄마는 혀를 찼다. 엄마는 입으로는 욕을 했지만 아침저녁으로 전복죽을 끓여서 내 속을 달래주었다. 속만 달랬으면 됐는데 다시 살이 올라버렸다. 매일 여기에 와서 크림치즈

베이글을 먹고 난 뒤부터는 걷잡을 수 없을 지경이 되어버렸다. 고등학교 때의 몸무게를 가뿐히 넘어선 지 오래였다. 궤양을 덮은 것이 지방이었나. 앓고 난 사람 같지 않게 듬직해졌다. 아무튼 나는 이 섬의 유일한 취준생이며 지역 유지의 딸이자 스물세 살로서의 자존감을 잃지 않고 이 카페에 오는 중이다.

어쩌다 경쟁이 붙어서 저 날라리 고딩이가 먼저 온 날이면 왠지 자존심이 상했다. 고딩이는 학교보다 카페에 더 자주 오는 것 같다. 저런 애가 공부는 무슨 공부. 여기서 또 사고나 치지 않으면 다행이지. 사실 이 카페 건물도 엄마 거다. 그렇지만 꼭 그것 때문에 오는 것은 아니다. 걷기 시작하면 반나절도 안 되어 출발지로 돌아오는 이 답답한 섬에서 갈 데라고는 노래방을 빙자한 룸살롱과 횟집, 다방뿐이다. 내가 공부를 한다고 다방에 갈 수는 없잖은가. 엄마는 다방 것들하고는 말도 섞지 말라고 했다. 그런데 이 좁아터진 섬에서 하루에도 수십 차례 오토바이를 타고 마주치는 다방 언니들에게 인사를 안 하고 배기나. 내가 또 인사성 하나는 밝지 않은가. 물론 안녕하냐는 말 대신 겨우 고개 숙이는 정도지만 말이다. 내 인사를 잘 받아주던 친절한 언니들은 자주 얼굴이 바뀌었다. 간혹 바다에서 죽은 채로 건져올려지기도 했다. 그때마다 내게 압정을 꽂던 혜정이가 생각나서 몇 번 혼자 상처를 받았다가 나도 엄마처럼 그들을 무시하기 시작했다. 다방 언니들이 도망치다가 걸려서 삼촌들한테 얻어맞는 것도 많이 봤다. 삼촌들은 꼭 때려도 다 발가벗겨서 때리더라. 같이 잠도 많이 잤을 텐데 그런 여자들을 그렇게 벗겨서 남들 다 보는 데서 때려야 직성이 풀리나? 아무튼 무식해. 얼굴이 없는 사람들, 하루에 열 번은 더 마주쳐도 얼굴을 몰라야 되는 사람들. 어른이 된다는 것은 얼굴을 모른 체하고 인사를 하지 않는 것과도 같은 건가 싶은 생각이 들었다. 오히려 그게 더 맞는 것 같았다. 알몸으로 처맞다가 눈이 마주친 제 동생 또래의 여자애를 누가 좋아하겠는가. 나라도 싫겠다.

아, 저 백수 또 고딩한테 작업 거네. 모르겠다. 저 사람은 왜 맨날 여기 와서 고딩이 치맛자락만 쳐다보나. 예전에 고딩이가 지가 로스팅 연습하던 원두 한 봉지를 적선하듯 주는 걸 봤는데 그뒤로 저 남자가 고딩이를 쳐다보는 것이 심상찮은 걸 나는 알고 있다. 별것 아닌 것에도 큰 의미를 두는 게 남자라는 족속인가. 그러면 다비드는 중성인가? 사람 대하는 것을 일로 하면 자기감정은 없어지나? 아무튼 나는 다비드가 좋다. 그가 내려주는 커피도 좋고, 한 번씩 서로의 손이 스치는 것도 좋다. 물론 커피잔을 주고받거나 카드를 주고받을 때의 일이지만. 그래도 좋다. 사실 그렇게 된지 좀 오래됐다. 그럼 뭐 어떤가. 나이 차이가 좀 나면 어때. 겨우 열여덟 살밖에 차이 안 나잖아? 스무 살도 아니고. 분위기를 좀 살피고 나랑 커피 한잔 같이 하자고 말해볼 작정이었는데 아, 저 미친 고딩 년이 다비드 팔짱을 끼네? 나는 눈으로 불꽃을 발사했는데 그와 동시에 내 오른쪽 대각선에 앉아 있던 백수가 커피를 쏟았다. 다비드가 엉망이 된 테이블을 닦으러 이쪽으로 와줬다. 처음으로 고마운 똥멍청이 개백수.

그만 집에 가야겠다. 내일은 재 좀 안 봤으면 좋겠다. 하, 오늘도 두 장 이상 못 풀었네. 인강은 또 언제 듣나. 여기만 오면 왜 이렇게 시간이 잘 가지? 근데 오늘 커피는 너무 시큼하네. 원래 탄자니아는 안 시다고 다비드가 그랬는데. 잘못 내린 거 아냐? 물 온도 조절을 못하면 커피가 시다고 했던 것 같은데 내일 와서 꼭 말해줘야지. 그리고 커피 맛없게 내려줬으니까 밥이라도 한끼 같이 먹자고. 기꺼이 내가 산다고.

그래도 될까?

*

다비드의 커피

커피 바의 할로겐등 몇 개를 교체하고 나니 한밤중이었다. 저녁을 먹기가 애매한 시간이라 식은 파나마 게이샤에 드라이진을 부었다. 깍두기처럼 잘라둔 생전복을 소금장에 찍었다. 그러면서 해녀 아주머니에게 받은 커피값 삼만원은 어디에도 쓰지 않으리라 다짐했다. 사실 한 잔에 이만원은 받아야 이문이 좀 떨어지는데 그분께는 차마 그럴 수가 없었다. 아들이 출소해서 나를 찾아오면 어머니가 어떤 분이셨는지 이야기해줄 작정이었다. 파나마 게이샤는 현정이를 위해 언제나 볶아두는 커피였다. 곧 돌아오겠다고 약속한 그녀는 오 년째 소식이 없었다. 그래도 나는 매일 그녀를 위한 커피를 마련해두었다. 여기서 언제까지라도 그녀를 기다려볼 생각이었다. 전복 내장을 집다가 진이 반쯤 남은 병을 엎질렀다. 얼른 병을 들어올려 나머지 술을 스트레이트로 마시고 전복 내장을 우걱우걱 씹었다. 참기름이 잇새로 비어져나왔다. 커피잔에 남아 있는 게이샤 몇 모금을 안주로 먹었다. 그래도 이만하면 좋은 날이 아닌가. 그 때문인지 커피맛이 더 달게 느껴졌다. 해녀 아주머니는 내내 쓰다고 했지만 내 입에는 참 달았다. 그런데 대체 누가 저렇게 문을 세게 여는 거지?

예? 아니 저희는 아가씨 다방이 아니에요. 그건 옆 건물로 가셔야 해요.

내일은 또 어떤 콩을 볶을까. 생두가 또 얼마나 남았더라. 술을 조금 더 마시고 싶지만 참기로 했다. 기분이 딱 이만할 때 참아야만 내일 컨디션과 커피의 맛을 유지할 수 있는 까닭이었다. 핸드드립 커피는 바리스타의 컨디션에 따라 가장 큰 영향을 받는다는 것을 나는 이제 물리적으로 아는 사람이었다. 아, 또 누구야?

죄송해서 어쩌죠. 저희 오늘 영업 끝났습니다. 예, 섬이라 다들 일찍 닫아요. 저쪽에 호프집밖에 연 데가 없을 텐데, 그럼 그냥 커피 한 잔만 내려드릴까요? 사실 지금 제가 취중이라 맛은 어떨지 모르겠어요. 바람이 찬데 안으로 좀 들어오세요. 여기 앉으세요. 괜찮아요. 저도 일 끝나서 막 나가려던 참이라. 테이크아웃 잔에 담아드릴게요. 돈은 정말 내지 않으셔도 돼요. 잠깐만요.

손이 떨려서 커피맛이 어떨까 모르겠지만 정성을 생각해서 다음에 다시 들러주겠거니 싶었다. 짐을 챙기려다 숙성실의 로스팅된 원두들의 가스를 제거하지 않은 것이 생각났다. 콩이 숙성될 적에 생기는 가스를 제때 빼지 않으면 원두가 텁텁해지는 까닭이었다. 서둘러 가스를 제거하고 숙성실 문을 닫으려는데 카페 밖이 환했다. 헬기 한 대가 온몸으로 빛을 내뿜으며 파도 위를 날아오는 것이 보였다. 항구 옆 분교의 운동장에 모인 사람들이 손전등으로 헬기에게 위치를 알려주고 있었다. 아마도 이 섬의 의용소방대원들일 거였다. 동네 이장과 울고 있는 여수댁도 보였다. 그리고 누군가에게 업혀 있는 돌돌 만 이불 한 채.

헬기가 다급히 섬을 떠나고 나머지 사람들은 망연히 서 있기만 했다. 하늘의 헬기를 향해 내뿜던 손전등의 빛이 하염없이 땅만 비췄다. 나는 선뜻 가게 밖으로 나가지 못하고 카페 안을 서성거렸다. 거센 파도가 무엇이라도 삼키려는 것처럼 항구 쪽으로 다가들었다. 몇 번이나 보았지만 여전히 익숙해지지 않는 소방 헬기였다. 저것을 타고 간 사람들이 몇 명이나 제대로 돌아왔었나. 인도네시아에서 시집을 왔다던 그 여자가 아이 낳을 때를 빼고는 다들 육지 병원에서 숨을 거둔 채 유골로 돌아왔다. 입안에 아직 전복맛이 남아 있는 상태였다. 나는 삿된 생각을 하지 않기 위해 테이블을 다시 닦았다. 그러다 카페 안의 할로겐등과 엘이디 전등을 모조리 켰다. 테이블마다 놓인 촛불의 심지에도 불을 붙였다. 어두운 하늘로 날아간 누군가가 이 빛을 보고 돌아올 수 있기를 바라고 또 바랐다. 목울대를 지그시 눌러 눈물을 참았다.

눈물이 섞인 침이 커피보다 썼다.

*

Closed, 11:40 PM.

해설

–

김나영
(문학평론가)

삶이라는 우리 속에서

소설의 역할

당신은 소설을 왜 읽는가. 이 물음에 답하기란 간단치 않다. 어떤 다른 목적이 있어서가 아니라 단순히 소설이라는 형식의 이야기를 자발적으로 찾아 읽는 마음의 갈피에 대해서 설명하는 일은 어쩌면 지금껏 살아온 생애를 온통 헤집어봐야만 겨우 가능할지도 모른다. 누군가는 제 삶이 힘겹게 느껴질 때, 혹은 힘겨운 줄도 모르고 그저 살아가던 도중에 우연히 마주한 한 편의 이야기를 통해서 소설을 만나기도 한다. 이때의 소설은 당신이 혼자가 아니라는 것을, 당신이 거대한 삶 그 자체로부터 도망치고자 할 때 그 길 위에 혼자 있지만은 않다는 것을 알려주는 이야기다. 이번 소설집에 실린 이은선의 소설이 갖는 미덕이 이와 같다. 현실에서 겪어 보지 못한 전혀 낯선 사건, 현실에서 만나보지 못한 특이한 인물은 그의 소설에서 찾아보기 어렵다. 오히려 현실에서 일어났던 엄연한 사실에서 출발해서, 그 사건 자체의 비극성보다는 거기에 얽매인 사람들, 무리보다는 개개인의 곡진한 고통에 집중하는 것이 이은선의 소설이 갖는 특징이기 때문이다. 따라서 당신이 이은선의 소설을 택했다면 고통을 나누는 일로써 진통의 효과를 누릴 수 있을지 모른다.

삶이라는 두루뭉술한 덩어리의 한 부분에 현미경을 들이대듯이 집중해 바라보는 작가의 시선이 왜 특별한가를 재차 이야기할 필요는 없을 것 같다. 우리는 최근에 있었던 몇 가지 사건들로부터 충분히 목격했다. 국가니 민족이니 역사니 하는 것들의 당위성 아래에 상처 입고 부서진 채로 살아온 수많은 개인의 삶들을. 쉽게 아울러 말할 수 없는 그 복수형의 삶은 자발적으로 광장에 모여 저마다의 불빛으로, 각자의 존재로 공허한 거리를 채워 보였다. 이은선의 소설에 빛과 숨 같은, 사로잡을 수 없지만 삶의 지속에 필요한 조건들이 자주 등장할 때 그것들을 환상에 가까운 이미지로만 볼 수 없는 이유가 여기에 있다. 그날과 또다른 그날, 광장을 채웠던 것은 분명 그 빛과 숨이었으므로. 이번 소설집에서 이은선은 이 빛과 숨에 대해 말하고자 한다. 여기서 모든 빛과 숨은 고유명사로 저마다 각자의 시간을 지나와, 고통과 아픔을 겪고 감내한 개인의 형상이다. 이것을 증명하려는 고투가 이 소설집에 실린 이야기들이다.

그런 점에서 이번 소설집에 나무, 호수, 바다, 그리고 상어나 정체가 분명하지 않은 생명체 등이 등장하고 그들이 인간이 살고 있는 세계의 일부분을 이루고 있음을 굳이 그리고 있다는 점을 간과할 수 없다. 이은선의 소설이 그려 보이는 세계, 혹은 그럼직하다고 여기는 세계는 이처럼 자연과 인간이 당연하게 공존하는 자리이기 때문이다. 바다에는 상어가, 숲에는 나무가, 마을에는 사람이 사는 것. 응당 그래야만 하는 세계의 구조와 규율이 한순간 어긋날 때를 예민하게 감지하고 목격하고 증언하는 것이 소설의 몫인 양, 그의 소설의 세계는 자연과 인간의 자리를 세심하게 살피고 거기에서 일어나는 일을 최대한 구체적으로 기록하려는 듯이 쓰인다. 그리하여 이은선의 소설은 지극히 현실의 편에서 쓰이는 동시에, 상어와 노루와 나무뿌리의 생각을 받아 적고, 시시각각 변화하는 숲의 형상과 빛깔과 운동을 묘사한다. 그로써 인간과 자연이, 실제와 환상이 구분 없이 뒤섞이며 그의 소설 속 특별한 한 세계를 구축하는 것이다. 그러고 보면 누군가가 소설을 읽게 되는 그 우연한 일은 혼자 나선 길 위에서 온기 있는 빛과 숨 같은 무언의 위로와 위안을 얻은 경험으로부터 계속 이어지는, 자기 삶에 대한 자발적이고도 주체적인 지속의 형식이라 할 수도 있겠다. 이후에 밝혀 쓰겠지만, 이은선의 어떤 소설들에는 삶에 대한 이 같은 형식이 집요하게 그려진다.

말이 아닌 말

2014년 봄에 일어난 세월호 사건은 전 국민을 죽음의 공포와 불안으로 몰아넣으며 현실과 삶을 새롭게 바라보게 만든 충격적인 사건이다. 죄 없이 스러져간 목숨들에 대한 안타까움과 분노의 감정도 그러하거니와 많은 이들이 목도하는 가운데 생때같은 목숨들이 대책 없이 잦아들 수도 있다는 엄연한 사실이 살아 있는 이들에게 극심한 죄책감과 삶에 대한 회의를 겪게 했다. 당연한 일이지만 그 사건은 한국문학의 자장 역시 크게 변화케 한 계기가 되었다. 많은 시와 소설이 직간접적으로 세월호 사건을 다루면서, 더이상 '봄'과 '바다'와 '배'와 '수학여행'과 '제주' 등의 말들을 이전과 같이 쓸 수 없다는 것을 보여주었다. 또한 이들 작품에서 기성세대와 아이들 간의 불신과 불화의 골이 더욱 깊어진 것은 두말할 필요가 없다. '가만히 있으라'는 명령 아닌 명령은 더이상 강제의 힘을 발휘하지 못하는, 위선과 허위와 기만의 주문이 되었다. 누구든 스스로 살아남아야만 하는, 서로가 서로를 보호해주지 못하는 삶의 민낯을 마주하게 된 것이다. 이번 소설집에 실린 「귤목橘木」과 「유빙의 숲」은 세월호 사건을 배경으로 삼는다. 특히 「귤목」은

이 사건으로 손자를 잃은 남자의 기구하고 불운한 삶을 보여줌으로써 세월호가 누군가의 비극적인 세월에 한 정점을 찍는 일일 수도 있음을, 그리하여 겨우 버텨온 그 세월을 끝장내고 싶을 정도로 한 개인을 나락으로 밀어넣는 일일 수도 있음을 알게 한다.

좀더 구체적으로 살펴보자면, 「귤목」의 '나'는 결혼을 하고 두 아이를 얻은 뒤 얼마 지나지 않아 아내를 잃는다. (아마도 결혼을 통해서도 나고 자란 섬을 벗어날 수 없었던 자신의 처지를 비관한 것으로 추측되지만) 스스로 목숨을 끊은 아내의 죽음은 남겨진 두 아이를 홀로 기르며 고단하게 살아온 '나'에게 평생 해소할 수 없는 물음이 된다. 경제적인 어려움이나 심정적인 결핍감 같은 현실적인 조건들과 이로 인한 아이들에 대한 미안함은 차치하더라도, 누구에게도 '말할 수 없는 말'을 내내 껴안고 살아야 했을("나는 누구에게 말해버릴 수도 없고 말을 한다 하더라도 해결되지 않는 그 생각들만 껴안고 살았다", 88쪽) '나'의 삶은 이루 짐작하기 어려울 만큼 외롭고 아팠을 것이다. 하지만 이 소설이 좀더 의미 있어지는 지점은 '나'의 이 같은 삶이 유별나게 그려지지 않는다는 데 있다. 다시 말해 '나'의 삶의 고통이 누구와도 속시원히 나눌 수 없는 이유에 근거한다는 점을, '나'라는 개인의 특별히 불행한 삶의 조건으로 다루지 않는다는 데에서 「귤목」을 비롯한 이은선 소설 특유의 미덕이 발생한다. '나'의 말하지 못하는 고통은 실제로 말을 하지 못하는 누이의 아픔으로, 동생의 갑작스러운 죽음 앞에서 원망도 위로도 건네지 못하는 처형의 한스러움으로 뒤바뀌어 끝내 이 소설에서 '말 못할 고통'의 주인이 누구인지를 누구도 특정하지 못하게 된다. 이로써 '나'가 "입을 닫고 사는 것이 자연스러운 삶이 되어버렸다"(90쪽)고 할 때, 이 삶은 '나'의 것만이 아니게 되면서 소설은 한 인간의 기구한 운명이나 인생에 대한 한탄에 그치지 않고, 인간 보편의 시간 위를 떠도는, 그러니까 우리에게도 조금씩은 깃들어 있을 어떤 침묵의 근원을 되묻게 한다. 모두 말하지 않(못하)고 남겨둘 수밖에 없는 이야기란 실은 모두 말해버리고 마는 이야기보다 더 심부에서 우리의 삶을 지탱하게 하는 힘이기도 하다.

이은선의 소설에서 인물들이 속에서 다 꺼내지 않고 남겨두는 말은 마치 '숨'처럼 읽히기도 한다. 해녀들의 숨비소리, 울음 사이로 삐져나오는 거친 호흡 같은 것. 그것들은 해독할 수 없는 언어처럼 낯설게 다가오지만, 그 소리를 듣는 순간 어떤 기나긴 말보다도 누군가를 더 잘 이해할 수 있게 해주는 호흡이 되기도 한다. 그처럼 숨은 곧 삶의 가장 절실한 자리에서 내뱉어지는 말과 같다. 죽은 손자의 사진을 가슴에 품고 끝내 제주도로 온 '나'는 기절을 했다가 겨우 정신을 되찾은 와중에 자신을 추스르지 못하고 참아온 감정을 쏟아낸다. 그러자 말 못하는 누이는 손짓으로 말을 대신하는 숨의 방식을 알려준다("숨은 그렇게 쉬는 게 아니라는 듯이 손짓을 해주어 다시 큰 숨을 들이마셨다. 눈물이 저절로 흘러내렸다. 내 새끼가 쉬지 못한 숨이, 옛날 옛적에 죽은 내 아내가 못다 쉰 숨통이 이제라도 트이려는가", 99~100쪽).

이 숨은 「유빙의 숲」에서 인간의 말을 모르는 상어와 나무뿌리, 또는 인간의 말을 잃은 영혼들과 인간의 말을 믿지 않는 자의 말을 대신하는 형상으로 나타나기도 한다. 이 소설은 크게 두 개의 서사, 즉 형사의 시점과 상어의 시점으로 쓰인 두 개의 이야기가 하나의 얼개를 이룬다. 조형사는 세월호 사건으로 조카를 잃은 후에 극심한 죄책감에 시달린다. 그 죄책감에는 해경에 지원했더라면 조카를 구할 수 있었을지도 모른다는 후회와 해경이 되었더라도 상부의 명령에 저항하면서까지 스러져가는 배에 접근할 수 없었을지도 모른다는 낙담이 뒤엉켜 있다. 그 때문에 조형사는 자신이 맡은 사건들을 단순한 업무로 처리하지 못하고 친부의 손에 죽은 아이의 시신을 떠맡아 손수 숲에 묻어주기로 한다. 모르는 아이에 대한 그의 애도는 다만 그 아이만을 향한 게 아니라, 이 땅에서 자식을 죽인 모든 아비들을 대신하는 일처럼 보인다. 어떤 말로도 위로하지 못할 것만 같은 슬픔과 절망 앞에서 그는 몇백 년을 산 비자나무들이 군락을 이루는 숲속으로 아이의 유골함을 안고 걸어들어가는 것으로, 그와 같은 침묵의 방식으로 애도의 한 형식을 보여준다.

이때 숲은 거대한 숨의 형상, 이루 말할 수 없는 말의 덩어리로서 절망 앞에 선 개인의 애도를 형상화하는 듯 보이는데, 그곳에서 온몸이 조금씩 떨어져나가는 병에 걸린 소녀를 만나는 장면은 자못 충격적이다. 할아버지가 지은 죄로 마치 저주에 걸린 듯이 유전적인 병을 얻게 되었다고 믿는 소녀는 떨어져나간 자기 손가락을 나무 아래 묻으러 숲으로 들어왔다가 유골함을 묻으러 온 조형사와 마주친다. 소녀의 죽은 손가락과 아이의 유골함은 너무나도 연약하고 아까워서 바라보는 것만으로도 애통한 것이 닮았다. 게다가 그 불치의 병과 죽음의 원인이 윗대에 있다는 사실은 세월호 사건에서처럼 어른들이 만들어놓은 세계에서 속수무책으로 희생된 아이들을 떠올리게 한다. 조형사와 소녀의 삶이 각자 불러온 경계하는 숨은 숲의 정령처럼 그들을 지켜보다 달려드는 노루의 모습으로 나타나기도 한다. 수국을 따먹으며 숲속을 노닐던 노루의 입장에서 볼 때는 서로를 경계하는 조형사와 소녀는 똑같이 숲의 침입자이기도 하다. 하지만 어쩐지 노루와 사람이 뒤엉켜 싸우는 이 장면은 위태롭지만 위험해 보이지 않는다. 노루의 몸부림이 그들에게 남긴, 거칠고도 뜨겁게 풀어진 숨은 숲이 말하는 방식이기도 하기 때문이다.

환상을 압도하는 현실

하나의 사건이라고 말하는 것이 부족하고도 틀린 말로 여겨지는 일이 있다. 세월호처럼 거대한 배가 힘없이 기울어지고 대책 없이 침몰할 때, 죽은 자들과 그들의 가족뿐만 아니라 그 장면을 목격한 전 국민은 그 자리에서 무언가를 잃어버렸고 회복하기 어려운 상처를 입었다. 그 상실과 상처는 언제나 현재형이어서, 그 이후 우리가 무엇을 보고 듣고 말하며 무언가를 공유하는 일에 계속해서 영향을 미친다. 앞서 읽었듯 어떤 소설도 그렇다. 한낱 인간이 아우를 수 없는 자연의 힘, 어쩌면 예외적인 사건이나 환상적 장면에 불과하다고 치부하는 것이 삶을 지속하는 데에 도움이 될 수도 있을 법한 상황을 배경으로 삼는, 말하자면 보편적인 인간의 삶에 관한 상징처럼 읽히는 이야기 속에서도 누군가는 지극히 구체적이고 현실적인 사건 하나에 발목이 잡힌 듯 매번 그 자리로 회귀하는 모습을 보여준다. 너무나도 인간적인 이야기는 이처럼 거대한 자연의 흐름, 숲을 이루는 나무들과 깊이를 알 수 없는 심해의 거대한 동물들이 생몰하는 가운데에서도 변하지 못하는 누군가의 상실과 상처에서 비롯된다는 것을 이은선의 소설은 보여준다.

그렇다고 해서 이은선의 소설이 자연과 인간, 또는 보편과 개별의 대립만을 그려 보이는 것은 아니다. 이번 소설집에 실린 몇 편의 이야기가 보여주듯, 인간 각각의 개별적인 삶의 방식이나 내면적인 갈등의 형상들을 그려내는 데 초점이 맞춰져 있지만 그것은 모든 것이 한순간 무의미해지는 환상적인 장소를 바탕으로 스케

치된다. 즉 환상적인 시공간과 실제적인 사건은 엄밀하게 분리되지 않고 뒤섞인 채 두루뭉술하게나마 어떤 공존의 형상을 이룬다. 이것이 이은선 소설이 보여주는 또하나의 중요한 특징이다.

「유리 주의」는 외국으로 패키지 관광을 간 사람들이 호텔에서 하룻밤을 묵는 동안의 관찰기라고도 할 수 있다. 우선 겉으로는 평범한 관광호텔처럼 볼 수도 있을 만한 이 장소는 사뭇 범상치 않다. 호텔을 유명하게 만들어준, 호텔과 접해 있는 호수에 괴생물체가 산다는 소문 때문이다. 하지만 실제로 그곳에 머무는 사람들은 그 이야기에 별다른 관심이 없어 보인다. 소문은 그저 소문일 뿐, 그들의 여행에서 부차적인 요소라 할 수도 없을 정도로 사소하게 떠돌다 잊히기 쉬운 이야기일 뿐이다. 이처럼 현실적이지 않은, 일상에서 쉽게 마주할 수 없는 조건이 이 호텔이라는 공간과 이곳에 머무르는 사람들에게는 자연스러운 상황으로 작용한다.

또한 이 소설의 처음과 끝 장면은 어떤가. 호텔 입구의 청소부는 몸이 터져 죽은 새의 사체를 끊임없이 치우고 유리창의 얼룩을 세심히 닦는다. 끔찍한 사건을 재빨리 수습해서 아무 일도 없었던 것처럼 위장하는 듯이 보이는 이 장면은 소설의 처음과 끝에서 동일하게 반복되며 그 사이에 배치된 이야기로서의 사건을 마치 새의 사체처럼 다루는 듯하다. 끔찍하지만 거듭 겪다보면 어느새 무감해지는 것. 결국 이 소설을 통해 작가가 말하고자 하는 바는 어쩌면 우리가 손쉽게 현실과 비현실이라 구분해서 말하는 것들 가운데 개인의 경험이나 주관적인 관점으로 인해 생겨난 기준에 의한 것이 얼마나 많은가를 보여주는 데 있을지도 모르겠다. 다시 말해 당신이 보는 게 전부는 아니라는 사실과 이렇게 말하는 사실조차도 재차 의심해야만 한다는 사실, 그로써 현실을 구성하는 확실이란 금세 치워지고 지워지는 새의 사체나 유리창에 난 얼룩이나 호수에 사는 괴생물체에 대한 소문 같은 것에 비유될 수 있다는 것. 같은 맥락에서 이 호텔에 매달려 창이기도 하고 벽이기도 한 유리를 닦는 청소부들을 주목해볼 수 있겠다. 이들은 투숙객들에게 보이지 않는, 마치 유령 같은 존재로 묘사된다. 하지만 이들은 유령에 비견될 만큼 희미한 존재감을 가진 사람들일 뿐, 실제로 보이지 않는 존재라고 할 수는 없다. 간혹 술에 잔뜩 취한 투숙객처럼 그들을 발견하는 눈이 있기도 하기 때문이다. 늘 그 자리에 있기 때문에 오히려 '있음'에 대한 확인을 얻지 못하는 존재에 대한 지적은 이 소설이 보여주는 우리의 현실에 대한 한 역설이다. 이런 점에서 호텔 입구에 여러 국가의 언어로 붙어 있는 '유리주의'라는 경고문이 의미하는 바는 단순하지 않다. 투명해 보이지만 여기에 무엇이 있다는 경고는 당신에게 보이는 것이 전부 내지는 사실이 아니라는 말인 동시에, 언제 어디서든 누군가에게는 그 사실을 일러줘야 한다는 현실의 반영이기도 하다.

이처럼 현실과 비현실의 교묘한 경계를 거듭 의심하게 하는 이야기의 틀 속에서 이 소설의 대부분을 이루는 것은 가지각색 인물들의 사연이다. 여러 번 관계의 단절을 겪은 여고 동창생들, 심각한 권태기에 처한 부부, 서로를 믿지 못하는 신혼부부, 육체적인 관계만을 목적으로 하는 연인 등. 그들은 모두 주어진 관계 속에서 상처 입고 자신을 상실할 만큼의 위기를 겪고 있으나, 겉보기에는 아무렇지 않게 단체 관광의 일정을 따른다. 그들이 단체 관광을 마치고 다시 각자의 자리로 돌아가서 어떻게 일상을 지속하게 될지는 알 수 없다는 점에서 소설을 구성하는 여행지에서의 일화들은 특별하지만 사소한 것이 된다. 호수에 사는 괴생물체와 마주치는 장면에서 '그것'을 보고도 짐짓 못 본 척하는, 혹은 그보다 자신이 당장에 처한 현실적인 어려움과 갈등의 내용이 그것의 정체를 확인하는 데서 발생하는 충격과 공포를 압도하는 것처럼, 인물들에게 더욱 중요한 것은 그 자신의 일상 내지는 현실인 것이다. 이렇게 두드러지지 않지만 저마다가 간직한 채로 살고 있을 법한 일상적인 갈등이 실상 인간의 삶이라는 것을 이루는 핵심적인 요소라는 것을 이은선의 소설은 거듭 강조하는 듯하다. 따라서 소설 속에서 비현실적, 혹은 환상적이라 할 만한 장면들은 현실과 소설을 가르기 위한 허구적인 장치라기보다는 오히려 좀더 현실의 세부를 들여다보고 그것에 집중하게 하는, 현실을 향한 창이자 그 창이 거기에 있다는 것을 알려주는, 알 수 없는 얼룩처럼 여기는 것이 마땅해 보인다.

영혼결혼식은 어떤가. 흔치 않은 일을 다루는 것 같지만 실제로 우리의 현실을 장악하는 것은 이처럼 크고 작은 미신과 그에 따르는 불안들이다. 다시 말해 엄숙하게 치러지는 종교적 의식에 걸맞은 현실이 무엇인지 우리는 모른다. 우리는 사소하게 실수하고 실패하며 만남과 헤어짐을 반복하고 고독과 후회 속에서 밤을 지새우며 살아간다. 그러다 우연한 계기로 며칠 밤낮을 짊어졌던 고민을 조금은 덜게 되고, 그 과정에서 바닥까지 치달았던 삶에 대한 의심은 모래알만큼의 작은 믿음으로 맺히기도 한다. 반복해서 말하지만 이은선의 소설이 보여주는 것은 현실보다 더 지극한 현실이어서 미세한 렌즈로 들여다보듯, 혹은 아주 날카로운 칼로 베어내듯 지극히 섬세하고도 섬뜩하다.

성폭행을 당해 죽음을 맞은 여자의 처참한 운명이 거기에서 그치지 않을 때 우리는 그 운명을 무엇이라고 더 말할 수 있을까. 이은선의 소설은 그것을 말하고자 처참함의 자리에서 한 걸음 더 들어간다. 추측건대 여자가 살해당할 때 현장에 있었던, 죽어가던 여자와 눈이 마주쳤지만 수음에 몰두하며 어쩔 줄 몰라하던 남자는 뒤늦은 죄책감 때문인 듯 자기에게 주어진 성공을 누리지 못하고 마찬가지로 처참한 최후를 맞는다. 소설의 사건은 이 둘의 만남에서 시작된다. 생전에 피해자와 목격자로서 마주했던 두 사람은 죽어서 영혼이 되어도 화해하지 못할뿐더러 두 사람의 만남은 더욱더 잔혹한 사정을 초래한다. 비극 이후에는 더한 비극만이 남아 있을 뿐이라는 듯, 비극을 파고들어 비극의 정수를 발견하는 것만이 그 비극에 대한 애도인 양 이은선의 소설은 다소 잔혹하게 쓰인다.

하지만 우리 누구도 이 잔혹한 서사 앞에서 자유로울 수만은 없다. 살 사람은 살아야지, 좋은 게 좋은 거지, 하는 식의 덮어두고 발휘되는 어떤 낙관과 긍정, 혹은 치유와 회복에 대한 믿음과 기원이 누군가의 절망과 비참을 그만 거둬가려 할 때를 우리는 자주 겪어왔기 때문이다. 이 사회에 속해 살아가는 대부분의 사람들은 가만히 있으라는 명령, 지금을 잘 참고 견디면 더 나은 내일이 올 것이라는 주문에 익숙하다. 이때 「뼈바늘」과 같은 이야기는 그런 일방적인 바람과 그에 따르는 요구가 어떤 절망과 비참을 겪는 이에게 얼마나 더 큰 절망과 비참을 가져올지를 생각하게 한다. 뭔가 잘못되었다는 것을 알고도 돈이 든 봉투를 챙기는 데 급급한 주지 스님과 불안함을 감지하지만 멀리서 지켜볼 수밖에 별다른 도리가 없는 젊은 사미승의 모습은 우리 사회에 비추어 너무나도 선명한 비유가 아닐 수 없다.

「유리 주의」와 「뼈바늘」이 우리의 현실과 멀지 않은 데에서 벌어지는 개인적이고도 사회적인 문제를 다루고 있지만, 이 이야기들의 핵심에는 여전히 아우르지 못하는 이면의 어둠을 지적하는 눈이 있다. 괴생물체, 유령처럼 존재하는 유리창 청소부, 그리고 영혼과 영혼의 힘. 이 비현실적인 계기들이 현실에서 작동하는 방식과 그 영향력에 대해서 이은선의 소설은 말하고자 하는 것이다.

하지만 말하는 방식은 그런 것들이 어떤 영향력이라고 '믿는 것'에 대한 상상까지만 나아가고 그만 멈추는 데에서 특별하다. 그 믿음을 끝까지 밀고 가는 힘은 비현실적인 힘에 대한 과도한 상상과 그에 따르는 진술이 아니라, 오히려 거듭 현실로 되돌아오려는 인간의 본능을 있는 그대로 묘사하는 데에서 발생하기 때문이다. 괴생물체와 마주친 인물들이 비루하나마 자신의 지금을 지키기 위해 그것을 못 본 체하며 황급히 자리를 뜨고 자신이 목격한 것에 대해 침묵하는 것("산으로 올라가 승천하려는 진짜 이무기를 만난 것인지, 여러 발 달린 지네 혹은 어떤 사람들을 만난 것인지 헷갈렸다. 겁에 질린 두 사람은 일단 그것에 대해서는 입을 닫았다", 「유리 주의」, 32쪽), 영혼의 몸부림을 가장 잘 알아차린 주지 스님이 자신을 믿고 자식의 죽음을 애도하기 위해 기꺼이 기묘한 형식에 동참한 사람들의 돈봉투를 챙겨 달아나는 것("사미승이 마당의 소란을 정리하는 동안 스님이 법당으로 들어선다. 흐트러진 제단의 모습이 한눈에 들어온다. 신부가 보이지 않는다. 스님은 혹시 누가 들어올세라 재빠르게 문을 걸어 잠근다. 그야말로 난장판이 된 제상이다", 「뼈바늘」, 131쪽). 그것은 비현실적인 계기들이 현실을 어떻게 망가뜨리는가에 관한 관찰이 아니라, 오히려 비현실적인 계기를 통해 현실이 얼마나 망가져 있는가를 관찰하는 것이라고도 할 수 있겠다. 이것이 한편에 실제, 다른 한편에 환상을 두고 소설적 진실을 주조해 내는 이은선 소설의 방식이다.

도주하지 않고 주도하기를

이번 작품집에서 눈에 띄는 또하나의 특징은 '도주' 연작이다. 「귤橘, 화花—도주 1」「쇳물의 온도—도주 2」「파도의 온도—도주 3」은 '이화'라는 인물의 고난과 역경을 다룬다는 점에서 한 편의 이야기로 읽어도 무방하다. 부제를 통해 직접적으로 말하고 있듯, 이 연작은 이화라는 여인의 '도주'를 따라 이어지는 이야기다. 이야기의 배경은 상평통보를 쓰던 조선시대로 추정된다. 화폐를 위조하고 유통한 죄목으로 잡혀 죽임을 당하는 남편 때문에 이화는 하루아침에 집을 잃고 갓난아이와 함께 도주를 한다. 도주 내내 이화의 품속에는 남편이 남긴 돈과 아들 귤이 함께 안겨 있다. 불행하게도 이화를 찾던 무리에 발각되어 귤은 비참한 죽음을 맞고, 귤을 밟아 죽인 의원에게 복수하기 위해 이화는 그의 집에서 온갖 허드렛일을 하다 끝내 의원을 처참하게 살해한다. 살인이라는 죄목까지 더해진 이화는 다시 도망길에 오르게 되고, 외딴곳에 도착해 한 남자를 만나 그의 지극한 보살핌을 받으며 건강과 일상적인 삶을 회복하려는 차, 의원을 죽일 때 도움을 받은 주막집의 아이를 만나 이화의 삶은 다시 불안으로 치닫는다.

하지만 이화라는 인물의 기구한 삶을 추적하는 데에 그치면 이 연작의 의미를 발견하기는 어려워진다. 아마도 작가는 이 인물이 '왜 도망치는가'와 같은 물음에 독자 각자가 답해보기를 바랐던 것 같다. 도망치지 않았으면 남편과 아이처럼 처참하게 죽임을 당했을 테지만, 그와 같은 삶에 대한 본능적인 욕구만이 이화의 삶, 즉 도주를 추동하는 것은 또한 아니기 때문이다. 좀더 들여다보면 그녀는 거듭 자신의 삶을 향해 나아가고 있는 것으로도 보인다. 죽음밖에는 탈출구가 없을 정도로 막막한 지경에 처한 한 여인의 삶을 그려내면서, 이 소설은 결국 아무것에도 얽매이지 않는 자유로운 삶이 무엇일까, 과연 그런 삶이 존재할까를 거듭 묻고 있기 때문이다. 남편과 아이, 때로는 보답을 바라지 않는 희생과 친절을 베푸는 타인에게 갖게 되는 애정마저 자신의 발목을 잡는 덫처럼 느껴질 때가 있음을 공감한다면, 목숨을 걸고 복수를 감행하는 등의 극단적인 이화의 선택은 한편으로 지극히 주체적인 삶의 한 양상처럼 보이는 동시에 다른 한편으로 한 인생이 처하게 되는 어떤 한계를 생각하게 한다. 다시 말해 이화의 기구한 삶을 통해서 우리가 자문하게 되는 것은 진정으로 자유롭기 위해서는 타인이 마련해둔 안온한 울타리에 속하지 않으려는 결단이 필요하겠지만 과연 그것만이 개인이 선택할 수 있는 유일한 자유일까, 같은 것이다.

누군가는 또 이렇게 되물을 수도 있겠다. 이화는 왜 모든 것을 잊고 '새로운' 삶을 추구하려 하지 않았을까. 남편의 죄, 아이에 대한 죄책감, 가족을 죽인 자들에 대한 복수심에서 벗어나 오로지 자신만의 안위와 자유를 보장하는 삶을 그녀는 왜 상상하지 않았을까. 어쩌면 이러한 빈틈이 도주 연작이 궁극적으로 도달하고자 하는 바일지도 모른다. 거듭 이야기의 원점으로 돌아가게 하는, '그녀는 무엇에 쫓기는가?' 하는 물음이야말로 이 기나긴 이야기가 독자에게 전달하고자 하는 유일한 문장일 수도 있겠다는 말이다. 그렇게 볼 수 있다면 도주 연작은 단순히 한 여인의 불행한 삶의 원인을 남편의 죄와 아이의 죽음에 대한 복수심 같은 것에 두지 않고, 자기의 삶을 꾸리는 그 자신의 내면에서 찾아보는 데에서 새로운 의미를 거두게 된다. 다시 말해 이 연작소설은 인간의 삶이라는 것은 언제든 어떻게든 외부의 영향을 받으며 꾸려지기 마련이지만 그 와중에도 더욱더 중요하게 작용하는 것은 그 삶의 주인이 어떻게 그것에 맞서는가 하는 것임을 생각하게 하는 이야기가 될 수도 있다.

덧붙여 도주 연작에는 이 소설집에 실린 다른 작품들이 지닌 특징들이 모여 있다. 한 인물의 삶을 집중 조명하는 방식으로 인간 보편의 삶에 관해 질문하게 하는 해석의 차원까지 따져 묻지 않더라도, 가령 '숨'이라는 것이 곧장 한 인물의 삶과 세계의 관계를 포착하는 계기가 된다는 점은 이 연작에서 역시 중요하게 다뤄진다. 숨가쁜 도주 가운데에서 어린 아들의 안위를 살피며 그 삶이 자신의 삶과 엇갈릴 수도 있다는 예감을 겪는 장면("귤의 숨을 살피려고 걸음을 멈추었다. 정수리 끝까지 찬 숨을 토악질하듯 내뱉는 나의 숨과 귤의 어린 숨이 엇갈렸다. 한껏 벌린 입속으로 눅진한 공기가 쳐들어왔다", 「귤, 화」, 137쪽)이 그렇다. 아들의 숨이 되지 못하는 공기(세계)는 자신의 숨이 되어 그녀의 삶을 망가뜨리는 동시에 지키게 하는 것이다.

계속 살아 있기를

이은선의 이번 소설집이 보여주는 것은 이토록 다양한 인생의 양상이자 그 각각이 갖는 특유한 맛의 역사에 관한 추적이다. 작가는 현실을 구성하는 다양성에서 출발해 그것을 구체적으로 다루는 데에도 관심이 있지만 그보다 더욱더 심혈을 기울이는 지점은 그들은 어째서 그렇게 존재하는가 하는 개별 역사에 대한 물음과 그에 대한 소설적인 해답인 듯하다. 「커피 다비드」에서 다양한 커피콩의 종류와 원산지 및 맛의 특징과 취급할 때의 주의점 등 그 각각의 개성을 설명하는 일과 그 마을에 사는 다양한 인물들의 성격과 처지를 묘사하는 일이 병치되는 데에서도 이번 소설집의 그와 같은 특징을 발견할 수 있다. 이 소설은 여기에 소개되는 여러 가지 콩을 잘 볶고 섞어 내린 커피의 맛처럼, 여러 인물의 삶이 어우러져 만들어내는 삶의 양상을 상상하게 하는 이야기라고도 할 수 있을 것이다.

이 소설의 마지막 장면에서는 누군가가 긴급히 병원으로 이송

되며, 카페 주인이 자주 보아온 한 생이 마무리될지도 모른다는 짐작을 하게 한다. 하지만 그는 성급히 애도하지 않으며, 만에 하나 있을지도 모를 희망을 갈구하듯 그가 무사하기를 바라는 마음을 내비친다. 카페 주인의 입장에서 극적인 사건은 멀리서 들려오는 구급 헬기의 소리와 웅성거리며 모인 섬 주민들의 모습으로만 존재하는데, 이는 이번 소설집에 실린 이은선의 작품들이 삶에 관해 취하는 태도를 압축적으로 보여주는 장면이기도 하다. 즉 이 소설집에 실린 작품들이 공통적으로 한 인물의 삶과 또다른 삶이 연결되는 지점을 끈질기게 추적한다고 할 수 있다면, 이 소설의 마지막 장면 역시 한 인생의 마지막을 또다른 누군가가 멀리서나마 겪고 상상하고 기원한다는 점에서 그 궤를 같이한다.

여기에 실린 이은선의 소설들을 읽어보건대, 시공을 넘나드는 사람들의 일상적인 이야기들이 모여 만들어내는 하나의 형상은 당연하게도 인간 보편의 삶이다. 지금껏 많은 소설들, 아니 문학을 비롯한 예술 전반의 작품이 이 같은 주제를 다루었는데도 불구하고 이 시대의 한 젊은 소설가가 또다시 펜을 들어 인간의 삶을 쓸 수밖에 없는 데에는 분명히 어떤 이유가 있을 것이다. 이은선의 작품들이 이번 소설집에서 보여주었듯이 그는 절망에서 더욱 더 절망할 수 있기를 바라듯, 그리하여 예측할 수 없이 도달한 그곳에서 더이상 절망이 아닌 무엇을 이야기로 길어올릴 수 있기를 원하듯 쓰고 또 쓴다. 그 모습은 도주 연작의 이화를 닮았다. 결국 우리도 그 이야기가 궁극에 도달하게 될 곳을 알지는 못하지만, 최소한 이 작가가 나아가는 방식이 흔하지 않다는 것을 확인하게 된다.

어미를 잃은 상어가 몇백 년을 괴로움에 허덕이며 삶을 탕진하듯 살다가 죽음에 이르는 길에서 비로소 자신을 이끌어준 숨의 근원에 도달하는 장면은 삶과 죽음의 경계라는 미지의 형식을 상상하고 절묘하게 묘사한 장면으로 오래 기억될 만하다. 현실(삶)을 바로 보고 극복하기 위해 도리어 비현실적인 요소들을 도입하지만 그것이 결국에는 가장 지극한 현실로 우리를 이끄는, 그리하여 현실과 비현실의 구분이 무화되는 처절한 삶의 자리에 우리를 있게 하는 이야기가 이은선의 소설이다. 이 소설이 쓰이기 위해서 작가는 자신이 바라보는 절망적이고 고통스러운 현실을 외면하지 않고 어떻게든 그것과 함께 계속해서 살아보려는 듯하다. 그것은 어쩌면 현실에 대한 극심한 원망과 비통의 마음에서 비롯된 태도일 수 있지만, 그것이 오래 지속될 때 우리는 알게 된다. 그 마음의 한편에는 삶에 대한 가장 지극한 애정이 자리하고 있다는 것을 말이다.

작가의 말

얼음 숲의
따뜻한 커피들

한 잔

분명 작가가 되지 않았다면 견디지 못했을 시간이었으리라고 아직도 나는 믿는다. 어쩌다 정신을 차려보니 집도의가 내 등뒤에서 누군가에게 소리를 지르는 중이었다. "중요한 부분이야. 졸지 마 이 새끼야! 이거 건드리면 평생 불구야!" 문제는, 내가 그 소리를 들어버린 데에 있었다. 그런데 여기가 어디였더라. 눈을 돌려볼 새도 없이 날카로운 수술 도구가 내 척추를 훑는 느낌을 고스란히 받아들였다. 아프고 무섭고 또 더할 나위 없이 외로웠다. 마취된 입이 풀리기까지 얼마나 지났을까. "저 좀 재워주세요." 겨우 한마디 했을 뿐인데 등뒤의 손길들이 우뚝 멈췄다. 몸에 직접

적으로 와닿지 않는 느낌으로도 알았지만 어쨌든 이쯤에서는 졸던 그 의사가 완전히 깨어났기를 온 의식을 다해 바랐다. 또 눈을 감았다 뜨니 회복실이었고 다음은 병실이었다. 눈물까지 흘리면서 나를 수술장으로 배웅하던 어머니는 옆 침대에, 과속으로 상경해 응급실에서 수술 동의서에 사인하던 아버지는 내 침대에 누워 코를 골고 있었다. 이동식 침대에 나를 태워 온 병원 직원이 "보호자분, 그만 일어나세요!" 소리를 두 번이나 반복했다. 이 모든 일들을 나중에 소설로 쓰면 되니까, 나는 지금 굉장한 에피소드를 체험하고 있다는 생각을 해야만 간신히 숨이 쉬어졌다. 아아, 내가 작가가……

조금씩 걸을 수 있게 되었을 때 보조기에 의지해 토지문화관으로 돌아갔다. 달이 바뀌어 그곳에는 새로운 작가들이 입주해 있었다. 거기서 훗날의 주정당 당수님을 영접했다. 몸이 그렇게 될 줄 모르고 사다 날랐던 술들이 여전히 내 방 냉장고에 가득했다. 심지어 한국에서 구하기 어려운 러시아 맥주 발치카도 냉장고 밖으로 나가려고 호시탐탐이었다. 냉장고 문을 열고 서 있던 나는 오랫동안 나를 쏘아보는 발치카의 눈을 응시했다. 그후 기꺼이 모든 술을 선배 작가님들에게 내어드렸다. 병원에 나갔다 돌아가던 길에 이웃 주민에게 오이지무침을 얻어갔더니 당수님은 집에서 직접 만들어온 소고기완자로 화답해주었다. 구색을 맞추려고 그 곁에 칭따오 맥주 몇 병을, 오로지 장식용으로 놓아두었다. 술을 마시면 안 되는 몸이었던 터라 나는 마신 기억이 없는데 정신을 차려 보니 다음날 아침이었다. 그로부터 일 년 뒤의 일이지만, 당수님은 정식으로 주정당을 창당하기에 이르렀고 나는 창당식의 진행을 맡았다. 환상적인 오이지무침을 찬조했던 이웃 주민은 그날의 게스트로 자리를 빛내주었다. 가히 주정당의 시대가 열린 거였다.

소설을 쓰지 않았더라면 나는 조금 더 나은 딸이 될 수 있었을 것이다. 이번 생에는 보다 좋은 딸을 둘 기회를 놓친 부모님께, 그리고 내 등을 갈라 신경을 자르던 순간에도 졸던 의사와 "막내가 저 지경이라 토지의 물이 흐리다"던 당수님을 비롯한 소설 쓰는 길에 먼저 와 계신 선배님들에게 따뜻한 커피 한 잔 내어드리고 싶다. 숙성 잘된 원두의 첫맛으로.

두 잔

아버지의 환갑 기념으로 중국 장가계 여행을 떠났다. 부모님의 광천 친목계원들도 함께였다. 거기서 「유리 주의」가 탄생했다. 이 소설 속에 부모님의 자리를 마련할 공간조차 없을 정도로 충청도의 힘은 대단들 했다. 소설집에 실려서 소설이지만 내게는 르포다. 「유빙의 숲」과 「귤목橘木」에서는 누군가의 아픔을 함부로 이야기하지 않기 위해 노력했지만 그래도 부족함이 있을 것이다. 내가 내민 한 잔의 따뜻한 음료가 생과 사를 건넌 이들에게 조금이나마 위로가 되기를 기도한다. 「뼈바늘」의 주인공에게도 한 잔. 이틀 만에 쓰고 더 고치지 않았다. 동창인 그애가 내게 다녀간 것이라고 여겼다. '도주' 연작은 위조지폐를 만들어 독립운동을 하다가 돌아가신 내 증조할아버지의 이야기다. 내 고향은 충청이지만 할아버지의 고향은 전라도 어디쯤이라고 들었다. 두 살짜리 할아버지를 업고 사력을 다해 북쪽으로 뛰던 증조할머니의 숨결을 상상하면서 썼다. 물론 나의 이야기는 그보다 훨씬 이전의 것을 짚었지만, 글을 쓰는 내내 내 조상님의 이야기에 매료되었다. 동인 모임을 하던 횡성의 작업실에서 임철우 선생님으로부터 '이엽숙'으로 이름을 바꾸어보는 게 어떻겠냐는 진지한 고언을 듣기도 했다. 훗날 이 이야기를 더 길게 할 수 있기를 바란다. 지금은 현충원에 잠들어 계신, 의로운 위조지폐범이자 독립운동가인 내 조상님께 감사드린다. 마지막으로 「커피 다비드」. 등단한 지 팔 년, 로스팅을 시작한 것도 꼭 그만큼이 되었다. 소설을 쓰는 나와 그 소설의 주인공들에게 두 잔의 커피를 내어보겠다. 때때로 시간과 삶은 질보다 양이 좌우하니까. 그리고 이제 어쩐지 한 잔은 허전하므로, 각자의 곁으로 다비드를 보내어 두 잔.

세 잔

스무 살 적부터 소설의 운명과 윤리, 미메시스의 힘을 서영채 선생님이 쓰신 문장에서 배웠다. 무심한 듯 건넨 문장 속의 안부와 가르침에 겨우 내 소설이지만, 답신을 드린다. 선생님 덕분에 굽은 등이 펴지고 마음 놓인 순간이 많았음을 여기에 고백한다. 윤성희 선생님이 먼저 찾은, 유턴 지점에 있다는 그 보물 지도를 나도 손에 넣게 되었다. 하지만 타고난 길치인 까닭에 보물 지도를 손에 쥐고도 나는 계속 방향을 잃었다. 선생님은 그런 나를 현란한 요리와 다정한 문장으로 살려주셨다. 나는 이웃 주민을 잘 만났는데, 선생님은 그러지 못한 것 같아서 내내 마음이 쓰인다. 말 그대로 실수하는 인간이었던 내가 정소현 소설가를 만난 뒤로 실수가 현격하게 줄어들었다. 그를 만날 수 없던 시간을 상상할 여력이 이생에는 없다. 책의 뒤를 받치는 최은미 소설가의 문장을 받아든 순간을 잊지 않을 것이다. 아홉 겹의 목련 꽃잎을 타고 파도에 앉아 꾸는, 너무 아름다운 꿈속 같았다. 이 소설집이 균형을 잡을 수 있었던 것은 김나영 평론가의 해설 덕분이 아닐까. 나도 미처 깨닫지 못한 지점들을 세심하게 짚어준 덕분에 기꺼이 다시 힘을 내었다. 다만 내가 쓴 소설들이 태중의 아이에게 행여나 좋지 않은 영향을 끼쳤을까 저어되었다. 이 고마움은 살면서 차츰 갚아나갈 수 있으리라 확신한다.

고작 오 년을 살았으면서 자기가 나보다 집안의 서열이 더 높은 줄 아는 조카 승규와 나영의 아이가 살아갈 세상은 지금보다 더 따뜻하고 안전했으면 좋겠다. 생명의 탄생과 성장을 지켜보면서 내 마음의 단어 서열이 바뀌었다. 행복과 사랑, 성취 대신 '안전'이라는 말에 온기가 오래 머문다. 소설집을 진행하는 내내 '바로 답신'을 표방하는 작가와 '바로 연락'이 가능하던 이성근 편집자와의 만남은 그래도 꽤나 좋은 조합이었다고 혼자 생각해본다. 아울러 문학동네 관계자분들에게도 커피 세 잔쯤 내려드리고 싶다. 이 세 잔으로도 부족하다면 발치카 맥주 두 병 추가요, No. 9으로!

이 책은 나의 두번째 분나 마프라트다. 생두에서 원두, 그리고 한 잔의 커피가 당신 곁에 다가서는 그 속도를 사랑하게 되었다. 이 소설들이 삶의 추위에 몽롱하게 얼어 있는 당신에게 따뜻한 위로가 될 수 있기를, 그러고도 남는 것이 있다면 그 마음을 내 잔에 따르고 우리 같이 건배.

내가 보고 겪고 상상한 모든 것들을 적고, 적당한 시기에 정리할 수 있어 다행이다. 다행이라 말할 수 있어 다행이다.* 이다음의 다행도 당신과 함께였으면 좋겠다.

총총.

---

* 정소현 소설 「어제의 일들」 중에서.

| 수록 작품 발표 지면 |

유리 주의 …… 『호텔 프린스』(은행나무, 2017)

유빙의 숲 …… 『문학동네』 2018년 봄호

귤목橘木 …… 『소설 제주』(아르띠잔, 2018)

뼈바늘 …… 『익명소설』(은행나무, 2014)

귤橘, 화花 …… 『문학들』 2015년 가을호(발표 당시 제목은 '이화가 월 백 받고')

쇳물의 온도 …… 문장 웹진 2016년 1월호

파도의 온도 …… 문장 웹진 2017년 2월호

커피 다비드 …… 『여성중앙』 2017년 4월호

문학동네 소설집
유빙의 숲

1판 1쇄 2018년 11월 2일
1판 2쇄 2018년 11월 28일

지은이 이은선
펴낸이 염현숙
책임편집 이성근 | 편집 황예인 정은진 김내리 이상술
디자인 고은이 이원경 | 마케팅 정민호 박보람 나해진 우상욱
홍보 김희숙 김상만 이천희
제작 강신은 김동욱 임현식 | 제작처 영신사

펴낸곳 (주)문학동네
출판등록 1993년 10월 22일 제406-2003-000045호
주소 10881 경기도 파주시 회동길 210
전자우편 editor@munhak.com | 대표전화 031) 955-8888 | 팩스 031) 955-8855
문의전화 031) 955-3576(마케팅) 031) 955-8864(편집)
문학동네카페 http://cafe.naver.com/mhdn | 트위터 @munhakdongne
북클럽문학동네 http://bookclubmunhak.com

ISBN 978-89-546-5333-6 03810

* 이 도서의 국립중앙도서관 출판예정도서목록(CIP)은 서지정보유통지원시스템 홈페이지(http://seoji.nl.go.kr)와 국가자료공동목록시스템(http://www.nl.go.kr/kolisnet)에서 이용하실 수 있습니다.(CIP 제어번호: 2018032525)
* 이 책은 경기도, 경기문화재단, 한국문화예술위원회의 문예진흥기금을 보조받아 발간되었습니다.

www.munhak.com